九十年代，香港

我发现一种电动剃发剪，加上卡子，可以自己给自己剃头，头发短而均长，俗称“尼姑头”，于是就一直是这样了。

阿城文集　之四

常识与通识

江苏凤凰文艺出版社
JIANGSU PHOENIX LITERATURE AND ART PUBLISHING, LTD

图书在版编目（CIP）数据

常识与通识 / 阿城著. —南京：江苏凤凰文艺出版社，2016

（阿城文集）

ISBN 978-7-5399-9060-6

Ⅰ. ①常… Ⅱ. ①阿… Ⅲ. ①随笔—作品集—中国—当代 Ⅳ. ①I267.1

中国版本图书馆 CIP 数据核字（2016）第 043678 号

书　　名	常识与通识
著　　者	阿　城
责任编辑	黄孝阳　汪　旭
出版发行	凤凰出版传媒股份有限公司 江苏凤凰文艺出版社
出版社地址	南京市中央路 165 号，邮编：210009
出版社网址	http: //www.jswenyi.com
经　　销	凤凰出版传媒股份有限公司
印　　刷	唐山玺诚印务有限公司
开　　本	880 毫米 × 1230 毫米　1/32
印　　张	10
字　　数	200 千字
版　　次	2016 年 3 月第 1 版
印　　次	2021 年 10月第 10 次印刷
标准书号	ISBN 978-7-5399-9060-6
定　　价	46.00 元

江苏凤凰文艺版图书凡印刷、装订错误，可向出版社调换，联系电话025-83280257

自 序

此书所收的十二篇文字，陆续发表在一九九七年至一九九八年上海的双月刊文学杂志《收获》上，我原来打算将栏目题为“煞风景”，后来改为“常识与通识”，规矩多了，但意思还在，因为讲常识，常常煞风景。

我是经常跑来跑去的人，跑来跑去为稻粱谋。答应了《收获》的专栏，有时是将以前记下的想法扩展成篇，有时是现想现卖，然后从所在地发传真到上海的编辑部去。这样的交稿方式，全拜手提电脑的功能之赐。不过，麻烦的是我必须随身带够世界各地的电源转换插头和电话线转换插头，幸亏手提电脑备有电压自动转换器，否则，将有220V电源变压器的铁疙瘩在行李里。

现在来看这十二篇文字，实在同情读者。常识讲得如此枝蔓杂乱，真是有何资格麻烦读者？有何资格麻烦编辑者？想来想去，看在常识的面子上，

注：此篇为1999年作家出版社版本的序言。本次新版除了包含作家版《常识与通识》的全部内容，还增添了名家对谈六篇（皆在《收获》杂志发表过），以及唐诺先生所写导读一篇（曾收录于台湾脸谱出版社版本的《常识与通识》）。

还是结个集吧。

至于为何要讲常识，十二篇中各有所述，此不赘。

一九九八年十二月　北京

目 录

辑二

附录

辑一

思乡与蛋白酶

我们都有一个胃，即使不幸成为植物人，也还是有一个胃，否则连植物人也做不成。

玩笑说，中国文化只剩下了个“吃”。如果以为这个“吃”是为了中国人的胃，就错了。这个“吃”，是为了中国人的眼睛、鼻子和嘴巴的，所谓“色、香、味”。

嘴巴这一项里，除了“味觉”，也就是“甜、咸、酸、辣、辛、苦、膻、腥、麻、鲜”，还有一个很重要的“口感”，所谓“滑、脆、黏、软、嫩、凉、烫”。

我当然没有忘掉“臭”，臭豆腐，臭咸鱼，臭冬瓜，臭蚕豆，之所以没有写到“臭”，是我们并非为了逐其“臭”，而是为了品其“鲜”。

说到“鲜”，食遍全世界，我觉得最鲜的还是中国云南的鸡枞菌。用这种菌做汤，其实极危险，因为你会贪鲜，喝到胀死。我怀疑这种菌里含有什么物质，能完全麻痹我们脑里面下视丘中的拒食中枢，所以才会喝到胀死还想喝。

河豚也很鲜美，可是有毒，能置人死命。若到日本，不妨找间餐馆（坐下之前切记估计好付款能力），里面治河豚的厨师一定要是有执照的。我建议你第一次点的时候，点带微毒的，吃的时候极鲜，吃后身体的感觉有些麻麻的。我再建议你此时赶快做诗，可能此前你没有做过诗，而且很多著名诗人都还健在，但是，你现在可以做诗了。

中国的“鲜”字，是“鱼”和“羊”，一种是腥，一种是膻。我猜“鲜”的意义是渔猎时期定下来的，之后的农业文明，再找到怎样鲜的食物，例如鸡枞菌，都晚了，都不够“鲜”了，位置已经被鱼和羊占住了。

鱼中最鲜的，我个人觉得是广东人说的“龙利”。清蒸，蒸好后加一点葱丝姜丝，葱姜丝最好顺丝切，否则料味微重，淋清酱油少许，料理好即食，入口即化，滑、嫩、烫，耳根会嗡的一声，薄泪洇濡，不要即刻用眼睛觅知音，那样容易被人误会为含情脉脉，低头心里感激就是了。

羊肉为畜肉中最鲜。猪肉浊腻，即使是白切肉；牛肉粗重，即使是轻微生烤的牛排。羊肉乃肉中之健朗君子，吐雅言，脏话里带不上羊，可是我们动不动就说蠢猪笨牛；好襟怀，少许盐煮也好，红烧也好，煎、炒、爆、炖、涮，都能淋漓尽致。我最喜欢爆和涮，尤其是涮。

涮时选北京人称的“后脑”，也就是羊脖子上的肉，肥瘦相间，好像有沁色的羊脂玉，用筷子夹入微滚的水中（开水会致肉滞），一顿，再一涮，挂血丝，夹出蘸料，入口即化，嚼是为了肉和料混合，其实不嚼也是可以的。料要芝麻酱（花生酱次之），豆腐乳（红乳烈，白乳温），虾酱（当年产），韭菜花酱（发酵至土绿），辣椒油（滚油略放浇干辣椒，辣椒入滚油的制法只辣不香），花椒水，白醋（黑醋反而焦钝），葱末，芫荽段，以个人口味加减调和，有些人会佐食腌糖蒜。京剧名优马连良先生生前到馆子吃涮羊肉是自己带调料，是些什么？怎样一个调法？不知道，只知道他将羊肉真的只是在水里一涮就好了，省去了一“顿”的动作。

涮羊肉，一般锅底放一些干咸海虾米和干香菇，我觉得清水加姜片即可。料里如果放了咸虾酱，锅底不放干咸海虾米也是可以的，否则重复；香菇如果在炭火上炙一下再入汤料，可去土腥味儿；姜是松懈肌肉纤维的，可以使羊肉更嫩。

蒙古人有一种涮法是将羊肉在白醋里涮一下，“生涮”。我试过，羊肉过醋就白了，另有一种鲜。这种涮法大概是成吉思汗的骑兵征进时的快餐吧，如果是，可称“军涮”。

中国的饮食文化里，不仅有饱的经验，亦有饿的经验。

中国在饥馑上的经验很丰富，“馑”的意思是蔬菜歉收，“饥”另有性欲的含义，此处不提。浙江不可谓不富庶，可是浙江菜里多干咸或发霉的货色，比如萧山的萝卜干、螺丝菜，杭州、莫干山、天目山一带的咸笋干，义乌的大头菜，绍兴的霉干菜，上虞的霉千张。浙江明明靠海，但有名的不是鲜鱼，奇怪却是咸鱼，比如玉环的咸带鱼，宁波的咸蟹，咸鳗鲞、咸乌鱼蛋、龙头考、咸黄泥螺。

宁波又有一种臭冬瓜，吃不惯的人是连闻都不能闻的，味若烂尸，可是爱吃的人觉得非常鲜，还有一种臭苋梗也是如此。绍兴则有臭豆。

鲁迅先生是浙江人，他怀疑浙江人祖上也许不知遭过多大的灾荒，才会传下这些干咸臭食品。我看不是由于饥馑，而是由于战乱迁徙，因为浙江并非闹灾的省份。中国历史上多战乱，乱则人民南逃，长途逃难则食品匮乏，只要能吃，臭了也得吃。要它不坏，最好的办法就是晾干腌制，随身也好携带。到了安居之地，则将一路吃惯了的干咸臭保留下来传下去，大概也有祖宗的警示，好像我们亲历过的“忆苦思甜”。广东的客家人也是历代的北方逃难者，他们的食品中也是有干咸臭的。

中国人在吃上，又可以挖空心思到残酷。

云南有一种“狗肠糯米”，先将狗饿上个两三天，然后给它生糯米吃，饿狗囫囵，估计糯米到了狗的“十二指肠”（狗的这一段是否有十二个手指并起来那么长，没有量过），将狗宰杀，只取这一段肠蒸来吃。说法是食物经过胃之后，小肠开始大量分泌蛋白酶来造成食物的分化，以利吸收，此时吃这一段，“补得很”。

还是云南，有一种“烤鹅掌”，将鹅吊起来，让鹅掌正好踩在一个平底锅上，之后在锅下生火。锅慢慢烫起来的时候，鹅则不停地轮流将两掌提起放下，直至烫锅将它的掌烤干，之后单取这鹅掌来吃。说法是动物会调动它自己最精华的东西到受侵害的部位，此时吃这一部位，“补得很”。

这样的吃法已经是兵法了。

相较中国人的吃，动物，再凶猛的动物，吃起来也是朴素的，表情平静。它们只是将猎物咬死，然后食其血或肉，然后，就拉倒了。它们不会煎炒烹炸熬煸炖涮，不会将鱼做成松鼠的样子，美其名曰“松鼠桂鱼”。你能想象狼或豹子挖空心思将人做成各种肴馔才吃吗？例如爆人腰花、炒人里脊、炖人手人腔骨、酱人肘子、卤人耳朵、涮人后脖子肉、腌腊人火腿、干货则有人鞭？

吃，对中国人来说，上升到了意识形态的地步。“吃哪儿补哪儿”，吃猪脑补人脑，这个补如果是补智慧，真是让人犹豫。吃猴脑则是医“羊痫疯”也就是“癫痫”，以前刑场边上总有人端着个碗，等着拿犯人死后的脑浆回去给病人吃，有时病人亲自到刑场上去吃。“吃鞭补肾”，如果公鹿的性激素真是由吃它的相应部位就可以变为中国男人的性激素，性这件事也真是太简单了。不过这是意识形态，是催眠，所谓“信”。海参、鱼翅、甲鱼，都是暗示可以补中国男女的性分泌物的食品，同时也就暗示性的能力的增强。我不吃这类东西，只吃木耳，植物胶质蛋白，而且木耳是润肺的，我抽烟，正好。

我在以前的《闲话闲说》里聊到过中国饮食文化的起因：

中国对吃的讲究，古代时是为祭祀，天和在天上的祖宗要闻到飘上来的味儿，才知道俗世搞了些什么名堂，是否有诚意，所以供品要做出香味，味要分得出级别与种类，所谓“味道”。远古的“燎祭”，其中就包括送味道上天。《诗经》、《礼记》里这类郑重描写不在少数。

前些年大陆文化热时，用的一句“魂兮归来”，在屈原的《楚辞·招魂》里，是引出无数佳肴名称与做法的开场白，屈子历数人间烹调美味，诱亡魂归来，高雅得不得了的经典，放松来读，是食谱，是菜单。

咱们现在到无论多么现代化管理的餐厅，照例要送上菜单，这是古法，只不过我们这种“神”或“祖宗”要付钞票。

商王汤时候有个厨师伊尹，因为烹调技术高，汤就让他做了宰相，烹而优则仕。那时煮饭的锅，也就是鼎，是国家最高权力的象征，闽南话现在仍称锅为鼎。

极端的例子是烹调技术可以用于做人肉，《左传》、《史记》都有记录，《礼记》则说孔子的学生子路“醢矣”，“醢”读如“海”，就是人肉酱。

转回来说这供馔最后要由人来吃，世俗之人嘴越吃越刁，终于造就一门艺术。

现在呢，则不妨将《招魂》录出：

室家遂宗　食多方些
稻粢穱麦　挐黄粱些
大苦咸酸　辛甘行些
肥牛之腱　臑若芳些
和酸若苦　陈吴羹些
胹鳖炮羔　有柘浆些
鹄酸臇凫　煎鸿鸧些
露鸡臛蠵　厉而不爽些
粔籹蜜饵　有餦餭些
瑶浆蜜勺　实羽觞些
挫糟冻饮　酎清凉些
华酌既陈　有琼浆些
归来返故室　敬而无妨些

这样的食谱，字不必全认得全懂，但每行都有我们认得的粮食，家畜野味，酒饮，烹调方法。如此丰盛，魂兮胡不归！

这个食谱，涉及了《礼记·内则》将饮食分成的饭、膳、馐、饮四大部分。先秦将味原则为“春酸、夏苦、秋辛、冬咸”，这个食谱以“大苦”领首，说明是夏季，更何况后面还有冰镇的“冻饮”，也就是我们现在说的冷饮。

难怪古人要在青铜食器上铸饕餮纹。饕餮是警示不要贪食，其实正暗示了所盛之物实在太好吃了。

说了半天都是在说嘴，该说说胃了。

食物在嘴里的时候，真是百般滋味，千般享受，所以我们总是劝人“慢慢吃”，因为一咽，就什么味道也没有了，连辣椒也只“辣两头儿”。嘴和肛门之间，是由植物神经管理的，这当中只有凉和烫的感觉，所谓“热豆腐烧心”。

食物被咽下去后，经过食管，到了胃里。胃是个软磨，将嚼碎的食物再磨细，我们如果不是细嚼慢咽，胃的负担就大。

经过胃磨细的食物到了十二指肠，重要的时刻终于来临。我们千辛万苦得来的口中物，能不能化成我们自己，全看十二指肠分泌出什么样的蛋白酶来分解，分解了的，就吸收，分解不了吸收不了的，就“消化不良”。

消化不良，影响很大，诸如打嗝放屁还是小事，消化不良可以影响到精神不振，情绪恶劣，思路不畅，怨天尤人。自己烦倒还罢了，影响到别人，鸡犬不宁，妻离子散不敢说，起码朋友会疏远你一个时期，“少惹他，他最近有点儿精神病。”

小的时候，长辈总是告诫不要挑食，其中的道理会影响人一辈子。

人还未发育成熟的时候，蛋白酶的构成有很多可能性，随着进入小肠的食物的种类，蛋白酶的种类和结构开始逐渐形成以至固定。这也就是例如小时候没有喝过牛奶，大了以后凡喝牛奶就拉稀泻肚。我是从来都拿牛奶当泻药的。亚洲人，例如中国人、日本人、韩国人到了牛奶多的地方，例如美国，绝大多数都出现喝牛奶即泻肚的问题，这是因为亚洲人小时候牛奶喝得少或根本没有得喝，因此缺乏某种蛋白酶而造成的。

牛奶在美国简直就是凉水，便宜，新鲜，管够。望奶兴叹很久以后，我找到一个办法，将可口可乐掺入牛奶，喝了不泻。美国专门出一种供缺乏分解牛奶的蛋白酶的人喝的牛奶，其中掺了一种酶。这种牛奶不太好找，名称长得像药名，总是记不住，算了，还是喝自己调的牛奶吧。

不过，“起士”或译成“起司”的这种奶制品我倒可以吃。不少中国人不但不能吃，连闻都不能闻，食即呕吐，说它有一种腐败的恶臭。腐败，即是发酵，动物蛋白质和动物脂肪发酵，就是动物的尸体腐败发酵，臭起来真是昏天黑地，我居然甘之如饴，自己都感到不可思议。我是不吃臭豆腐的，一直没有过这一关。臭豆腐是植物蛋白和植物脂肪腐败发酵，比较动物蛋白和动物脂肪的腐败发酵，差了一个等级，我居然喜欢最臭的而不喜欢次臭的，是第二个自己的不可思议。

分析起来，我从小就不吃臭豆腐，所以小肠里没有能分解它的蛋白酶。我十几岁时去内蒙古插队，开始吃奶皮子，吃出味道来，所以成年以后吃发酵得更完全的起士，没有问题。

陕西凤翔人出门到外，带一种白土，俗称“观音土”，水土不服的时候食之，就舒畅了。这白土是碱性的，可见凤翔人在本乡是胃酸过多的，饮本地的碱性水，正好中和。

所以长辈“不要挑食”的告诫会影响小孩子的将来，道理就在于你要尽可能早地、尽可能多地吃各种食物，使你的蛋白酶的形成尽可能的完整，于是你走遍天下都不怕，什么都吃得，什么都能消化，也就有了幸福人生的一半了。

于是所谓思乡，我观察了，基本是由于吃了异乡食物，不好消化，于是开始闹情绪。

我注意到一些会写东西的人到外洋走了一圈，回到中国之后发表一些文字，常常就提到饮食的不适应。有的说，西餐有什么好吃？真想喝碗粥，就咸菜啊。

这看起来真是朴素，真是本色，读者也很感动，其实呢？真是挑剔。

我就是这样一种挑剔的人。有一次我从亚利桑纳州开车回洛杉矶。我的旅行经验是，路上带一袋四川榨菜，不管吃过什么洋餐，嚼过一根榨菜，味道就回来了，你说我挑剔不挑剔？

话说我沿着十号州际高速公路往西开，早上三明治，中午麦当劳，天近傍晚，路边突然闪出一块广告牌，上写中文“金龙大酒家”，我毫不犹豫就从下一个出口拐下高速公路。

我其实对世界各国的中国餐馆相当谨慎。威尼斯的一家温州人开的小馆，我进去要了个炒鸡蛋，手艺再不好，一个炒蛋总是坏不到哪里去吧？结果端上来的炒鸡蛋炒得比盐还咸。我到厨房间去请教，温州话我是不懂的，但掌勺儿表明“忘了放盐”我还是懂了。其实，是我忘了浙江人是不怕咸的，不过不怕到这个地步倒是头一次领教。

在巴黎则是要了个麻婆豆腐，可是什么婆豆腐都可以是，就不是麻婆豆腐。麻婆豆腐是家常菜呀！炝油，炸盐，煎少许猪肉末加冬菜，再煎一下郫县豆瓣，油红了之后，放豆腐下去，勾芡高汤，盖锅。待豆腐腾地涨起来，起锅，撒生花椒面、青蒜末、葱末、姜末，就上桌了，吃时拌一下，一头汗马上吃出来。

看来问题就出在家常菜上。家常菜原来最难。什么“龙凤呈祥”，什么“松鼠桂鱼”，场面菜不常吃，吃也是为吃个场面，吃个气氛，吃个客气，不好吃也不必说，难得吃嘛。家常菜天天吃，好像画牛，场面菜不常吃，类似画鬼，“画鬼容易画牛难”。

好，转回来说美国西部蛮荒之地的这个“金龙大酒家”。我推门进去，站柜的一个妇人迎上来，笑容标准，英语开口，“几位？”我觉得有点不对劲，因为从她肩上望过去，座上都是牛仔的后代们，我对他们毫无成见，只是，“您这里是中国餐馆吗？”

“当然，我们这里请的是真正的波兰师傅。”

到洛杉矶的一路上我都在骂自己的挑剔。波兰师傅怎么了？波兰师傅也是师傅。我又想起来贵州小镇上的小饭馆，进去，师傅迎出来，“你炒还是我炒？”中国人谁不会自己炒两个菜？“我炒。”

所有佐料都在灶台上，拣拣菜，抓抓码，叮当五四，两菜一汤，吃得头上冒汗。师傅蹲在门口抽烟，看街上女人走路，蒜瓣儿一样的屁股扭过来又扭过去。

所以思乡这个东西，就是思饮食，思饮食的过程，思饮食的气氛。为什么会思这些？因为蛋白酶在作怪。

老华侨叶落归根，直奔想了半辈子的餐馆、路边摊，张口要的吃食让亲戚不以为然。终于是做好了，端上来了，颤巍巍伸筷子夹了，入口，“味道不如当年的啦。”其实呢，是老了，味蕾退化了。

老了的标志，就是想吃小时候吃过的东西，因为蛋白酶退化到了最初的程度。另一个就是觉得味道不如从前了，因为味蕾也退化了。七十岁以上的老人对食品的评价，儿孙们不必当真，我老了的话，会三缄吾口，日日喝粥就咸菜，能不下厨就不下厨，因为儿孙们吃我炒的蛋，可能比盐还咸。

与我的蛋白酶相反，我因为十多岁就离开北京，去的又多是语言不通的地方，所以我在文化上没有太多的“蛋白酶”的问题。在内蒙，在云南，没有人问过我“离开北京的根以后，你怎么办？你感觉如何？你会有什么新的计划？”现在倒是常常被问到“离开你的根以后，你怎么办？你感觉如何？你适应吗？”我的根？还不是这里扎一下，那里扎一下，早就是个老盲流了，或者用个更朴素的词，是个老“流氓”了。

你如果尽早地接触到不同的文化，你就不太会大惊小怪。不过我总觉得，文化可能也有它的“蛋白酶”，比如母语，制约着我这个老盲流。

一九九六年二月　加州洛杉矶

爱情与化学

这个题目换成“化学与爱情”，也无所谓。不过，我们的秩序文化里，比如官场中接见时的名次序列，认为排在前面的一定高贵，或者比较重要，就好像判死刑之后，最先拉出去枪毙的总应该是首犯吧。鲁迅先生有过一个讲演，题目是“魏晋风度与药及酒的关系”，很少有人认为其中三者的关系是平等的，魏晋风度总是比较重要的吧。因此，把“爱情”放在前面，无非是容易被注意，查一下页数，翻到了，看下去，虽然看完了的感想可能是“煞风景”。

那这个容易引起注意的爱情，是什么呢？我猜这是一个被视为当然而可能不太了解所以然的问题，不过题目已经暗示了，爱情，与化学有关系。

一定有人猜，是不是老生常谈又要讲性荷尔蒙也就是性激素了？不少人谈到爱情的性基础时，都说到荷尔蒙。其实呢，性荷尔蒙只负责性成熟，因此会有性早熟的儿童，或者性成熟的智障者，十多年前韩少功的小说《爸爸爸》可以是一个例子。顺便说一下的是，当代中国大陆的小说里，疯子和傻子不免多了一点，连带着电影里也常搞些疯子傻子说说“真话”。中国古典小说中常常出现癫僧，说出预言或题旨，因此“癫”是有传统的。

性成熟的人不一定具爱情的能力。那么爱情的能力从哪里来呢？“感情啊”，无数小说、戏剧、电影、电视连续剧都“证明”过，有点“谎言千遍成真理”的味道，而且味道好到让我们喜欢。其实呢，爱情的能力从化学来，也就是从性成熟了的人的脑中的化合物来。

不过，话要一句一句地说。先说脑。

《儿子与情人》的作者劳伦斯说过，“性来自脑中”，他的话在生理学的意义上是真理，可惜他的意思并不是指生理学的脑。

我们来看脑。

人脑是由“新哺乳类脑”例如人脑，“古哺乳类脑”例如马的脑和“爬虫类脑”例如鳄鱼的脑组成的，或者说，人脑是在进化中层层叠加形成的。

古哺乳类脑和爬虫类脑都会直接造成我们的本能反应。比如，如果你的古哺乳类脑强，你就天生不怕老鼠，而如果你的爬虫类脑强，你就不怕蛇。我们常常会碰到怕蛇却不怕老鼠，或者怕老鼠而不怕蛇的人。好莱坞的电影里时不时就让无辜的老鼠或蛇纠缠一下落难英雄，这是一关，过了，我们本能上就感觉逃脱一劫，先松口气再说。

我是天生厌蛇的人，有一次去一个以蛇为宠物的新朋友家，着实难过了两个钟头，深为自己有一个弱的爬虫类脑而烦恼。顺便要提醒的是，千万不要拿本能的恐惧来开玩笑，比如用蛇吓女孩子，本能的恐惧会导致精神分裂的，后果会非常非常糟糕。

爬虫类脑位于脑的最基层，负责生命的基本功能，其中的“下视丘”，有“进食中枢”和“拒食中枢”，负责饿了要吃和防止撑死，也就是负责我们人类的“食”。

下视丘还有一个“性行为中枢”，人类的“色”本能即来源于此。

我们来看下视丘中这个负责“色”的中枢。

这个中枢究竟是雄性化的还是雌性化的，在它发育的初期，并没有定型。怀孕的母亲会制造荷尔蒙，她腹中的胎儿，也会根据得自父母双方遗传基因染色体的组合，来决定制造何种荷尔蒙，这两方面的荷尔蒙决定胎儿生殖器的构造与发育。

同时，这些荷尔蒙进入正在发育的胎儿的脑中，影响了脑神经细胞发育和由此而构成的联系网络，决定性行为中枢的结构。脑的其他部分，相应产生“男性化脑”或“女性化脑”的基本结构。

这些“硬体”定型之后，就很难改变了。但是在定型之前，也就是脑还在发育的时候，却是有可能出些“差池”的，当这些“差池”也定型下来的时候，就会出现例如同性恋、双性恋的类型。当代脑科学证实了同性恋原因于脑的构造。我们常说“命”，这就是生物学意义上的命，先天性的。

从历史记载分析，中国汉朝刘姓皇帝的同性恋比率相当高，可惜刘家的脑我们得不到了。

好，假设脑发育定型了。

脑神经生理学家证实，古哺乳类脑中的边缘系统是“情感中枢”。因为这个中枢的存在，哺乳类比爬虫类“有情”，例如我们常说的“舐犊情深”，哪怕它虎豹豺狼，只要是哺乳类，都是这样。爬虫类则是“冷酷无情”，这怪不得它们，它们的脑里没有情感中枢。

人类制造的童话，就是在充分利用情感中枢的功能，小孩子听了童话觉得很“真实”，大人听到了也眼睛湿湿的。童话里的小红帽儿呢？由于情感中枢的本能趋使，结果让大灰狼吃了自己的奶奶，又全靠比情感中枢多了一点聪和明，免于自己被吃。

常说的“亲兄弟明算账”，无非是怕自己落到童话的境界。话说回来，情感中枢对人类很重要，因为它使“亲情”、“友情”乃至“爱情”成为可能，不过说到现在，爱情还只是“硬体”的可能罢了。

在这个边缘系统最前端的脑隔区，是“快感中枢”。经典的性高潮，是生殖器神经末梢将所受的刺激，经由脊髓传到脑隔区，积累到一个程度，脑隔区的神经细胞就开始放电，于是人才会有性高潮体验。不过，脑神经生理学家用微电流刺激脑隔区，或者将剂量精确的乙酰胆碱直接输入到脑隔区，脑隔区的神经细胞也能放电，同样能使人产生性高潮体验。这证明了性高潮是脑的事，可以与我们的生殖器神经末梢无关。

我相信不少人听说原来如此，会觉得真是煞风景，白忙了。当初这个脑神经生理关系发现之后，确实有人担心人类会成为电极的性奴隶，你我不过是些男女电池，现在看来还不至于，不过毒品对脑隔区也会产生同样的影响，倒是我们要注意的。

临床报告说，有些脊髓受伤的男性，阴茎仍然可以勃起乃至射精，却没有性高潮体验；另一种则是生殖器麻木不仁，却能由刺激第二性感区，甚至手臂胸腹而产生性高潮体验。我以前在北京朝阳门内有个忘年交，一个当年宫里的粗使太监告诉过我，“咱们也能有那么回事儿”，我知道他没吹牛，因为太监制度只严格在下身，断绝精子的产生与输出，同时也断绝男性激素的产生，但是，上面的脑隔区的“快感中枢”却还在，也算百密一疏吧。

不过，边缘系统中，还有一个“痛苦中枢”，难为它恰好与“快感中枢”为邻，于是不管快感中枢还是痛苦中枢放电，常常“城门失火，殃及池鱼”，使另一个中枢受到影响。所以俗说的“打是疼，骂是爱”，或者文说的性虐狂或受虐狂（俗称“贱”），即来源于两个中枢的邻里关系。

“喜极而泣”，“乐极生悲”，“极”，就是一个中枢神经细胞放电过量，影响到另一个中枢的神经产生反应。女性常会在性高潮之中或之后哭泣，雄猿猴在愤怒的时候，阴茎会勃起，这是两个中枢共同反应，而不是哲学上说的“物极必反”。我认识的一个小提琴高手，凡拉忧郁的曲子，裤裆里就会硬起来，为此他很困扰，我劝他不妨在节目单里印上痛苦中枢与快感中枢的脑神经生理结构常识。

我初次见马友友演奏大提琴时的面部表情，很被他毫无顾忌的类似性行为时的面部表情分神。演奏家，尤其在演奏浪漫派音乐时，都控制不了他们自己的面部表情。

能直接作用于边缘系统也就是情感中枢的艺术是音乐。音乐由音程、旋律、和声、调性、节奏直接造成“频律”（不是旋律），假如这个频律引起痛苦中枢或快感中枢的强烈共振（不是共鸣）而导致放电，人就被“感动”，悲伤，兴奋，沮丧，快活。同时，脑中的很多记忆区被激活，于是我们常常听到或看到这样的倾诉，“它使我想起了什么什么……”每个人的经验记忆有不同，于是这个“频律”，也就是“作品”，就被赋予多种意义了。名噪一时的“阅读理论”，过于将“文本”自我独立，所以对音乐文本的解释一直施展不利，因为音乐是造成频律直接影响中枢神经的反应，理性“来不及”掺入。

有一种使母牛多产奶的方法是放音乐给它听，道理和人的生理反应机制差不多，幸亏牛不会成为音响发烧友，否则养牛也真是会破产的。

景象和视觉艺术则是通过视神经刺激情感中枢，听觉和视觉联合起来同时刺激情感中枢的时候，我们难免会呼天抢地。不过刺激久了也会麻木，仰拍青松，号角嘹亮，落日余晖，琴音抖颤，成了令人厌烦的文艺腔，只好点烟沏茶上厕所。

音乐可以不经由性器而产生中枢神经放电导致快感，因为不经由性器，所以道德判断为“高尚”，所以我们可以一遍一遍地听而无“耳淫”的压力，所以我们说我们得到“净化”。孔子说听韶乐后不知肉味，你看，连“进食中枢”都被抑制了，非常净化，不过孔子说的是实话。

说起来，艺术无非是千方百计产生一种频律，在展示过程中加强这个频律，听者、读者用感官得到这个频律，而使自己的情感中枢放电。我们都知道军队通过桥梁时不可以齐步走，因为所产生的谐振会逐渐增强，以至桥梁垮掉。巴哈的音乐就有军队齐步走过桥梁的潜在危险。审美，美学，其实可以解释得很朴素或直接，再或者说，解释得很煞风景。

常说的“人之异于禽兽几何”，笑话讲成“人是因为会解几何题，才与畜生不一样”。不过分子生物学告诉我们，人与狒狒的DNA百分之九十五点四是相同的，与最近的亲戚矮黑猩猩、黑猩猩、大猩猩的DNA百分之九十九是相同的，也就是说，“人之异于禽兽不过百分之一”，很具体，很险，很庆幸，是吧？

不过在脑的构成里，人是因为新哺乳类脑中的前额叶区而异于禽兽的。这个前额叶区，主司压抑。前额叶区如果被破坏，人会丧失自制力，变得无计划性，时不时就将爬虫类脑的本能直接表达出来，令前额叶区没有被破坏的人很尴尬，前者则毫不在意。

说到现在，我们可以知道，爬虫类脑，相当于精神分析里所说的“原我”和“原型”或“潜意识”和“集体潜意识”，新哺乳类脑里的前额叶区，相当于“超我”；“自我”在哪里？不知道。美国国家精神卫生署（不是精神文明署，因为缩写为NIMH）脑进化与行为研究室的主任麦克连说，“躺在精神科沙发上的，除了病人，还有一匹马，一条鳄鱼”，这比弗洛伊德的说法具体明确有用得多了。

压抑是文明的产物。不过这么说也不全对，因为比如狼的压抑攻击的机制非常强，它们的遗传基因中如果没有压抑机制的组合，狼这个物种早就自己把自己消灭了。这正说明人之所以为人，是因为能够逐步在前额叶区这个“硬件”里创造“压抑软件”的指令，控制爬虫类脑，从蒙昧、野蛮以至现在，人类将这个“逐步”划分为不同阶段的文明，文明当然还包括人类创造的其他。不同地区、民族的“压抑软件”的程序及其他的不同，是为“文化”。

古希腊文化里，非理性的戴奥尼索斯也就是酒神精神，主司本能放纵，理性的阿波罗也就是太阳神精神，主司抑制，两者形成平衡。中国的孔子说“吾未见有好德如好色者”，一针见血，挑明了本能与压抑本能的关系。

不幸文化不能由生物遗传延续，只能通过学习。孔子说“学而优则仕”，学什么？学礼和技能，也就是当时的权力者维持当时的社会结构的“软件”，学好了，压抑好了，就可以“联机”了，“则仕”。学不好，只有“当机”。一直到现在，全世界教育的本质还是这样，毕业证书是给社会组织看的。受过高等教育的人，脸上或深或浅都是盖着“高等压抑合格”或“高等伪装成功”的印痕，换取高等的社会待遇。

前面说过的快感中枢与痛苦中枢的邻里关系，还会产生“享受痛苦”的现象。古老文化地区的诗歌、小说、戏剧、电影，常常以悲剧结尾，以苦为美。我去台北随朋友到KTV，里面的歌几乎首首悲音，闽南语我不懂，看屏幕上打出的字幕，总是离愁别绪，爱而不得，爱之苦痛等等，但这确实是娱乐，消费不低的娱乐。

一般所谓的“深刻”、“悲壮”、“深沉”等等，从脑神经的结构来看，是由痛苦中枢放电而影响到快感中枢，于是由苦感与快感共同完成满足感。如果痛苦不能导致快感，就只有“悲惨”而无“悲壮”。这就像巧克力，又苦又甜，它产生的满足感强过单纯的糖，可是我们并不认为巧克力比糖“深刻”。

所以若说“‘深刻’‘悲壮’里有快感”，我相信不少人一定会有被亵渎的感觉。这说明文化软件里的不少指令是生理影响心理，心理影响文化，文化的软件形成之后，通过学习再返回来影响心理，可是却很难再进一步明白这一切源于生理。文化形成之后，是集体的形态，有种“公理”也就是不需证明的样子，于是文化也是暴力，它会镇压质疑者。

“沉雄”、“冷峻”、“壮阔”、“亢激”、“颤栗”、“苍凉”，你读懂这些词并能陶醉其中时，若还能意识到情感上的优越，那你开始对快感有“深刻”的感觉了，可是，虚伪也会由此产生，矫情的例子比比皆是，历历在目。

中国文化里的“享受痛苦”，一直有很高的地位，单纯的快乐总是被警惕的。苦其心志，饿其体肤，天将降大任于斯，虽然苦痛但心感优越，警惕“玩物丧志”，责备“浑身没有二两重”。我们可以看出一个很清晰的压抑的文化软件程序，它甚至可以达到非常精致的平衡，物我两忘，但它也可以将一个活泼的孩子搞得少年老成。

不过前额叶区是我们居然得以有社会组织生活的脑基础，我们可要小心照顾它，过与不足，都伤害到人类本身。人类如果有进步，前额叶区的“压抑软件”的转换要很谨慎，这个谨慎，可以叫做“改良”。

“无产阶级文化大革命”是一次软件设计，它输入前额叶区的是“千条万绪就是一句话：造反有理”和“革命不是请客吃饭，不是做文章，不是绘画绣花，不能那样雅致，那样从容不迫、文质彬彬，那样温良恭俭让”。将新哺乳类脑的情感中枢功能划限于“阶级感情”，释放爬虫类脑，“革命是暴动，是一个阶级推翻一个阶级的暴烈的行动”，“要武嘛”。当时的众多社论，北京清华附中“红卫兵”的“三论造反有理”，都是要启动释放爬虫类脑功能的软件程序。

“三论造反有理”同时是一组由刺激痛苦中枢转而达到快感的范文，好莱坞的英雄片模式也是这样，好人一定要先受冤枉，受暴力之难，刺激观众的痛苦中枢，然后好人以暴力克服磨难，由快感中枢完成高潮，影片适时结束。

由于前额叶区的压抑作用，人类还产生了偷窥来纾解心理和生理上的压抑。爬虫类和古哺乳类不偷窥，它们倒是直面“人”生的。艺术提供了公共偷窥，视觉艺术则是最直接的偷窥，偷窥包装过的或不包装的暴力与性。

扯得真是远了，爱情还在等待，不过虽然慢了一点儿，但是前面的啰嗦会使我们免去很多麻烦。

人类的“杜莱特氏症”历史悠久，生动的病历好看过小说。这种症状是因为病人脑中的“基底核”不正常造成的。基底核负责制造“邻苯二酚乙胺”，即“多巴胺”，多巴胺过多，人就会猛烈抽搐或者性狷狂。多巴胺过少，结果之一为“帕金森氏症”，治疗的方法是使用“左多巴”，注意量要精确，否则老绅士老淑女会变成色情狂的。

你觉得可以猜到爱情是什么了吧？且慢，爱情不仅仅是多巴胺。

脑神经生理学家发现，人脑中的三种化学物质，多巴胺（dopamine），去甲肾上腺素（norepinephrine）和phenylethylamine（最后这种化学物我做不出准确译名，总之是苯和胺的化合物）。当脑“浸”于这些化学物质时，人就会坠入情网，所谓“一见钟情”，所谓“爱是盲目的”，所谓“烈火干柴”等等，总之是进入一种迷狂状态。诗歌，故事，小说，戏剧，电影，对此无不讴歌之描写之得意忘形，所谓“永恒的题材”。

今年《收获》第四期上有叶兆言的小说《一九三七年的爱情》，我读的时候常常要猜男主人公丁问渔脑里的基底核的情况，有时想，觉得可以戏仿“字典小说”写成一部“病历小说”。从症状上看，丁问渔的基底核有些问题，多巴胺浓度稍稍高了一点，但他的前额叶区里的文化抑制软件里，有一些他所在地区的文化软件里没有的“骑士精神”，所以他还不至于成为真正的性狷狂。“骑士精神”是欧洲文化里“享受痛苦”、性自虐的表现之一，塞万提斯笔下的唐吉诃德的悲剧是欧洲文化中时间差的悲剧，桑丘用西班牙的世俗智慧保护了主人，叶兆言笔下的丁问渔的悲剧则不但是时间差而且是文化空间差的悲剧，南京车夫和尚显然不是桑丘，连自身都难保。丁问渔的悲剧有中国百年来一些症结的意味，却难得丁问渔不投机。叶兆言要处理的真是很复杂，可惜丁问渔死得简单了，从悲剧来讲，他死得有点不“必然”。不过我这么讲实在是一种监工式的站着说话不腰疼，何况我还不配监工。

上面提到的脑中的三种化学物质，生物学上的意义是使性成熟的男性女性产生迷狂，目的是交配并产生带有自己遗传基因的新载体，也就是子女后代。男女交合后，双方的三种化学物质并不消失，而是持续两到三年，这时若女方怀孕，迷狂则会表现出“亲子”，“无私的母爱”，俗说“护犊子”、“孩子是自己的好”。我如果说“母性”无所谓伟大不伟大，只是一种化学物质造成的迷狂，一定会得罪天下父母心，但脑生理学认为，这正是人为了维护带有自己基因的新生儿达到初步独立程度的不顾一切，这个初步，包括识别食物，独立行走，基本语言表达，也就是脑的初步成熟。爬虫类和古哺乳类的后代的脑是在卵和胎的时期就必须成熟。它们一降生，已经会识别食物和行走。爬虫类只护卵，小爬虫一破壳，就各自为政；古哺乳类则短期护犊，之后将小兽驱离，就像我们从前在日本艺术科教片《狐狸的故事》里看到的。

人脑中的上述三种化学物质“消失”后，脑生理学家还没有找出我们不能保持它们的原因，你们大概要关心迷狂之爱是不是也要消失了？当然，虽然很残酷，“老婆（也可以换成老公）是别人的好”。生物遗传学家解释说，遗传基因的这种安排，是为了将“迷狂”的一对分开，因为从偶然率上看，交配者的基因不一定是最佳的，只有另外组合到一定的数量，才会产生最佳的基因组合，这也是所谓的“天地不仁”吧。

基因才是我们的根本命运。当人类社会出现需要继承的权力和财富时，人类开始向基因的“尽可能多组合”的机制挑战，造成婚姻制度，逐渐进化到对偶血缘婚姻，以便精确确认有财富和权力继承权的基因组合成品，并以法律保护之。这就是先秦儒家的“道”的来源，去符合它，就是“德”，否则就是“非德”。我们现在则表达为“道德”或“不道德”。古代帝王则没有什么道德不道德，干脆造成太监，以确保皇宫内只有一种男性基因在游荡。

我们的历代文化没有指责“食”的，至多是说“朱门酒肉臭，路有冻死骨”，这是不公平，而不是“食”本身有何不妥。不过酒有例外，因为酒类似药，可以麻痹主司压抑的前额叶区。酒是殷的亡国原因之一，我们很难想象现在的河南商丘地区，当年满朝醉鬼，《礼记》上形容殷是“荡而不静，胜而无耻”，情况严重到周灭殷之后明令禁酒。

麻烦的事一直是“色”，因为色本来是求生殖的事，但基因所安排的生理化学周期并没有料到人类会有一个因财产而来的理性的婚姻制度，它只考虑“非理性”的基因组合的优化。人类发明的对偶婚姻制度，还不到两万年吧，且不说废止了还不到一百年的中国的妻妾制，这个制度还不可能影响人类基因的构成，既然改变不了，人类就只有往前额叶区输入不断严密化的文化软件来压抑基因的安排，于是矛盾大矣，悲剧喜剧悲喜剧多矣。

说实在的，你我不觉得“与天斗，其乐无穷，与地斗，其乐无穷”，终有觉悟到人非世界的中心，也就是提出环保的一天，而“与人斗，其乐无穷”“八亿人，不斗行吗”同样荒诞，但是与基因斗，是不是有点悲壮呢?

有分教，海誓山盟，刀光剑影，红杏出墙，猫儿偷腥，醋海波涛，白头偕老，杜十娘怒沉百宝箱，包龙图义铡陈世美，罗密欧与茱丽叶，唐璜与唐吉诃德，乔太守乱点鸳鸯谱，汪大尹火烧红莲寺，卡门善别恋，简爱变复杂，地狱魔鬼贞操带，贞节牌坊守宫砂，十八年寒窑苦守，第三者第六感觉，俱往矣俱往矣又继往开来。

清朝的采蘅子在《虫鸣漫录》里记了一件事，说河南有个大户人家的仆人辞职不干了，别人问起原因，他说是主人家有件差事做不来。原来每天晚上都有一个老妇领他进内室，床上帐子遮蔽，有女人的下体伸出帐外，老妇要他与之交合，事后给不少钱。他因为始终看不到女人的颜面，终于支持不了，才辞职不做了。

事情似乎不堪，却有一个文化人类学所说的“生食”与“熟食”的问题。这个仆人是“熟食”的，不是“关了灯都一样”，他不打“生食”的工，钱多也不打。

人被迫创造了文化，结果人又被文化异化，说得难听点，人若不被文化异化，就不是人了。爱情也是如此。古往今来的爱情叙说中，“美丽”、“漂亮”几乎是必提的迷狂主旋律，似乎属于本能的判断，其实，“美丽”等等是半本能半文化的判断。美丽漂亮之类，常常由文化价值判断的变化而变化。“焦大绝不会爱林妹妹”，话说得太绝对了，农村包围城市之后，“文化大革命”之中，焦大爱林妹妹或者林妹妹爱焦大，见得还少吗？

文化是积累的，所以是复杂的，爱情被文化异化，也因此是复杂的。相较之下，初恋，因为前额叶区里压抑软件还不够，于是阳光灿烂；暗恋，是将本能欲望藏在压抑软件背后，也还可以保持“纯度”。追星族是初恋暗恋混在一起，迷狂得不得了，青春就是这样，像小兽一样疯疯癫癫的，祝他们和她们青春快乐。

这两年风靡过的美国小说《麦迪逊之桥》，是一本严格按照脑生理常识和文化抑制机制制作的小说。首先是迷狂，女主角的血统定为拉丁，这个血统几乎是西方文化中迷狂的符号（电影改编中女主角用梅莉·史翠普，效果弱了）；迷狂的环境选在美国中部（直到现在美国中部还是以保守著称，总统选举的初选一直就在小说里的爱荷华州，看看美国最基础的价值观大概会支持哪位竞选者），这里有占主流的婚姻家庭传统价值观。小说的构造是压抑机制成功，造成巨大的痛苦。你还记得前面介绍过的脑袋里的那个邻里关系吗？于是结尾造成享受痛苦。不要轻视商业小说，它们努力要完成的正是“典型环境里的典型性格”（俄文以前错将“性格”译成“人物”，中文也就跟着错了），再运用科普常识和想象力，成品绝不伪劣假冒，当然会将我国的中年知识分子收拾得服服帖帖。

说起文化的复杂，王安忆最近的小说《长恨歌》里透露出上海的文化软件中有一个指令是“笑贫不笑娼”。姿色是一种资本，投资得好，利润很大的，而贫，毫无疑义是没有资本。其实古来即如此，不过上海开埠早，一般的中国人又多是移民，前额叶区里的旧压抑软件的不少指令容易改变，于是近代商业资本意识更纯粹一些，于是上海也是中国冒险家的乐园。何须下海？当年多少文化人就是拥到海里以文化做投资，张爱玲一句“出名要早”点出投资效益。王琦瑶初恋之后，晓得权力是男人的这个文化指令，于是性投资于李主任，不久即红颜薄命，之后的四十多年，难能保住了李主任留下的金子，可红颜到老还是薄命。

人脑中的边缘系统提示我们，如果爱情消失了，我们还会有亲情和友情，只要有足够的智慧，不愁“白头偕老”。

生物学家的非洲动物观察报告说，群居的黑猩猩中，有时候会有一只雄黑猩猩叱退群雄，带着一只自己迷恋上的雌黑猩猩，隐没到丛林深处讨生活。

一九九六年十月　上海青浦

艺术与催眠

不知道动物是不是，反正人类是很容易被催眠的。我猜动物不被催眠，它们必须清醒准确，否则生存就有问题了。腿上睡了一只猫，你抚摸它，它“幸福”地闭上眼，一会儿就打起呼噜来，好像被主人催眠了。可是一旦有什么风吹草动，它立刻就反应，从你的腿上一跃而下，显出猫科的英雄本色，假虎假豹一番，而主人这时却在心里埋怨自己的宠物“真是养不熟的”。狗也是这样，不过狗的名声比猫好，就是它“忠”，“养得熟”，养得再熟，如果它对风吹草动毫无反应，人也会怨它，我写过一篇小说，说有一天人成了动物的宠物，结果比人是主人有意思得多。

前两三年，台湾兴过一阵“前世”热。起因是一个美国人，魏斯（Brian L. Weiss），耶鲁大学的医学博士，迈阿密西奈山医学中心精神科主任，他写了一本书 *Many Lives, Many Masters*，声称通过他的催眠，被催眠者可以真的看到他或她的前世是什么人。台湾一个出版社将魏斯的这本书翻译成中文，名《前世今生——生命轮回的前世疗法》，造成轰动，两年就卖了超过四十万本，而《前世今生》的原文版在美国六年才卖到四十万本。

我在台北打开电视的时候，正好让我看到台北的“前世今生催眠秀”。“秀”是show，节目的意思，被催眠的人中，不少是各类明星。现场很热烈。

严格说来，这是那种既不容易证为真，也不容易证为伪的问题。世界范围里历来有过不少轰动一时的“前世”案例，比如一九五六年风靡美国的畅销书《寻觅布莱德伊·莫非》（*The Search for Bridey Merphy*），至今还可以在旧书店碰到这本书，说是催眠师伯恩施坦因将露丝·席梦思深度催眠，结果这位家庭妇女用爱尔兰口音的英语讲出她的前世：一七九八年十二月二十日生于爱尔兰的寇克镇，名字叫布莱德伊·莫非。席梦思讲的前世都很有细节，而且前世的死期也很具体，享年六十六岁。

当时连载此书部分内容的《丹佛邮报》在轰动的情况下，派记者巴克尔去爱尔兰寻证“布莱德伊·莫非”，结果是有符合的有不符合的，比如席梦思提到的两个杂货商的名字和一种两便士的硬币就是符合的，而她提到她前世的丈夫执教的皇后大学，当时是学院。

事情愈发轰动，质疑者也不少，《丹佛邮报》的对手《芝加哥美国人报》就是怀疑者，于是也发起调查。不过《芝加哥美国人报》采取的是去找“露丝·席梦思”，调查的结果是露丝就住在芝加哥，有个从爱尔兰移民来的婶子，爱叨唠爱尔兰的种种事情：露丝家的对面也住着一个爱尔兰女人，婚前正是姓莫非，结论不免是露丝在深度催眠下讲出的前世，是她日常所听的再综合。《寻觅布莱德伊·莫非》立刻自畅销榜上掉落。

十几年后，六十年代末英国又出了一个轰动的“前世”案例，说是南威尔士有个催眠师布洛克山姆（A. Bloxham）给一个叫简·依万丝的家庭主妇进行深度催眠并录了音，结果简回忆出自己的七个前世，从古罗马时代的家庭主妇一直到现在的美国爱荷华的修女，非常惊人，于是英国BBC广播电视节目的制作人埃佛森（J. Iverson）制作了布洛克山姆的催眠录音带节目。

埃佛森在节目中记录了他对简所说过的一切的调查。简所说的七个前世的时代的历史学者都认为简的叙述具有可观的知识，可是简说自己的历史知识程度只到小学。简曾叙说她的前世之一，一一九○年是一个曾在约克某教堂的地窖里躲避杀害的犹太妇女，根据描述，埃佛森认为那个教堂应该是圣玛丽亚教堂，可是约克一带的中世纪教堂都没有地窖，除了约克大教堂，但简否认是约克大教堂。

一九七五年春天，圣玛丽亚教堂整修为博物馆时，在圣坛下发现了一个房间，曾经是个地窖！精彩吧？

不过，威尔森（I. Wilson）在《脱离时间的心智》（*Mind out of Time*）这本书里对上述提出质疑。他举了一个例子，说有一位C小姐被催眠后，回忆自己前世曾是理查二世时代女伯爵毛德（Maud）的好朋友，查证之下，C小姐对当时的细节描述相当准确，不过C小姐声明她从来没读过相关的书。可惜C小姐后来泄漏了一个名字“E·霍特”，追查之下，原来有个爱米丽·霍特（Emily Holt）写过一本《毛德女伯爵》，C小姐的描述与书的内容一模一样。

我认为C小姐不是要说谎，她只是将遗忘了的阅读在催眠状态下又回忆出来了。所以当我听到“台北催眠秀”里的明星们在催眠中叙说的“前世”差不多都是某外国公主、贵妇，我猜她们日常最动心的读物大概是“白马王子”，也是西方古代“纯情片”的票房支持者。

被催眠后，人的回忆力增强。美国有个马尔库斯（F.L.Marcuse）博士写过一本《催眠：事实与虚构》（*Hypnosis: Facts & Fictions*），书里提到一个例子，说有个囚犯因为遗产的事需要找到他的母亲，但是他从小就离开家乡了，结果怎么也想不起来家乡在哪里，而且连在哪个州都忘了。监狱里的医生于是将他催眠，让他回到小时候的状态，但还是想不起来。不过这个囚犯却想起来小时候搭过火车，医生就叫他回想站上播音器报站的声音，于是在催眠的诱导下，小站站名的发音浮现脑海，可惜叫这个名字的站全美有六个。不料囚犯又想起来家乡小镇上一个家族的姓，结果站名和姓，让他最终找到了母亲。

催眠能帮助成年人回忆出他们幼儿园时期的老师和小

朋友的名字，当然，你也猜到了，催眠也可以诱导受害者或目击者回忆出不少现场细节，帮助警方破案。

一九九四年初美国加州有个案子，是一个叫荷莉的女子因为厌食症求医，医生伊莎贝拉告诉荷莉，百分之八十的厌食症是因为患者小时候受过性侵犯。结果荷莉后来想起自己五到八岁时被父亲葛利骚扰、强暴过十多次。伊莎贝拉在罗斯医生的协助下，用催眠药催眠荷莉，荷莉于是在催眠状态下回忆起被父亲强暴的更多细节。

催眠后的第二天，荷莉开始当面指控父亲，隔天，荷莉的母亲要求离婚。事情闹开了，葛利工作的酒厂解雇了葛利。

觉得莫名其妙的葛利，一状告到法院，控告伊莎贝拉和罗斯催眠他的女儿，将乱伦的想法输入她脑中。法院举行了听证会，哈佛大学的厌食症专家说儿童期遭到的性骚扰与厌食症的发展没有关系，宾夕法尼亚州大学的心理系教授则认为催眠不具确定真相的功能，但是病人会变得敏感，结果是法庭判两位医生“无恶意，但确有疏忽”，赔偿葛利先生五十万美元。

因为美国这类官司每年大概有三百件，所以有一群蒙受过不白之冤的人成立了一个基金会，专门协助控告“胡乱植入记忆”的医生。

因此催眠虽然会增强人的记忆力，但是人也会在被暗示的催眠状态下产生虚构和扭曲，出现极为尴尬的结果。

法国是搞催眠研究比较早的国家，因此法国法院不许催眠资料作为证据，美国大多数法院也规定如此。

前面提到的马尔库斯的那本书里，还有一个有意思的案例是讲有个男子常常会冒出一段自己也不明白的话来，听来像一种古代语言，譬如我们突然听到“制书律不分首从拟斩监候”的感觉。细查之下，有本书里真有那样一段话，这个男子在图书馆里偶然看到过一眼。

有一种催眠学英语的方法，据说效率非常之高。我没有去试过，我怕被误植了一些莫名其妙的东西在脑里，改就难了。有一个美国人当面向我指出过《洛杉矶时报》的一些拼写错误。我只不过是个写书的，又不必“打入主流社会”（天，“融入”已经能叫人假笑得脸都麻了，“打入”会是一副什么嘴脸呢），日常在舌头上滚来滚去的就是那么多词儿，应付个警察，打个问讯足够了，碰到不懂的，知之为知之，不知为不知，谁还能宰了你？

扯远了，回来说催眠。俄国的催眠学家瑞伊阔夫（V. Raikov）在六十年代（那时还是苏联）以一百六十六个容易进入深度催眠的小有艺术基础的人为实验对象，分别暗示他们是某某艺术大师。结果这些人在有了新的“身份”之后，不再对自己原本的名字有反应，甚至对镜子里的自己都不认识了。瑞伊阔夫让他们在催眠状态下画画儿、拉琴、下棋、结果下棋者的棋术令前世界国际象棋王塔尔（M. Tal）印象深刻，画画儿者的画很有拉斐尔的样子，拉提琴者的演奏像极了克莱斯勒。瑞伊阔夫据此在莫斯科举办过“催眠画展”。

而且，现代“心理神经免疫学”开始注意到一个人的心理状态怎样影响其神经系统和免疫系统，其实古希腊就有祭司暗示病人“会在梦中见到神，神会有指示”的疗病法，中国的《黄帝内经》则实在得多，不涉及神。

米瑞思（A. Meares）提到过一个催眠案例，说有个人患有严重的皮炎，长时间治疗都不能改变，他一天到晚看着自己的皮炎，非常沮丧。后来米瑞思为他施行催眠疗法，暗示他你的那些东西开始消失了，消失得越来越多，当你看到它们消失的时候，你的胳膊就垂下来了。经过两次催眠疗法，这个人的皮炎开始有改善，病好了。

鲁迅嘲笑过中医药方里的药引子，讽刺说蟋蟀也要原配的。中国草医也有不少偏方，比如我父亲得了肝炎，有个偏方说要找一片南瓜叶，上面要有七颗家雀儿，也就是麻雀的屎，吃了就好了。天，到哪里能找到？夏天收留个小雄蛐蛐儿，再留个“童养媳”，秋天一定是原配，可是一张叶子上正好落了七颗麻雀屎，这麻雀岂不都成了NBA里的乔丹？另有一个治肝炎的药引子是生吞一只活的癞蛤蟆，我父亲想了很久，说他吞不下去。不过，如果你去找那样一张南瓜叶，因其难找，找的心情必是“诚”的，催眠的结果必能调动你的生理机能；如果你真的吞下一只活蛤蟆，自我催眠的效果也真就到了极限，“包治百病”，何只区区一个肝的发炎。

我当年做知青的时候，乡下缺医少药。有个上海来的知青天天牙痛，听说山上有个寨子里有个巫医会治牙痛，择日我们一伙人就上去了，走了几个钟头，大汗淋漓，到了。巫医倒也有个巫医的样子，说取牛屎来，糊上，在太阳底下晒，把牙里的虫拔出来就好了。景象当然不堪，可天天牙痛更不堪，于是脸上糊了牛屎，在太阳底下曝晒。牛屎其实不脏的，因为牛的消化吸收能力太强了，又是反刍细嚼慢咽，否则怎么会吃进去的是草，挤出的是奶？又怎么会出大力替人受罪犁田拉车？牛屎在蒙古是宝，烧饭要靠它，火力旺，烧完了只有一点灰，烧得很充分，又很干净。

好，终于是时候到了，巫医将干了的牛屎揭下来，上海来的少年人一脸的汗，但牙不痛了。巫医指着牛屎说，你看，虫出来了。我们探过头去看，果然有小虫子。屎里怎么会没有虫？没有还能叫屎吗？

不要揭穿这一切。你说这一切都是假的，虫齿牙不是真有虫，天天牙痛是因为牙周炎。好，你说得对，科学，可你有办法在这样一个缺医少药的穷山沟儿里减轻他的痛苦吗？没有，就别去摧毁催眠。只要山沟儿里一天没有医，没有药，催眠就是最有效的，巫医就万岁万万岁。回到城里，有医有药了，也轮不到你讲科学，牙医讲得比你更具权威性。

神、鬼、怪，不可证明它们是否实在。中世纪的神学要证明上帝的实在，是帮倒忙，毁上帝，不过倒由这个实证引发了文艺复兴的科学精神。宗教是人类的精神活动，非关实证。不少著名的科学家周末会去做礼拜，不少神职人员也在科技刊物上发表科学论文，宗教的归宗教，科学的归科学。科学造成的“信”与宗教的“信”，不是同一个“信”。

权威带有催眠的功能。老中医搭过脉后，心中有数，常常给那些没有什么病的人开些例如甘草之类无关痛痒的药，认真嘱咐回去如何煎，先煎什么后煎什么，分几次煎，何时服用，“吃了就好了”。吃了真就好了。西医也会同理认真开些“安慰剂”，也是吃了真就好了。如果我来照行其事，吃了白吃，因为我不具医生资格，天可怜见，我连赤脚医生都没做过。小学生信老师而不信家长，常常是家长比老师马脚露得多，权威先塌掉了。

发明“图像凝视法”的西蒙顿治疗癌症病人时，除了正规下药理疗，同时要病人想象有数百万道光芒正在杀向癌细胞。报告上说，正规疗法配合此法，癌症病人存活月数增加一倍，少数病人的肿瘤有缓解。我们不是也经过什么“鸡血疗法”、“甩手疗法”、“喝水疗法”吗？我母亲有一次开刀，正赶上“针刺麻醉”盛行，被说服了，上了手术台，一刀下去，“麻什么麻，疼啊！可是有外宾参观，咱们一个党员，怎么好说实话呢？”关云长刮骨疗毒还要拉个人下棋转移痛点注意力呢。

催眠可以用来减少主观的痛感。牙科和生孩子都有心理预期的“痛”，医生采取催眠抑制主观的“痛”以后，真正的痛觉也会迟钝。我记得汤沐黎画过一幅歌颂针刺麻醉的油画，里面好像有个正在念《毛主席语录》的护士，这应该是中国绘画史上对具体催眠手段的正式纪录，挺有历史意义的。

“无产阶级文化大革命”是一次成功的催眠秀，我们现在再来看当时的照片、记录片、宣言、大字报、检讨书等等，从表情到语言表达，都有催眠与自我催眠的典型特征。八次检阅红卫兵，催眠场面之大，催眠效果之佳之不可思议，可以成为世界催眠史上集体催眠的典范之一。我和两个朋友当年在北京看过一本关于催眠的书，免不了少年气盛，议论除了导师舵手领袖统帅，完全够格再加个催眠师。

后来做知青的时候，遇到出大力的苦活儿累活儿，所谓“大会战”，照例是要集体念语录催眠的，像“一不怕苦，二不怕死”，还有“下定决心，不怕牺牲”等等。说实在的，苦和死，怕与不怕都一样，活儿总是要干的，逃不掉。我认为人类进步的一大动力就是怕苦，于是想方设法搞一点减轻劳苦的花招儿，轮的发明，杠杆的利用，看来看去无一不是怕苦的成果。我利用电脑写东西，理由就是可以免去抄稿之苦。

凡流行的事物，都有催眠的成分在。女人们常常不能认识自己的条件而乱穿戴，是时装宣传的成功同时也是自我催眠的成功。

催眠是人类的一大能力，它是由暗示造成的精神活动，由此而产生的能量惊人。艺术呢，本质上与催眠有相通的地方。

我在几年前出的《闲话闲说》聊到过艺术与催眠，不妨抄一下自己：

> 依我之见，艺术起源于母系时代的巫，原理在那时候大致确立。文字发明于父系时代，用来记录母系创作的遗传，或者用来窜改这种遗传。
>
> 为什么巫使艺术发生呢？因为巫是专职沟通人神的，其心要诚。表达这个诚的状态，要有手段，于是艺术来了，诵、歌、舞、韵的组合排列，色彩，图形。
>
> 巫是专门干这个的，可比我们现在的专业艺术家。什么事情一到专业地步，花样就来了。
>
> 巫要富灵感。例如大瘟疫，久旱不雨，敌人来犯，巫又是一族的领袖，千百只眼睛等着他，心灵脑力的激荡不安，久思不获，突然得之，现在的诗人当有同感，所谓创作的焦虑或真诚，若遇节令、大丰收、产子等等，也都要真诚地祷谢。这么多的项目需

求，真是要专业才应付得过来。

所以艺术在巫的时代，初始应该是一种工具，但成为工具之后，巫靠它来将自己催眠进入状态，继续产生艺术，再将其他人催眠，大家共同进入一种催眠的状态。这种状态，应该是远古的真诚。

宗教亦是如此。那时的艺术，是整体的，是当时最高的人文状态。

艺术最初靠什么？靠想象。巫的时代靠巫想象，其他的人相信他的想象。现在无非是每个艺术家都是巫，希望别的人，包括别的巫也认可自己的想象罢了。

艺术起源于体力劳动的说法，不无道理，但专业与非专业是有很大的区别的，与各人的先天素质也是有区别的。灵感契机人人都会有一些，但将它们完成为艺术形态并且传下去，不断完善修改，应该是巫这种专业人士来做的。

……

应该说，直到今天艺术还是处在巫的形态里。

你们不妨去观察你们搞艺术的朋友，再听听他们或真或假的“创作谈”，都是巫风的遗绪。当然也有拿酒遮脸借酒撒疯的世故，因为“艺术”也可以成为一种借口。

……

当初巫对艺术的理性要求应该是实用，创作时则是非理性。

话是引得有些颠三倒四，事情也未必真就是这样，但意思还算明白。

艺术首先是自我催眠，由此而产生的作品再催眠阅读者。你不妨重新拿起手边的一本小说来，开始阅读，并监视自己的阅读。如果你很难监视自己的阅读，你大概就觉到什么是催眠了。

如果你看到哪个评论者说“我被感动得哭了”，那你就要警惕这之后的评论文字是不是还在说梦里的话。

有些文字你觉得很难读下去，这表明作者制造的暗示系统不适合你已有的暗示系统。

先锋或称前卫艺术，就是要打破已有的阅读催眠系统。此前大家所熟悉的“间离”，比如一出戏，大家正看得很感动，结果跑出来个煞风景的角色，说三道四，让观众从催眠状态中醒过来。台湾的“表演工作坊”有出舞台剧叫《暗恋桃花源》，用戏中的两个戏不断互相间离，让观众出戏入戏得很过瘾。可惜《暗恋桃花源》后来拍成电影时，忘了电影也是一个催眠系统，结果一出间离的好戏被电影像棉被包起来打不破，糟蹋了。先锋艺术虽然打破了之前的催眠系统，必然又形成新的催眠系统，比如大家熟悉的“意识流”，于是就有新先锋来打破旧先锋形成的催眠系统，可是好像还没有谁来间离“意识流”。

不过，以“新”汰“旧”很难形成积累。一味淘汰的结果会是仅剩下一个“新”，太无趣。积累是并存，各取催眠系统，好像逛街，这就有趣了。

音乐是很强的催眠，而且是最古老的催眠手段，孔子将“礼”和“乐”并重，我们到现在还能在许多仪式活动中体会得到。孔子又说过听了“韶乐”之后，竟“三月不知肉味”，这是典型的催眠现象，关闭了一些意识频道。

法国的普鲁斯特写过一部《追忆似水年华》，用味道引起回忆往事的过程，正是以“暗示”进入自我催眠的绝妙叙述。

电影是最具催眠威力的艺术，它组合了人类辛辛苦苦积累的一切艺术手段，把它们展现在一间黑屋子里，电影院生来就是在模仿催眠师的治疗室。灯一亮，电影散场了，注意你周围人的脸，常常带着典型的催眠后的麻与乏。也有兴奋的，马上就有人在街上唱出电影主题歌，模仿出大段的对白，催眠造成的记忆真是惊人。当然，也有人回去裹在被子里暗恋不已。

电视好一些，摆在明处，周围的环境足以扰乱你进入深度催眠。但是人的自我催眠的能力实在太强了，哪儿都不看，专往屏幕上看，小孩子还要站得很近地看，遭父母呵斥。

自我催眠还会使人产生多重人格。作家在创作多角色的小说时，会出现这种情况，而评论家则喜好判断那些角色的人格是否完整，或者到底哪个角色的人格是作者的人格，或者作者的人格到底是什么样的。敏感的读者常常也做这类的判断。我猜现在常搞的作家当场签名售书的时候，赶去的读者一定带有一部分鉴别“假劣伪冒”的心情。我前些年也让书商弄过两三次这类活动，结果是读者很失望，看来我实属“假劣伪冒”。

有个要领奖的朋友问我“领奖时如何避免虚伪与虚荣”？这个难题可比昆德拉的“媚俗”，你怎么做都是“媚俗”，连不做都是“媚俗”。我说，观察，观察观众，观察颁奖人，观察司仪，观察环境，也观察你自己。这实际是一个造成两重人格的方法，将冷静的一重留给“自己”，假如颁奖现场发生火灾，你会是最先发现的。

成熟的演员是最熟练的多重人格创造者，当然有些人也会走火入魔到扮演的那一重人格里，失去监视的人格，搞得回不过神儿来，不思饮食，所谓陷入深度自我催眠。催眠案例中，有的被催眠者并非是失去全部的“自我意识”，他们常常有一个意识频道是清醒的，看着自己干着急。老托尔斯泰曾经说他原本并没有安排安娜自杀，可是安娜“自己”最后自杀了，他拿她没有办法。

我实在想说，审美也许简单到只是一种催眠暗示系统。

美国的精神卫生署在八十年代研究过“多重人格”者，发现他们的脑波随人格的转换而不一样。巫婆神汉常常做“灵魂附体”的事，说起来是在做多重人格的转换，你在证明那是真的时候，先要检查一下你自己是否被催眠和自我催眠。赵树理在《小二黑结婚》里写小芹的娘是个巫婆，降神的同时还在担心锅里的“米烂了”，七十年代我在鄂西的乡下见到的一个神汉就敬业多了，灵魂屡不附体之后，他悄悄嚼了一些麻叶。他大概是累了，那时候天天学大寨，没有农闲，降灵又是非法的。

也许你们应该意识到：我写的这些文字是不是也有催眠的意味呢？

一九九六年十二月　上海青浦

魂与魄与鬼及孔子

读中国小说，很久很久读不到一种有趣的东西了，就是鬼。这大概是要求文学取现实主义的结果吧。

可鬼也是现实。我的意思是，我们心里有鬼。这是心理现实，加上主义，当然可以，没有什么不可以。

不少人可能记得六十年代初有过一个“不怕鬼”的运动，可能不是运动，但我当时年纪小，觉得是大人又在搞运动，而且出了一本书，叫《不怕鬼的故事》。这本书我看过，看过之后很失望，无趣，还是去听鬼故事，怕鬼其实是很有趣的。后来长大了，不是不怕鬼，而是不信鬼了，我这个人就变得有些无趣了。

怕鬼的人内心总有稚嫩之处，其实这正是有救赎可能之处。中国的鬼故事，教化的功能很强并且确实能够教化，道理也在这里。不过教化是双刃剑，既可以安天下，醇风俗，又可以“天翻地覆慨而慷”，中国“无产阶级文化大革命”能够发动，有一个原因是不少人真的听信“资产阶级上台，千百万颗人头落地”，怕千百万当中有一颗是自己的。结果呢，结果是不落地的头现在有十二亿颗了。

中国文学中，魏晋开始的志怪小说，到唐的传奇，都有笔记的随记随奇，一派天真。鬼故事而天真，很不容易，后来的清代蒲松龄的《聊斋志异》，虽然也写鬼怪，却少了天真。

我曾因此在《闲话闲说》里感叹到莫言：

莫言也是山东人，说和写鬼怪，当代中国一绝，在他的家乡高密，鬼怪就是当地世俗构成，像我这类四九年后城里长大的，只知道“阶级敌人”，哪里就写过他了？我听莫言讲鬼怪，格调情怀是唐以前的，语言却是现在的，心里喜欢，明白他是大才。

八六年夏天我和莫言在辽宁大连，他讲起有一次回家乡山东高密，晚上近到村子，村前有个芦苇荡，于是卷起裤腿涉水过去。不料人一搅动，水中立起无数小红孩儿，连说吵死了吵死了，莫言只好退回岸上，水里复归平静。但这水总是要过的，否则如何回家？家又就近在眼前，于是再涉到水里，小红孩儿们则又从水中立起，连说吵死了吵死了。反复了几次之后，莫言只好在岸上蹲了一夜，天亮才涉水回家。

这是我自小以来听到的最好的一个鬼故事，因此高兴了很久，好像将童年的恐怖洗净，重为天真。

中国文学中最著名的鬼怪故事集应该是《聊斋志

异》，不过也因此让不少人只读《聊斋志异》，甚至只读《聊斋志异》精选，其他的就不读或很少读了，比如同是清代的纪晓岚的《阅微草堂笔记》。

《阅微草堂笔记》与《聊斋志异》不同。《聊斋志异》标明全是听来的，传说蒲松龄自备茶水，请人讲，他记录下来，整理之后，加“异史氏曰”。我们常常不记得“异史氏”曰了些什么，但是记住了故事。这也不妨是个小警示，小说中的议论，读者一般都会略过，读者如逛街的人，他们看的是货色，吆喝不大听的。

《阅微草堂笔记》则是记录所见所闻，你若问这是真的吗？纪晓岚会说，我也嘀咕呢，可我就是听人这么说的，见到的就是这样。所以纪晓岚常常标明讲述者，目击的地点与时间。鲁迅先生常常看《阅微草堂笔记》，我小时候不理解，随着年龄的增长，渐渐懂了。《阅微草堂笔记》的细节是非文学性的，老老实实也结结实实。汪曾祺先生的小说、散文、杂文都有这个特征，所以汪先生的文字几乎是当代中国文字中仅有的没有文艺腔的文字。

明清笔记中多是这样。这就是一笔财富了。我们来看看是怎么样的一笔财富。

《阅微草堂笔记》记载了这样一个故事，说是乾隆年间，户部员外郎长泰公家里有个仆人，仆人有个老婆二十多岁，有一天突然中风，晚上就死了。第二天要入殓的时候，尸体突然活动，而且坐了起来，问“这是什么地方”？

死而复活，大家当然高兴。但是看活过来的她的言行作态，却像个男人，看到自己的丈夫也不认识，而且不会自己梳头。据她自己说，她本是个男子，前几天死后，魂去了阴间，阎王却说他阳寿未尽，但须转为女身，于是借了个女尸还魂。

大家不免问他以前的姓名籍贯，她却不肯泄露，说事已至此，何必再辱及前世。

最初的时候，她不肯和丈夫同床，后来实在没有理由，勉强行房，每每垂泪至天明。有人听到过她说自己读书二十年，做官三十年，现在竟要受奴仆的羞辱。她的丈夫也听她讲梦话说积累了那么多财富，都给儿女们享受了，钱多又有什么用？

长泰公讨厌怪力乱神，所以严禁家人将此事外传。过了三年多，仆人的死而复活的老婆郁郁成疾，终于死了，但大家一直不知道她是谁来附身。

用白话文复述这个故事最大的困难在于“她”与“他”的分别，不过我们可以用“他”来指说魂，用“她”来指说魄。魂是精气神，魄是软皮囊，所以“魂飞魄散”，一个可以飞，一个有得散。

清朝的刘炽昌在《客窗闲话》里记载了一个故事，说有个翩翩少年公子，随上任做县官的父亲去四川。不料过险路时马惊了，少年人坠落崖底，魂却一路飘到山东历城县的一个村子，落到这个村子一个刚死的男人的尸体里，大叫一声："摔死我啦！"

他醒来后看到周围都是不认识的人，一个老太婆摸着他说："我儿，你说什么摔死我了？"公子说："你是什么人敢叫我是你儿子？"周围的人说："这是你娘你都不认得了？"并且指着个丑女人说"这是你老婆"，又指着个小孩说"这是你儿子"。

公子说："别瞎说了！我随我父亲去四川上任，在蜀道上落马掉到崖底。我还没有娶妻，哪里来的老婆？更别说儿子了！而且我母亲是皇上敕封的孺人，怎么会是这个老太婆？"

周围的人说："你别说昏话了，拿镜子自己照照吧！"公子一照，看到自己居然是个四十多岁的麻子，就摔了镜子哭起来："我不要活了！"大家听了是好气又好笑。

公子饿了，丑老婆拿糠饼来给他吃，公子觉得难以下咽，于是掉眼泪。丑老婆说："我和婆婆吃树皮吃野菜，舍了脸皮才向人讨了块糠饼子给你吃，你还要怎么着呢？"公子将她骂出门外，看屋内又破又脏，想到自己一向华屋美食，恨不得死了才好。晚上老婆领着小孩进来睡觉，公子又把他们骂出去。婆婆只好叫母子两个同她睡。

第二天，一个老头来劝公子，说："我和你是老哥们儿了，你现在变成这样，我看乡里不能容你这种不孝不义之人，你可怎么办呢？"公子哭着说："你听我的声音，是你朋友的声音吗？"老头说："声音是不一样了，可人还是一样啊。我知道你是借尸还魂，可你现在既然是这个人，就要做这个人该做的事，就好像做官，从高官降为低官，难道你还要做高官的事吗？”

公子明白是这么回事，就请教以后该如何办。老头说：“将他的母亲作你的母亲待，将他的儿子当你的儿子养，自食其力，了此身躯。”公子说自己过去只会读书，怎么养家糊口？老头就想出一个办法，说麻子原来不识字，死而复生居然会吟诗做文，宣扬出去，来看的人会很多，办法就有了。

公子按着去做，果然来看怪事的人很多。公子趁机引经据典，很有学问的样子，结果就有人到他这里来读书。公子能开馆教书，收入不错，足以养家，只是他借住在庙里，不再回家，家里人既得温饱，也就随他。

后来公子考了秀才，正好有个人要到四川去，他就写一封信托人带去给父亲。公子的父亲见了信，觉得奇怪，但还是寄了旅费让公子来见一见。

公子到了四川家里，父母见他完全是另一个人，不愿意认他，两个哥哥也说他是冒牌的。公子细述以前家里的一应细节，父亲倒动了心，可是母亲和两个哥哥执意要赶他走。父亲想，这样的话即使留下来，家里也是摆不平，只好偷偷给了他两千两银子，要他回山东去。

从世俗现实来说，看来我们中国人看肉身重，待灵魂轻。再进一步则是“只重衣冠不重人”，连肉身都不重要了，灵魂更无价值。上面两个灵魂附错体的故事，让我们的司空见惯尖锐了一下。说起来，公子还是幸运的，到底附了个男身，不但可以骂老婆，还考了个秀才有了功名，而那个不肯说出前身的男魂，因为附了女身，糟糕透顶，可见不管有没有灵魂，只要是女身，在一个男权社会里就严重到"辱及前世"，还要"每每垂泪到天明"。纪晓岚的这则笔记，女性或女权主义者可以拿去用，不过不妨看了下面一则笔记再说。

清代大学者俞樾在《右台仙馆笔记》里录了个故事，说中牟县有兄弟俩同时病死，后来弟弟又活了，却是哥哥的魂附体。弟弟的老婆高兴得不得了，要带丈夫回房间。丈夫认为不可以，要去哥哥的房间，嫂子却挡住房门不让他进。附了哥哥的魂的弟弟只好搬到另外的地方住，先调养好病体再说。

十多天后，弟弟觉得病好了，就兴冲冲地回家去。不料老婆和嫂子都避开了，这个附了哥哥魂的人只好出家做了和尚。

上举三则笔记都太沉重了些，这里有个笑里藏"道"的。也是清朝人的梁恭辰在《池上草堂笔记》里有一则笔记，说李二的老婆死了，托梦给李二，讲自己转世投了牛胎，托生为母牛，如果李二还顾念夫妻情分，就把她买回家。李二于是按指点去买了这头母牛回来，养在家中后院。但是这头母牛却常常跑回去，在大庭广众之中与邻居的公牛交配，李二也只好眼睁睁地瞧着。

民间如此，官方怎么样呢？史中记载，大定十三年，尚书省奏，宛平县人张孝善有个儿子叫张合得，大定十二年三月里的一天得病死亡，不料晚上又活过来。活了的张合得说自己是良乡人王建的儿子王喜儿。勘查后，良乡确有个王建，儿子王喜儿三年前就死了。官府于是让王建与张合得对质，发现张合得对王家的事知道得颇详细，看来是王喜儿借尸还魂，于是准备判张合得为王建的儿子。但事情超乎常理，于是层层上报到金世宗，由最高统治者定夺。

金世宗完颜雍的决定是：张合得判给王建，那么以后就会有人借这个判例作伪，用借尸还魂来搅乱人伦，因此将张合得判给张孝善才妥善。

这让我不禁想起孔子的“不语怪力乱神”。我小时候凭这一句话认为孔子真是一个有科学精神的人，大了以后，才懂得孔子因为社会的稳定才实用性地“不语怪力乱神”。《论语》里的孔子是有怪力乱神的事迹的，但孔子不语怪力乱神的实用态度最为肯定。“敬鬼神而远之”，话说得老老实实；“未知生，焉知死”，虽然可商榷，但话说得很噎人。

《孔子家语》里记载子贡问孔子“死了的人，有知觉还是没有”。孔子的学生里除了颜回，其他人常常刁难他们的老师，有时候甚至咄咄逼人，我们现在如果认为孔子的学生问起话来必然恭恭敬敬，实在是不理解春秋时代社会的混乱。孔子的几次称赞颜回，都透着对其他的学生的无奈而小有感慨。大概除了颜回，孔子的学生们与社会的联系相当紧密，随便就可以拎出个流行问题难为一下老师。这可比一九七七年后考入大学的老三届，手上有一大把早有了自己的答案的问题，问得老师心惊肉跳。

子贡的这一问，显然是社会中怪力乱神多得不得了，而孔子又不语怪力乱神，于是子贡换了个角度来敲打老师。

孔子显然明白子贡的心计，就说，“我要是说有呢，恐怕孝子贤孙们都去送死而妨害了生存；我要是说没有呢，恐怕长辈死了不孝子孙连埋都不肯埋了。你这个子贡想知道死人有没有知觉，这事不是现在最急的，你要真的想知道，你自己死了不就知道了吗？”

子贡怎么反应，没有记载，恐怕其他的学生幸灾乐祸地正向子贡起哄呢吧，都不是省油的灯啊。

好像还是《孔子家语》，还是这个子贡，有一次将一个鲁国人从外国赎回鲁国，因此被鲁国人争相传颂夸奖，子贡一下子成了道德标兵。孔子听到了，吩咐学生说，子贡来了你们挡住他，我从此不要见这个人。子贡听说了就慌了，跑来见孔子。

大概是学生们挡不住子贡，所以孔子见到子贡时还在生气，说，“子贡你觉得你有钱是不是？”子贡是个商业人才，手头上很有点钱，孔子的周游列国，经济上子贡贡献不菲，“鲁国明明有法律，规定鲁国人在外国若是做了奴隶，得到消息之后，国家出钱去把他赎回来，你子贡有钱，那没钱的鲁国人遇到老乡在外国做了奴隶怎么办？你的做法，不是成了别人的道德负担了吗？”

孔子的脑筋很清晰。哪个学生我忘记了，问孔子“为什么古人规定父母去世儿子要守三年的丧”？孔子说：“你应该庆幸有这么个规定才是。父母死了，你不守丧，别人戳脊梁，那你做人不是很难了吗？你悲痛过度，守丧超过了三年，那你怎么求生计养家糊口？有三年的规定，不是很方便吗？”

孔子死后，学生中只有子贡守丧超过三年，守了六年。以子贡这样的商业人才，现在的人不难明白六年是多大的损失。好像是曾参跑来怪子贡不按老师生前的要求做，大有你子贡又犯从前赎人那种性质的错误了。子贡说，老师生前讲过超出与不足都是失度（度就是中庸），我觉得我对老师感情上的度，是六年。

屡次被孔子骂的子贡，是孔子最好的学生。颜回是不是呢？我有点怀疑，尽管《论语》上明明白白记载着孔子的夸奖。

不过扯远了，我是说，我喜欢孔子的入世，入得很清晰，有智慧，含幽默，实实在在不标榜。道家则总有点标榜的味道，从古到今，不断地有人用道家来标榜自己，因为实在是太方便了。我曾在《棋王》里写到过一个光头老者，满口道禅，捧起人来玄虚得不得了，其实是为遮自己的面子。我在生活中碰到不少这种人，还常常要来拍你的肩膀。汪曾祺先生曾写过篇文章警惕我不要陷在道家里，拳拳之心，大概是被光头老者蒙蔽了。

不过后世的儒家，实用到主义，当然会非常压制人的本能意识，尤其是一心只读圣贤书的人。这必然会引起反弹，明清的读书人于是偏要来谈怪力乱神，清代的袁枚，就将自己的一本笔记作品直接名为《子不语》。我们也因此知道其实说什么不要紧，而是为什么要这么说。

还有篇幅，不妨再看看明清笔记中还有什么有趣的东西。

梁恭辰在《池上草堂笔记》里记了个故事，说衡水县有个妇人与某甲私通而杀了亲夫，死者的侄子告到县衙门里去。某甲贿赂验尸的仵作，当然结果是尸体无伤痕，于是某甲反告死者的侄子诬陷。这个侄子不服，上诉到巡按，巡按就派另一个县的县令邓公去衡水县复审。邓公到了衡水县，查不出证据，搞不出名堂。

晚上邓公思来想去，不觉已到三更时分，蜡烛光忽然暗了下来。阴风过后，出现一个鬼魂，跪在桌案前，啜泣不止，似乎在说什么。

邓公当然心里惊惧，仔细看这个鬼魂，非常像白天查过的那具尸体，鬼魂的右耳洞里垂下一条白练。

邓公忽然省悟，就大声说："我会为你申冤的。"鬼魂磕头拜谢后就消失了，烛光于是重放光明。

次日一早，邓公就找来衡水县县令和仵作再去验尸。衡水县令笑话邓公说："都说邓公是个书呆子，看来真是这样。这个人做了十年官，家里竟没有积蓄，可知他的才干如何，像这种明明白白的案子，哪里是他这样的人可以办的！"

话虽这样说，可是也不得不去再验一回尸体。到了停尸房，邓公命人查验尸体的右耳。仵作一听，大惊失色。结果呢，从尸体的右耳中掏出有半斤重的棉絮。

邓公对衡水县县令说："这就是奸夫淫妇的作案手段。"妇人和某甲终于认罪。

这个故事，中国人很熟悉，包公案，狄公案，三言二拍中都有过，只不过作案的手段有的是耳朵里钉钉子，有的是鼻子里钉钉子，还有的是头顶囟门钉钉子，几乎世界各国都有这样的作案手段，我要是个验尸官，免不了会先在这些经典位置找钉子。

破案的路径差不多都是托梦，鬼魂显形，《哈姆雷特》也是这样，只不过凶手是往耳朵里倒毒药，简直是比较犯罪学的典型材料。你要是对这则笔记失望的话，不妨来看看纪晓岚的一则。

《阅微草堂笔记》里有一则笔记说总督唐执玉复审一件大案，已经定案了。这一夜唐执玉正在独坐，就听到外面有哭泣声，而且声音越来越近。唐执玉就叫婢女去看看怎么回事。婢女出去后惊叫，接着是身体倒地的声音。

唐执玉打开窗一看，只见一个鬼跪在台阶下面，浑身是血。唐执玉大叫：“哪里来的鬼东西！”鬼磕头说：“杀我的人其实是谁谁谁，但是县官误判成另一个人，此冤一定要申啊。”唐执玉听说是这样，心下明白，就说“我知道了”，鬼也就消失了。

次日，唐执玉登堂再审该案，传讯相关人士，发现大家说的死者生前穿的衣服鞋袜，与昨天自己见到的鬼穿的相同，于是主意笃定，改判凶手为鬼说的谁谁谁。原审的县令不服，唐执玉就是这样定案了。

唐执玉手下的一个幕僚想不通，觉得这里一定有个什么道理，于是私下请教唐执玉，唐执玉呢，也就说了昨晚所见所闻。幕僚听了，也没有说什么。

隔了一夜，幕僚又来见唐执玉，问：“你见到的鬼是从哪里进来的呢？”唐执玉说：“见到时他就已经跪在台阶下了。”幕僚又问：“那你见到他从哪里消失的呢？”唐执玉说：“翻墙走的。”幕僚说：“鬼应该是一下子就消失的，好像不应该翻墙离开吧。”

唐执玉和幕僚到鬼翻墙头的地方去看，墙瓦没有裂痕，但是因为那天鬼来之前下过雨，结果两个人看到屋顶上有泥脚印，直连到墙头外。

幕僚说：“恐怕是囚犯买通轻功者装鬼吧？”

唐执玉恍然，结果仍按原审县令的判决定下来，只是讳言其事，也不追究装鬼的人。

两百多年前的那个死囚可算是个心理学家、文化学者，洞悉人文，差一点就成功了。幕僚是个老实的怀疑论者，唐执玉则知错即改，通情达理，不过唐执玉的讳言其事，也可解作他到底是读圣贤书出身，语怪力乱神到底有违形象。

一九九七年五月　上海青浦

还是鬼与魂，这回加上神与魄

人类学者认为“自我意识”的发生，是很晚近的。知道这一点，可以很好地避免“以今人度古人”的混乱发生。

“自我意识”对于今人，也就是当下的我们，已经是常识，而且常识到我们现在看神话，根本是以“自我意识”去理解神话，体会神话，结果常常闹笑话。“无产阶级文化大革命”中的文字材料，可以整理出一大本用现代语词写成的《中国当代神话笑话选》。

中国文化中，“自我意识”是什么时候发生的呢？这个大诘问中的“中国”，是有概念问题的。传说时代，有“中国”这个概念吗？我姑且用我们混乱的约定俗成来讲这个中国。

研究意识发展史的西方学者认为，“自我意识”的出现，起码在埃及金字塔之后。公元前十一世纪的荷马史诗《伊里亚德》，描述的是神话时期，那个时期，神话就是历史。之后的《奥迪赛》，则开始有了“自我意识”，这个脉络是清晰的。

相当于《伊里亚德》的神话样式，中国却是公元后十六世纪的明代有一本《封神榜》，讲中国在公元前十一世纪的传说。作者陆西星是个有“自我意识”的人，来写三千年前的神话时代，除去他使用的他的当代语词，在神话学上，陆西星做得相当准确。

而相当于《奥迪赛》，则是中国西周时的《诗经》。《诗经》里的“颂”，是记录神话传说，“风”、“雅”则全是“自我意识”的作品，大部分还相当私人性，而且全无神怪。很难想象那时会产生如此具有“自我意识”的作品。

更进一步的是之后的屈原的《天问》，问上问下问东问西，差一步就是质疑神怪了。我们若设身处地于屈原，是能觉得一种悍气和痛快的，当然其中不免有些“以今人度古人”。

不过孔子是文字记录中最早最明确的“自我意识”者。孔子“敬鬼神而远之”，“未能事人，焉能事鬼”，想想他处在一个什么时代！到了汉代的董仲舒，反而“天人合一”，为汉武帝的专制张目。在此之前，只是顺天命而已，没有人视自己为神的代表。《尚书》中的周天子亦只是顺天命，有一份谦逊。谦逊是一种自我意识，用来形容周代初年，也许合适也许不合适。

与董仲舒同时的司马迁，则是自我意识很强的人，所以他的《史记》现代的中国人读来还是同情和感叹。司马迁简直就是和董仲舒对着干，笔下的刘姓皇帝，全都没有龙种的样子。我怀疑司马迁写陈胜吴广揭竿而起时做手脚的细节，把写好字的布条塞到鱼肚子里，半夜学狐狸叫，像是说，你们刘家，比这也好不到哪里去，何来的天人合一？

意识史学者叶奈思（J. Jaynes）定义过“自我意识”，即“以其思想与情感而成为一个独特个体”。孔子和司马迁都有事迹证明他们是有很强的自我意识的人，但这并不等于说，当时的所有的人都是如此，而且随着时间的推移，自我意识会在社会中越来越强。相反的，自我意识在历史和现实中，载沉载浮，忽强忽弱，若即若离，如真似假，混杂在载体之中。

这个载体，是由人类的神、鬼、魂所体现的潜意识。在人类行为的沼泽中，这些潜意识，频频冒泡儿，经久不息。它混杂了集体潜意识和集体潜意识中的个人经验。

这个潜意识，常常表现为神、鬼、魂、魄。

中国人认为“魂”是类似精神的东西，人受到惊吓，有时候会“魂飞”。“魄”呢，则是物质性的魂，所以我们常常会说“魂飞魄散”。魂飞魄散之后呢，留下的是尸。假如魂飞了而魄不散，这个尸就是僵尸。

中国民间传说和明清笔记小说中关于僵尸的故事是很多的。清代袁枚的《子不语》里有则“飞僵”，说有个僵尸会飞来飞去吃小孩子，村里人发现了这个僵尸藏匿的洞，于是请道士来捉。道士让一个人下到洞里，不停地摇铃铛，这样僵尸就不敢回洞了。道士和另外的人则在外面与僵尸斗来斗去，天亮的时候，僵尸倒在地上，大家用火将僵尸烧掉。

“僵尸野合”说的是有个壮士看到一具僵尸从墓中出来，到一家墙外，墙里有个穿红衣的妇人抛出一条白布带子，僵尸就拉着布带子爬墙过去了。壮士跑回墓中将棺材盖子藏起来，不久僵尸回来了，找不到棺材盖子，很是窘迫，于是又回到那家墙外，又跳又叫，可是红衣妇人拒绝僵尸进去。鸡叫的时候，僵尸倒在地上，壮士约了别人到这家去看，发现这家停放有一具棺材，一个女僵尸倒在棺材外面。大家知道这是僵尸野合。于是将两具僵尸合在一起烧掉了。

如此看来，僵尸是有食、色欲望的，同时有暴力。洋僵尸也是如此，美国半夜过后，电视里常放这类电影，喜欢僵尸题材的人可大饱眼福，同时饱受惊吓。

我们不难看出，“魄”，可定义为爬虫类脑和古哺乳类脑；“僵尸”，是仍具有爬虫类脑和古哺乳类脑功能的人类尸体，它应该是远古人类对凶猛动物的原始恐惧记忆，成为我们的潜意识。

于是，我们也可以定义“魂”，它应该就是人类的新哺乳类脑，有复杂的社会意识，如果有自我意识，也是在这里。

中国人认为“鬼”是有魂无魄，所以鬼故事最能引起我们的兴趣，牵动我们的感情，既能产生对死亡的恐惧，同时又是轮回中的一段载体。

还是袁枚，还是《子不语》，有个“回煞抢魂”的故事。说是淮安县有个姓李的人与妻子非常恩爱，却在三十多岁时死了。入殓的时候，他的妻子不忍将棺材钉上，从早到晚只是哭。

按习俗人死后九到十八天，煞神会带亡魂回家，因此有迎煞的仪式，亲人都要回避。可是这次煞神来的时候，妻子不肯回避，她让子女到别处去，自己留在灵堂。二更的时候，煞神押着丈夫的魂进来，放开叉绳，自顾自大吃大喝起来。丈夫的魂走近床前揭开帐子，躲在里面的妻子就抱着他哭，可是觉得丈夫像一团冰冷的云，于是用被子将魂裹起来。煞神一见就急了，过来抢夺，妻子大叫，子女也都跑来了，鬼只好溜掉了。妻子将包裹着的魂放到棺材里，丈夫的尸体开始有气，到天亮的时候，丈夫苏醒过来。这一对夫妇后来又过了二十年。

也是清代的李庆辰在《醉茶志怪》里录了个故事，说是有个姓朱的人有天夜里经过一条小巷，看到一个男人在一户人家的后窗往里看，就上前责备说：“偷看人家，像个什么样子？”那个人却不理他，还是看。

姓朱的大怒，就去拉这个人。这个人忽然回过脸来，只见他面如朽木，发如蓬草，眼有凶光，说：“关你什么事！”接着用手扭住姓朱的背，姓朱的觉得这个人的手凉如冰雪，抓得自己很痛，可是刹那间这个人又不见了。

姓朱的吓得狂奔而逃。第二天有人告诉他，鬼偷看的那家人娶再嫁的媳妇。大家都说姓朱的看到的是新娘的前夫。

明清笔记小说中最多的是反映被压抑的性的潜意识欲望，这类鬼故事最受人欢迎，中国人差不多人人都有不少这类的故事。这类鬼故事在功能上类似黄色笑话，只不过有关性的鬼故事倾向于满足人类对于性与死亡的焦虑。

再者，就是男性在鬼故事里满足于总是美丽的女鬼自动投怀送抱。这在男性制造的礼法社会中活生生地总是难于遇到，遇到，则是艳遇，哪怕是鬼。

那么男人在男鬼身上希望什么呢？清代大学问家俞樾在《右台仙馆笔记》里记了个男鬼求嗣的故事。

咸宁地方有个姓樊的男子，好酒好赌，四十多岁就死了。他的魂到一位叔祖家里捣乱，叔祖说：“我与你无冤无仇，你为什么找我的麻烦？”鬼说：“我死后没有子嗣啊。”

叔祖就不明白了，说：“你自己浪荡，不讨妻继子嗣，怎么怪到我头上来了呢？而且我和你的血脉并不很近，怎么来找我呢？”

鬼说：“我没有田产，谁肯来做我的子嗣？你现在总管我们樊氏，总要你开口，才有个办法，而且算数。”

叔祖说：“你生前不考虑子嗣，为什么死后倒惦记这件事呢？”鬼就说：“我死后，祖宗都骂我，如果你不替我立子嗣，我无颜面对祖宗啊。”

叔祖于是在族会上提议选一个近支血脉的人做鬼的子嗣，安排了以后，鬼就离去了。

鬼故事差不多就是在表达我们在文化中不得释放的潜意识。自我意识属于显意识，因此它也会压抑潜意识。如果说自我意识强的人就不语怪力乱神，只是子不语罢了，孔子还要祭神如神在呢。

一九九七年七月　加州洛杉矶

攻击与人性

一九六三年，动物行为研究学者康拉德·劳伦兹（Kanrad Lorenz）的名著 *On Aggression* 出版，书名可以直译为《攻击》。一九八七年我在香港一家书店见到这本书的台湾中文译本，书名译成《攻击与人性》，于是站着翻看，译文颇拗口，有些句子甚至看不懂，不知是我愚钝还是没有译通。总之，印象中只留下了劳伦兹说到艺术起源于仪式。

我之所以有劳伦兹这个人的印象，是因为一九七三年我在云南，生产队上很多人闲来无事听敌台（这四十多年来敌敌友友，友友敌敌，刚刚相逢一笑泯了恩仇，忽然又要横眉冷对千夫指了），我在当时的敌台中听到当年的诺贝尔生物与医学奖获得者是三位，其中就有这位劳伦兹先生，研究动物行为的。

那时我每天在山上干活儿，倒也鸟语花香，只不知鸟语的是什么。歇息的时候，一边抽烟，一边乱看，看蚂蚁爬，看蛇吞蛋，看猴子飞枝走干，看鹰在天上研究地下。还记得有一次黄昏时突然遇到一只桌子大小的蟾蜍过林中小路，同行的两三个人惊得魂飞魄散，眼睁睁地看着这个王母娘娘隐入草丛，荒草浮动良久。下得山去，说出来任谁也不信，目击者之一说："当时感觉就像见到毛主席，你们不信，那就更像了。"

劳伦兹以研究动物行为为职业而有成就，我每天与动物为伍，自然对劳伦兹产生兴趣。但劳伦兹做些什么具体研究，敌台没说，我也就一无所知。

今年，一九九七年，我在台北，朋友谢材俊先生送我一册一九八七年我在香港看过的《攻击与人性》的一九八九年再版本，算下来，今年距原文出版已有三十四年了。晚上躺在床上看，拗口的译文毫无改变，当年看不懂的地方，这次确定了，是没有译通。重读，永远是有趣的事情，尤其是有意思的书。

康拉德·劳伦兹是奥地利人，在奥地利和美国读动物学和医学，一九四〇年任教于奥地利康尼斯伯格大学（University of Konigsberg）。一九四二年，他被德军征调为精神科医生到波兰一家医院，两年后又被送往俄国前线，随即被俘，做了四年战俘。战后，劳伦兹任慕尼黑大学的教授和麦克思普兰克学院（Max Planck Institute）的研究主持人。

一九七二年，劳伦兹与荷兰的尼可拉斯·汀伯根（Nicolas Tinbergen）、当时西德的卡尔·冯·弗里希（Karl von Frisch）都因为对动物行为的研究而共享诺贝尔生物和医学奖。不过，劳伦兹与其他动物学者的不同在于，他认为攻击性是动物的本能，并认为攻击性也是人的本能，尤其后者，引发过广泛的争论。

人类学家阿施雷·蒙塔古（Ashley Montagu）认为人类没有本能这回事，因为科学研究从来没有证明过攻击性是生物的天赋。哈佛大学的斯金纳（B. F. Skinner）否定人类有内在的行为模式，他认为人的行为都是因为学习而来的。也是哈佛大学的生物学家恩斯特·梅尔认为劳伦兹对动物的看法跳得太远了。英国一位动物行为学家讽刺劳伦兹将观察几只动物和鸟的结果，应用到全人类。当然，劳伦兹在第二次世界大战中的履历，也令人质疑。

质疑中最敏感的方面是，假如人类生来就具有行为类型，那么人在学习和进步的能力上就应该有差距，即使环境条件是平等的。种族偏见是否因此而有本质的根据？

劳伦兹是由对鱼和鸟的观察与实验中，证明攻击是生物进化的原始动力，也就是“同类相斥”的原则。

> 到底是哪些保护物种的功能使得珊瑚鱼的复杂色彩如此进化？我尽可能地买到最多彩的鱼和比较单彩的鱼，结果我得到一个意外的发现：不可能有两条颜色艳丽如广告画的珊瑚鱼，同时存在于一个池子里。假如我把几条同种的鱼放在一个水槽里，顷刻间，只剩下最强的一条活下来。后来，在佛罗里达，我又看

到以前常在水族馆观察到的特殊景象，令人印象深刻难忘：经过生死决战，留下每种一条的七条鱼，每一条鱼都色彩鲜艳而且游姿迥异，互相之间和睦相处。

在海里，“同类相斥”的原则可以在不流血的状况下维持，因为败者可以逃离胜者的领域，而且胜者也不会追得很远。但是在水族馆中，就没有足够的地方可以逃避了；胜者要败者死亡，至少胜者会认定整个水槽是它自己的领域，经常连续地攻击弱者，进行威吓，也因此弱者发育得慢多了，胜者的统治权持续着，直到新的生死关头来结束它。

为了观察领域拥有者平时的行为，必须有一个至少为原来版图两倍大的容器。因此我们做了一个六尺长的水槽，装了两吨多的水，足以让各种小鱼划定一些领域。在色彩艳如广告画的鱼类中，幼者更富于色彩，更凶悍，而且比年长者更坚决地向领域的拥有者攻击。由于幼者身躯小，我们可以在有限的空间内观察到它们的行为。

我和我的同事多瑞斯（Doris Zumpe）在这个水槽里放进一寸到两寸长的小鱼，有二十五种，每种四条，总共一百条。它们的领域分配得很好，几乎一条也没损失。后来，它们开始活跃起来——如事先预料，开始厮打。

现在终于有机会应用计算了。当“真正”的科学家在运用计数与测量时，他会经验到一种快感，这不是行外人容易了解的。毫无疑问，假如我们不用计量——比如我们只是说“艳丽多彩的珊瑚鱼几乎不攻击其他种的鱼，只攻击自己种类的鱼”——虽然我们对族内攻击的了解并没有因此而减弱，但是，说服力会大大降低。因此我们，更正确地说，是多瑞斯数了它们互咬的次数，结果如下：一百条鱼，每种四条，所以每条鱼咬自己同类的机会是三比九十六；同类之间与异类之间咬的比例是八十五比十五，而这十五还是多算的，因为这个数目全来自一种处女鱼。这种处女鱼只待在水槽的洞穴里，攻击任何闯入者。后来我们把这一类组删除，得到的是一个更令人满意的数字。

使得异类相咬的数字增加的第二个原因是，有些个体在水槽里找不到同类的鱼，于是将怒气发泄到异类的个体身上。我事先预测它们会选择哪种鱼为发泄对象，结果假设的数字和实际的数字相当符合。

先列举了一些例子说明它们会攻击与自己体型和色彩相类似的异类之后，劳伦兹接着写道：

除了鱼之外，其他的动物也如此。假如没有同类可以攻击，它们就选择那些关系亲近或颜色类似的异类为攻击目标。

我们必须要重新认识我们的鱼缸里那些赏心悦目的鱼了。劳伦兹并没有停止刺激我们的心灵。

几乎每个水族馆的管理员都会犯同一种错误，在一个大水槽里放养许多同种类的小鱼，期望它们将来有最自然的配偶机会。不久，小鱼长大了，水槽变小了，结果，水槽里只有一对色彩华丽的夫妻愉快地结合，攻击其他所有的鱼。这对夫妻在大水槽里狂奔，被攻击者只好带着破裂的鳍在水面角落游动。富于同情心的管理员不但同情弱者，同时也同情那位“妻”，因为这时候正是这位妻的产卵期，管理员为它们的后代担忧。于是，移走被攻击者，让这对夫妻占有整个水槽。他认为自己尽到责任了，但是，几天后，他发现雌鱼浮尸水面，被撕成条状，而且看不到水槽里有任何卵或幼鱼。

这种悲惨事件是可以预料的。我们可以下面两种方法避免，一种是在水槽里放进一条同种类的鱼，当替罪羊；另一种则较慈悲，在一个大得足以容下两对鱼的水槽里隔一块玻璃，隔成一边一对夫妻，于是每条鱼都可以将健康的怒气，隔着玻璃发泄，通常是雄对雄，雌对雌，没有一条鱼想攻击自己的同伴。相当有趣的插曲是，当一条雄鱼开始粗鲁对待它的妻子时，我们可以预料水槽当中的隔离玻璃脏了，不透明了。一旦将隔离玻璃清洁，先前的捉对相撞就又恢复了，每对夫妻则气氛爽朗。

同样的行为也可以在人类身上看到。我常观察我守寡的舅妈的行为，这些行为常常是有规律可预测的，她使用女仆，没有一个超过八个月到十个月的。她总是喜欢新仆人，将新人捧上云霄，发誓终于找到一个合意的。接下来的几个月，她的态度逐渐冷淡下来。先是发现小过失，然后是稍大的，在正式雇用期结束时，她发现这个女孩子令人憎恨。经过激烈的争吵，可怜的女孩毫无商量余地地被解雇了。舅妈在下一次雇仆人时，会再次更加小心找寻一个完美的天使。

我不是有意在取笑我的舅妈。我当战俘的时候，就在严格控制自己的人——包括我自己——身上清楚地观察到同样的现象。完全互相依赖的小团体可能互相发泄怒气，团体里的分子越是彼此了解，彼此相爱，则受到压抑的攻击性就越危险。据我个人的经验，在这种情况下，阈限会降到极低而让怒气和攻击行为发泄出来，这时，好朋友的互殴程度是很惊人的。

了解这种现象的法则，是可以避免导致杀人事件的，但是却不能减少痛苦。有些人会找到发泄途径，例如砸毁不太贵重的东西。这样确有帮助，这种方便的方法常常可以防止攻击本能的不利后果。领悟不到这种道理的人曾经因此而杀了他的朋友。

常说的“无名火”，就最是这个。心理学家所说的暴力倾向，也根源于此。虽然法律是据结果判断量刑，但“精神异常”是在说对本能毫无控制能力，所以美国总统里根只好白挨一枪。固定空间里人居住得越多，所谓“三代同堂”，越容易“星星之火可以燎原”。政府的房屋政策关系着社会的暴力犯罪率。

这样大的一股力量，让我们不得不再一次考虑好莱坞影片里的暴力。观众一边吃着零食，一边在催眠状态中将本能中的暴力能量释出，之后回家睡觉。这类似大禹治水，疏，而不是堵。曹刿在战术上是击鼓三通而不攻击，道理上好像是请对方连看三场暴力电影，将敌方的攻击能量泄至最底，才容易一举击溃。

劳伦兹提到由于一些学者的研究，“人们才了解，实际上中枢神经在反应前并不需要等待刺激——就像电铃要按开关才响——相反，中枢神经自己就可以产生刺激”。我想，现在小说中所描写的都是“本能的反应”，很少触及“本能的自发”。也许我们只学到巴甫洛夫的“条件反射”，于是“反映论”成为创作教条。我还记得很清楚中学生物课讲到条件反射时，真的是不厌其细，大家心里明白，这是一定要考的。

劳伦兹问道：

攻击有何价值？在保护物种作用的压力下，他们的行为机制和武器变得如此发达，所以我们必须提出达尔文式的问题。

那些被杂志、报纸和电影导入歧途的门外汉，想象着不同的“丛林野兽”之间的关系是血腥的争斗，彼此永远敌对，巨蟒和鳄鱼搏斗。我可以很自信地断言，这种事在自然环境中不会发生。一种动物消灭了另一种动物，又能得到什么益处？它们绝不会妨碍别人的生存利益。

达尔文表示“生存竞争”（the strugle existence）有时被误解为不同种类间的竞争。实际上，达尔文所说的竞争和竞争所引起的进化，存在于近亲之间。使一个物种消失或转变成另一种类的因素，是有益的“发明”，这种发明，在遗传性突变的赌博中，会偶然落在同类分子中的一个或几个上。这些幸运者的后代逐渐超越其他分子，一直到这些特殊种类只包括那些拥有新“发明”的个体。无论如何，不同类的动物也有类似的斗争存在……

异种竞争而能生存的价值比同种竞争而能生存的

价值更明显。……食者与被食者的竞争，绝不至于引起被食者的灭种。它们总是保持一种双方都能忍受的均势。最后的几只狮子一定早在它们猎杀最后一对羚羊或斑马之前就饿死了。或者用人类的商业语言说，捕鲸业一定在最后几条鲸绝种之前就破产了。

另一方面，捕食者与被食者之间的争战并不是真正的斗争。……捕食者内在的动机和争斗时的动机根本不同。……内在推动力的不同，可以清楚地在动物的动作中看出。一只狗在将要捉到兔子时表现出来的兴奋与快乐，和它欢迎主人或某种期望兑现时是一样的。许多佳照显示，狮子在跃起之前的动作一点也没有发怒的迹象。咆哮，将耳朵捋后等等表情动作，只是在捕食动物遇到顽强抵抗时才会看到，甚至此时的表情也只是暗示性的。被食者的活动，即“反击”，常被认为是真正的攻击，特别是群居动物。它们抓住每一个可能的机会攻击那些威胁它们的敌人，这种行为称为“群击”。如果乌鸦或其他鸟在白天看到猫或其他夜间活动的动物，一定围攻之。

……穴鸟主动攻击敌人，鹅则运用尖叫和众势，无畏地进攻来犯的敌人。加拿大鹅甚至会用紧密的集结将狐狸赶走，我从来没有看到过狐狸在此时敢妄想猎取其中的任何一只鹅。狐狸将耳朵朝后放，一脸的厌恶，越过肩膀往后看那群呱呱叫的鹅，慢慢地疾走——以免失去面子——离开鹅群。

我在前面说过我不懂鸟在语些什么，劳伦兹写道：

我们可以从鸟的歌声中听出：一只公鸟正在一个选定的地方宣布它的领域所有权。许多种鸟以歌声表示自己的强壮和年龄，换言之，闻者该畏惧才是。……汉洛斯（Heinroth）用文字来解释公鸡的啼叫："我是一只公鸡"，而家禽专家则能听得更具体，"我是公鸡巴萨札（Baltha-zax）！"

哺乳动物中的大部分是用"鼻子"思想的，所以大部分的动物用气味来表示领域权。……雷豪森（Leyhausen）和沃尔夫（Wolf）已指出，某一种类的动物在森林中的领域分配，不只有空间的限制，也受时间的影响。……为了避免遭遇，这些动物不论走到哪里，都定距放置气味，如同为了避免撞车而设置的铁道信号。一只猫在它的行猎路上嗅到另一只猫留下的气味，必长时间地评估。如果是非常新鲜的，它会迟疑不决，或选另一条路；假如是几个小时之前的，它会平静地继续上路。

……猫的放置气味有避免碰头的作用。有些脊椎动物根本不来同类攻击这一套，只一丝不苟地避着自己的同类。

我们可以确实地假定：同类相争最重要的作用是公平分配存活领域。这当然不是唯一的。达尔文已观察到雌雄淘汰的作用，为了繁殖而淘汰出最好的雄性……但是选择配偶时的最后一句话是由雌性说的，雄性无法反驳……

相对于同类竞争，高等脊椎动物的群居生活进化出阶级次序。

在这种次序下，社会中每个个体明白哪个比较强，哪个比自己弱，如此即可以离开弱者和使弱者屈服。艾伯（Schjelderup-Ebbe）是第一个观察家禽中“阶级次序”的人，也是第一个使用“啄食次序”此名词的人。

那么这个次序对于同类物种有何意义呢？劳伦兹的回答是首先可以抑制群内的攻击，次之可以导致保护弱小。

既然个体之间永远存在紧张状态，所以社会性动物都是“社会地位的追求者”。两个动物在阶级次序中越接近，紧张度就越高，相反，阶级远远分开，紧张度就消失。高阶层的穴鸟，尤其是雄的，喜欢干涉低阶层之间的每一次争吵，于是可预期的是高阶层鸟的参与，会使弱小失败一方获益。

劳伦兹提到观察穴鸟、猩猩、狒狒时，除了阶级，还有一个老年者的经验和权威受到模仿与尊敬的现实。于是，情况是“生存领域以每个个体都能存活下去的方式被划分着：最好的父亲和最好的母亲被选出来以利后代；群体组织里有少数智者、元老们拥有权威，为群体利益做决定，并实行那些决定”。

我们也许意会到人类社会的一些现象，除了生存空间不易和最好的爸爸与妈妈在哪里。不过劳伦兹开始谈到仪式：

> 第一次世界大战前不久，我的老师，也是我的朋友赫胥黎（Sir Julian Huxley）博士正热衷于他的先锋研究——有关一种鸟的求爱行为。他发现某些动作形式在进化的过程中消失了原来的功能，变成了纯粹象征的仪式。他称此为仪式化，而且不加引号。换言之，他将引导人类仪式发展的文化过程与引起动物仪式化的进化过程同等看待。

劳伦兹列举了漫长的观察来的动物行为之后写道：

> 动物知识的传递只限于简单的事物，如通道的寻

找、食物和敌人的辨认以及鼠的特殊知识——毒药的危险。思想的交换和仪式则无法由传统传递。换句话说，动物没有文化。

动物有一个简单的传统，它和人类最高级的文化传统相同——就是习性。……一个令我难忘的经验使我弄清了习性如何使不同的过程——例如鹅的行走习惯，和人类发展的神圣仪式——有相同的基本作用。

劳伦兹接下去详细叙述了那个著名的观察结果，他观察到的与他生活在一起的一只小灰雁上楼到他卧室的过程。

……小孩子却很固执地遵行习惯性的动作，假如说故事的人将故事说得稍稍偏离了，他们会十分不满而沮丧。甚至受过教育的成年人，习惯一旦固定了之后，其力量就大于我们所能想象的。……我的描述将会使人类学家想起很多原始种族的魔术和法术，直至今天还存在于文明人之间……

人类知道自己的习惯和形成纯属偶然，也知道打破习惯不见得就有危险，但仍有不可抗拒的焦虑迫使他遵守习惯……

在美国的深夜，我常常看到空寂的交叉路口一个方向亮着红灯，一辆私人汽车等在路口。五分钟之内，横向没有一辆车驶过。之后，绿灯亮了，等待的车急急地向前驶去。深夜，没有警察，更没有其他的车辆，为什么她或他不“聪明”地就过去了？习惯，将法规变为习惯，能很容易地在任何时候都安全。同理，学雷锋如果是习惯，比过脑子想会容易得多。

上海——当然别的城市也是这样，只不过我在上海也开车，所以有描述的资格——就不是这样，每辆车都习惯抢行，因为人们在生活当中的习惯就是斤斤计较，占到一点便宜几乎与尊严等价。这也难怪，因为生活总是不太容易，因此你如果在驾驶上改掉占便宜的习惯，你在谋生上就有麻烦了。上海人说得好，“到屋里老婆就骂你，回家快了五分钟，赶回去找骂？”

> 当人类不再由己身获得习惯，而是经由文化的传递，一种新的、有意义的特征就出现了。第一，他不再知道特殊行为的起因。第二，令人尊敬的法律制定者，因为年代久远，好像存在于神话中，他们也被神话了，于是他们的法律似乎是神的昭示，触犯者便有罪。

我觉得上段引文中的“法律”，如果换成“禁忌”，更好理解。文化的传统，有仪式化的特征，“‘模仿夸张’（mimic exaggeration）可以导致仪式。事实上仪式十分类似象征事物，仪式也产生夸张的影响，这也是赫胥黎在观察大冠鸭时感到吃惊的事。……不用怀疑，人类的艺术主要也是在仪式中发展的。‘为艺术而艺术’的自主性只是文化过程中的第二步。”

哈，我终于找到一九八七年时我以为记得的这句话，原来劳伦兹并不是说艺术起源于仪式，而是说艺术在仪式中发展。

一九九七年九月　台北万芳社区

攻击与人性之二

“常识与通识”这个栏目持续一年了。去年的开始题目，是《爱情与化学》，记得曾有人私下对我表示不以为然，也有人表示原来是这样的。

这多少都显示出常识的重要。记得“文革”的时候看过一本书，末尾几页已经磨损，封面有各种食品的痕迹，书名是《汤姆·潘恩》。这个潘恩写过一本书叫《常识》，他在书中说，自由平等博爱人权独立这些概念，是常识，他要将这些常识传播出去。潘恩后来到了美国，出版了《常识》。传说中，美国的独立战争中，许多人随身的行囊里，都有这本《常识》。

“无产阶级文化大革命”，简单说，就是失去常识能力的闹剧。也因此我不认为“文化大革命”有什么悲剧性，悲剧早就发生过了。“反右”、“大跃进”已经是失去常识的持续期，是“指鹿为马”，是“何不食肉糜”的当代版，“何不大炼钢，何不多产粮”。

在权力面前，说出常识有说出“皇帝没有穿衣服”的危险，但是，我的父辈们确实有人隐瞒常识。他们到学校里来做报告，说以前被地主剥削压迫，所以参加了革命。如果明白被剥削，一定明白一亩地可产多少粮食这种常识吧？一定明白亩产万斤超出常识太多吧？

我在的小学，大炼钢铁时也炼出过一块黑疙瘩，校长亲自宣布它是“钢”。当时我没有关于钢的常识，当然认为它就是“钢”。后来有一门课叫“常识”，是我最感兴趣的。我最感兴趣的永远是常识。

在常识面前，不要欺骗孩子。在丧失常识的时代，救救孩子就是教给他们什么是常识。当年的中学红卫兵现在看来就是没有常识的孩子，当年他们抄家、打死人时的理由，现在则成了他们的经济生活常识。若现在去抄他们的家，他们若说“凭什么”，你就可以知道，常识回来许多了。

八十年代初，北京街头的大标语，号召人们说“请”，说“对不起”，说“谢谢”，可见八十年代初还是彻底没有常识。我家附近的一个有名的饭馆里，很有决心地贴着“本店不打骂顾客”这种服务公约，倒也点出了常识的程度。

从前有个人到铁匠铺子里去学打铁。师傅说，好好儿干，师傅会告诉你打铁这一行的秘诀的。徒弟于是很听话，很卖力气，盼望着有一天师傅讲出秘诀。可是师傅一直不讲，徒弟就有点儿着急，直到有一天师傅要死了。

徒弟就说，“师傅您不是说要告诉我打铁的秘诀吗？

您看已经到了这种日子口儿了……”

师傅说，“是啊，你过来，”徒弟靠过去，师傅说，“热铁别摸。”

巴金先生说过要建个“无产阶级文化大革命”的博物馆，里面如果能处处标示出常识是什么，我相信效果会很强烈，因为闹剧是最经不起常识检验的。

中国的“无产阶级文化大革命”，剥去意识形态，剥去理论，剥去口号，是再清楚不过的同种攻击，将意识形态、理论、口号覆盖上去，只是为了更刺激同种攻击，或者说，是为了解除对攻击本能的束缚。我在上一期介绍过康拉德·劳伦兹的《攻击与人性》的前半部，劳伦兹论证了“同种攻击”是动物本能，其他的生物科学家证实中枢神经在反应前并不需要等待刺激——就像电铃要按开关才响——相反，中枢神经自己就可以产生刺激。这也就深化了达尔文所说的竞争和竞争所引起的进化，存在于近亲之间。这之前，达尔文的“生存竞争”（the strugle existence）常常被误解为不同种类间的竞争。研究动物行为的科学家在非洲丛林中屡次观察到雌黑猩猩有食子的行为，并且拍摄下来，但是恐怕播映出来刺激文明人类，长时间内隐而不发。最近播放了，反应强烈。

劳伦兹还论证了同类相争最重要的作用是为了公平分配存活领域。美国的反托拉斯法，就是要限制大财团占领过大的领域，使初起弱小者不能发展。美国的微软视窗目前就有犯法的可能，从视窗95开始，很明显，微软准备覆盖全部个人电脑系统。当微软成为霸权的时候，使用者的灾难就来了，我们再也找不到更好的可能了，因为可能的制造者因为没有公平的生存空间，根本不能存活。

劳伦兹并没有止于此，而是继续下去。“继续”这个词用得不准确，因为许多动物行为是同时观察到的，只是有些是先被解释，有些是后被解释。

劳伦兹发现，相对于同类竞争，高等脊椎动物的群居生活进化出阶级次序。

在这种次序下，社会中每个个体明白哪个比较强，哪个比自己弱，如此即可以离开强者和使弱者屈服。

这个阶级次序对于同类物种的意义，劳伦兹的回答是首先可以抑制群内的攻击，次之可以导致保护弱小。

既然个体之间永远存在紧张状态，所以社会性动物都是“社会地位的追求者”。两个动物在阶级次序中越接近，紧张度就越高，相反，阶级远远分开，紧张度就消失。高阶层的穴鸟，尤其是雄的，喜欢干涉低阶层之间的每一次争吵，于是可预期的是高阶层鸟的参与，会使弱小失败一方获益。

这无疑是人类社会中阶级的生物起源，只是我们没有料到它有保护弱小的功能。重要的是，我们开始发现动物进化出抑制同类攻击的功能了。劳伦兹接着谈到动物行为中一些动作形式进化为仪式，人类与动物的区别是：

> 当人类不再由己身获得习惯，而是经由文化的传递，一种新的、有意义的特征就出现了。第一，他不再知道特殊行为的起因。第二，令人尊敬的法律制定者，因为年代久远，好像存在于神话中，他们也被神话了，于是他们的法律似乎是神的昭示，触犯者便有罪。“模仿夸张”（mimic exaggeration）可以导致仪式。事实上仪式十分类似象征事物，仪式也产生夸张的影响，这也是赫胥黎在观察大冠鸭时感到吃惊的事。……不用怀疑，人类的艺术主要也是在仪式中发展的。“为艺术而艺术”的自主性只是文化过程中的第二步。

经由劳伦兹的论述，我们逼近了艺术起源的又一步。不过劳伦兹志不在此，他说：

> 仪式的种系进化过程创造了一个新的自治本能，它具有独立的力量干扰本能冲动。它的原始功能是诱发种族内个体间的互相了解，以避免攻击的不良后

果。不仅人类，甚至动物，常因误以为他人有害于己而引起争端：就这方面而言，仪式与典礼对我们有极大的重要性。……仪式能够形成一股独立的力量，在本能的大议会中，成功地与攻击的力量对峙。为了让读者了解仪式是如何阻止攻击冲动，而又不减弱它的力量，也不妨碍它的护种功能，我必须先谈谈本能的组织。这个组织像个大议会，是许多独立的因素交互作用组成的；它的民主性是经过一段进化的考验才发展出来的。纵然它不能使各种不同的关系达到完全和谐，至少它使它们达到可以容忍而且实际可行的妥协阶段。

例如笑：

人类的笑，其原型可能是一种求谅解或欢迎的仪式。微笑和大笑，我认为是同一行为的不同程度，也就是对同样性质的刺激，以不同的心理状态应答。

与人类最接近的黑猩猩和大猩猩，不巧没有一种对应人类的笑的动作，但许多猕猴在动作上有求和的姿态——露出牙齿，不断地上下转动头部，咂嘴和将耳朵向后摆。值得注意的是，许多东方人的笑也是以此方式欢迎人。但最有趣的是笑得最厉害的时候，他们把头稍微转向一侧，这样，他们的眼睛就不会直视被欢迎的人的眼睛，而是用眼光扫过对方……

无论如何，这欢迎的笑容，常使我们解释为求谅解的仪式，它和鹅的胜利仪式类似。胜利仪式是在修改过的威胁仪式中产生的……

当几个小男孩一齐笑另一个或不属于同一团体的男孩时，这行为是含有相当的攻击性。大部分的笑话建立在当一种紧张状态突然被打破时。许多动物的欢迎仪式也有非常相似的情形。当一个不愉快的冲突情况突然解除时，狗和鹅或其他动物会做出强烈的欢迎……

仪式将个体牢系在一起，使它们共同抵抗敌对世界。有相同的目的——例如必须抵抗外人——是形成“结”的要素。鱼为相同的领域及子女抵抗，科学家为相同的意念抵抗，最危险的是盲信者为相同的概念而抵抗。所有这些情形，为了提高结合力，攻击是必须的。

因此笑是抑制攻击的仪式产物，它与攻击的本能是相关的。还记得革命样板戏《智取威虎山》吗？“不怕座山雕叫，就怕座山雕笑”，剧中的正反角色，杨子荣和座山雕都是用笑来传达攻击信号的。中国熟语警诫我们，“笑里藏刀”，“笑面虎”，即使是诗句，“相逢一笑泯恩仇”，也是将笑与攻击摆在一起的。

劳伦兹观察到，动物的攻击本能被仪式抑制着，但执行仪式而控制不当，仪式有反行效应，反而引起最熟识者之间的攻击。

这种使人痛苦的愤怒只能解释为，部分是由于双方互相认识太清楚以至于不再害怕对方。人类也是如此，同样的原因，使非常恐怖的夫妻争吵发生。我相信，每一个真爱的情况中，有很高的攻击性潜伏着，通常为结所抑制，一旦结破裂了，恐怖的现象，如恨，就出现了。没有一种爱没有攻击性，没有一种无爱之恨。

后面的观察非常有意思：

胜利者从不追逐被打败的，我们从未听到两只雄雁爆发过第二次战争。相反，它们过度地回避对方，当大群雁在沼泽上觅食的时候，吵过架的朋友总是在外围的另一边。假如偶然没有及时发现对方，或根据实验而互相靠近时，我看到它们居然显示出难为情！它们不敢看对方。雄雁是这里那里乱看，或拘谨地吸引它们爱恨的对方，然后跳开，好像手从热铁上弹开。而且两只雁持续不断地整理一下羽毛，用嘴摇一下想象中的东西，它们就是不能简单地走开，为了

“保全面子”而不惜代价，绝不能有如何逃开的迹象。我们禁不住要同情它们这种尴尬情境。

我们知道有一些动物完全没有攻击性……有人会想，这样的动物一定会有永恒的友谊与结合，但这些特质尚未在这些动物身上发现，它们的结合根本就见不到。友谊只在高度发扬种内攻击的动物中发现。事实上，结越牢固，越具攻击性。

种内攻击比友谊和爱要早几百万年之久，在地球的长久纪元中，曾有过真正凶猛而有攻击性的动物。几乎今日的爬虫都有强的攻击性……个体结只在某些硬骨鱼、鸟和哺乳动物中有，也就是说，在第三纪之前，以团体姿态出现的动物并不存在。这样说来，没有“爱”这种东西，种内攻击也能存在，但反过来说，没有一种爱是没有攻击性的。

“君子之交淡如水”，这是最具经验之谈。勾肩搭背，搞来搞去就是拳脚相向，而且振振有辞，从振振有辞当中，我们可以听出来，原来互相攻击的部分早在勾肩搭背的时候就知道了，“我不想说就是了”。

劳伦兹在漫长观察的叙述之后，开始谈到人类本身。

有些人认为同种攻击是对人类的一种污辱。人们都乐意将自己看作是宇宙的中心，认为自己不属于自然，而是从自然分立出来的特殊的高等生物。很多人对这个谬见恋恋不舍，而无视于一个人曾说过的最智慧的警语，即齐隆（Chilon）所说的，“认识你自己”，这句话通常被认为是苏格拉底说的。到底是什么因素使人们听不进这句话？

障碍有三，而且全是由强烈情绪引发的。

第一，人们认为可以借助人类的悟性，轻易将之克服；

第二，虽然有不利的后果，但至少是光荣的；

第三，从文化历史的角度来看，是可了解的，因此是可原谅的，却是最难祛除的。

三个都与人类最危险的特质有密切的关系，俗话说，这个特质在陷落之前会有一段光彩，那就是——骄傲。

第一个障碍是最原始的。人类抑制自己对自己的进化根源做了解，因此阻碍了自我了解。

第二个障碍，是我们不愿意接受自己的行为是遵循自然因果律的事实。……这种态度的产生，无疑是因为希望拥有自由意志，认为我们的动作并不是偶然因素决定的，而是较高层的意志决定的。

第三个障碍，至少在西方文化是有的——是唯心论哲学的天性。人类将万物二分为内在与外在，前者照唯心论的看法是无价值的，后者是包含在人类思想内，价值只依附思想而存在。这种划分正投合人类崇高的自傲心理。……“唯心论”与“实在论”这两个名词本来是象征哲学上的态度，但是现在已经应用到道德的价值判断。

人们所以害怕原因上的探讨，可能是怕领悟到宇宙现象的原因后，发现人类的自由意志只不过是一种错觉下的产物罢了。其实，我的意志就如我的存在，不容否认。更深一层领悟到我自己的行为是受一连串生理原因的控制后，至少并不能改变“我将要做”这件事实，只是可能会改变“我所要做的”。

假如人们认定人类的行为，尤其是社会行为，绝不仅仅是由理性和文化传统就能决定，它们还要顺从本能行为的一切法则。对这些法则，我们从动物本能行为的研究得到不少知识。……人类社会非常像老鼠，在自己的族群里是个爱社交且和平的生物，但是对待那些不属于自己团体的同类种族，就完全换成一副魔鬼嘴脸。……老鼠在达到过分拥挤的情况时会自动停止繁殖，然而人类没有一个可行的办法来阻止人口膨胀。

劳伦兹还论述了青春期现象，说明了人人都必须经历青春期和其后一小段时期的危险阶段，并且特别提到他建议命名的“攻击性热情”。

事实上，攻击性热情是自发性攻击的特殊形式。……有强烈情绪的任何人，都可以亲身体验到随着攻击性热情而来的主观现象：身体从上而下打着颤，两臂外侧亦如此，气势高昂地漠视一切束缚。在这特殊时刻，准备放弃一切，唯独去迎接那个被认为是神圣的任务。一切障碍都不足为惧，而且不幸地，禁止伤害或杀死同胞的本能抑制力也大大地丧失了。此时，一切理性思考、批评、合理的争论都沉默下来。它们不仅显得势力单薄，而且是卑贱和不光荣的。人们在参与凶恶事件的时候，也会有正直的感觉，甚至感受到这种正直感的快乐，就像谚语说的："当旗帜飘扬，一切正气都在号角声中。"

劳伦兹归纳了四个可以刺激攻击性热情的情况。

一、社会团体里的个体认为被外界所威胁。他们会描绘出威胁者，而他们效劳的团体，从运动俱乐部到国家民族，直至科学真理，公正清廉的主张；

二、令人憎恶的敌人出现，而且这个敌人威胁了上述"价值"；

三、领袖形象，任何政治集会都少不了大幅领袖像，甚至反法西斯的党也不能缺；

四、参与的个数多，而且全部都被同一种感情所鼓动。

想来我们都很熟悉上面的描述吧？一九六六年炎热的夏天。

劳伦兹认为控制本能行为模式的必要条件是，对释放它的刺激情境有充分的认识。对文化大革命的情境的认识，直到现在还是众说纷纭，有说是受骗了，可见是没有认识；有说是理想，可是此理想要消灭彼理想。我想，所谓“充分”，首先要看这个情境究竟是束缚还是释放我们的攻击本能，并达到一种丧失常识的程度。

一九九七年十一月　台北万芳社区

攻击与人性之三

在双月刊的杂志上将一个题目写到“之三”，实在不智。每个人都很忙，或者很无聊，总之，不会记住两个月之前读过些什么。所以当这个月看到什么《攻击与人性之三》，真的是要骂我了，难不成还要去找四个月之前的“之一”和两个月之前的“之二”，才看得明白“之三”？

我其实也没有料到关于人的本能之一——同种攻击，会有这么多话要说或引述，不过这次保证是“之最后”，因为，“攻击”这个话题终于要和艺术转到一起了。

说起来，为什么要在一个文学刊物上介绍人的生理本能？这里有我一个小小的私心。这个私心倒不是我要搞什么“艺术生理发生学”，这方面必有好事者来做的。

我的私心是，有非常多的好书，其实没有这么严重，而是有非常多的有趣的书，我们还没有翻译介绍。做出版的朋友，不妨从有意思出发，搜寻一下有关常识的书，或者会有一套“常识丛书”？

我向来读书太杂，杂到让人看不起的地步，杂到墓志铭上可以写“读书杂芜，不足为训”。不少人写文章是为吓人的，因为所写的与其说是“高见”，不如说是常识。当然，我就有这种嫌疑。

不过，任何高见，如果成为了生活或知识上的常识，就是最可靠的进步。

说回到攻击与人性。先转录两则新闻，一则是一九九七年初——

> 上海动物园日前再度发生狒狒间“伦常悲剧”。一只来自荷兰的狒狒王自去年三月曾咬死亲生骨肉后，日前再咬死其“嫔妃”在狒狒王软禁期间与别的狒狒“勾搭”而生下的小狒狒。
>
> 前年四月在动物园佛山登基的狒狒王，长得英俊威武。去年三月，只因母狒狒产仔后专心抚幼，狒狒王求欢不成，迁怒于幼仔，饲养员只得将其软禁他室。其间曾有一只将成年的雄狒狒眼见山中无老虎，便染指前“大王”的“嫔妃”，后也因同样原因谋杀小狒狒而被关押。去年七月，动物园考虑到繁殖问题，只能请狒狒王再次出山。
>
> 一个月前，母狒狒们接连产下三只幼狒狒，可是狒狒从怀胎到产仔一般要经历半年，显然母狒狒产下的非自己（指狒狒王）亲生骨肉，而是那只已被关押的雄狒狒的子女。狒狒王眼见自己的“嫔妃”产下了“别人的孩子”，大发醋意，但碍于刚出生的幼狒狒

由于没能力走动，总是攀附在母亲身上，狒狒王一时无法下手，只好在一旁虎视眈眈，等待时机。

数日前，一只幼狒狒开始离开母狒狒怀抱下地学步，早已忍无可忍的狒狒王看准时机，突蹿前去，几口就将小狒狒咬死。狒狒王正准备咬死另两只小狒狒时，幸饲养员闻讯赶到，阻止了悲剧进一步扩大。

如果我们有关于动物行为的常识，新闻里的这个惨剧（不是悲剧，悲剧是讲人的性格与人所遭遇的命运不协调）就不会发生。第一，灵长类动物确认带有自己基因的后代，是本能性。第二，灵长类动物是社会性动物，有阶级划分，“王”是同类雄性互相攻击的优选结果，最强悍，它在物种中的责任就是捍卫“最强悍”的基因的传递。第三，灵长类动物的同类攻击本能，是“王”捍卫本物种“最强悍”基因传递的最直接的手段。

从基因的角度来看，上海动物园佛山的这只荷兰来的狒狒王大义凛然，绝不允许任何非最强悍基因传递，影响本物种的质量。现在出现了这种情况，王，克职尽守，务必全部清除之。这是狒狒之道，王这样做，是有德之狒，当模之范之，榜之样之，标兵之，并奖之励之，整个事件何悲之有？

动物园也有苦衷，他们不能从狒狒的角度看事件，只能从经济角度看损失。既然从经济角度考虑，就应该从动物行为的常识来解这道组合题。这有点像小学时算术老师出的那种题，一只船，一只狐狸，一只鸡，一袋米，怎样将它们运过河去而不让狐狸吃了鸡，鸡吃了米?

这道题的第一步是软禁母狒狒，而不是软禁狒狒王，第一步错，就一路错下去了。

另一则是有关万物之灵，也就是人的。与上海动物园的狒狒事件同时，台湾《联合报》报导："杀女儿　浑爸爸认她非亲生女　疑神疑鬼　夫妻情感常起纠纷　小生命代罪"——

> 嫌犯陈再兴凌晨涉嫌将亲生女儿丢到光复桥下，他的太太上午获知女儿尸体被寻获后，在派出所痛哭不已，她说，与陈再兴结婚四年来，为了细故，两人常争吵，陈再兴还动手打她，但他非常疼爱孩子，她不敢相信他会下此毒手，陈再兴则说，是太太说女儿非他亲生，既非亲生，就不要了，他愿意坐牢，关多久就多久。
>
> 陈太太情绪激动，警方侦讯时，她一直说"我什么都不知道"、"不要问我"，待情绪较平缓，她才说，陈再兴平日从事电镀工，收入不一定，他们育有二子，大儿子已经四岁，小女儿才十个月大。
>
> 她说，陈再兴以前就常常怀疑她在外头"乱搞"，两人因此经常口角，陈再兴常打她，为了孩

子，她都忍气吞声；昨天深夜，她想早点睡觉，但是儿子一直吵，夫妇两个人于是又争吵，陈再兴说他要抱女儿出去，她还以为陈再兴要抱女儿到新家，结果她都找不到，于是赶紧向派出所报案。没想到，陈再兴回家告诉她，他把女儿丢到光复桥下，陈太太哭着说，陈再兴对她不好，但却从来都没打过小孩，她万万没想到他会如此狠心丢弃女儿致死。

陈再兴是狒狒？显然不是，但行为与狒狒一样。

不妨将劳伦兹在《攻击与人性》这本书里的话再引述一下。

有些人认为同种攻击是对人类的一种污辱。人们都乐意将自己看作是宇宙的中心，认为自己不属于自然，而是从自然分立出来的特殊的高等生物。很多人对这个谬见恋恋不舍，而无视于一个人曾说过的最智慧的警语，即齐隆（Chilon）所说的，“认识你自己”，这句话通常被认为是苏格拉底说的。到底是什么因素使人们听不进这句话？

障碍有三，而且全是由强烈情绪引发的。

第一，人们认为可以借助人类的悟性，轻易将之克服；

第二，虽然有不利的后果，但至少是光荣的；

第三，从文化历史的角度来看，是可了解的，因此是可原谅的，却是最难祛除的。

三个都与人类最危险的特质有密切的关系，俗话说，这个特质在陷落之前会有一段光彩，那就是——骄傲。

第一个障碍是最原始的。人类抑制自己对自己的进化根源做了解，因此阻碍了自我了解。

第二个障碍，是我们不愿意接受自己的行为是遵循自然因果律的事实。……这种态度的产生，无疑是因为希望拥有自由意志，认为我们的动作并不是偶然因素决定的，而是较高层的意志决定的。

第三个障碍，至少在西方文化是有的——是唯心论哲学的天性。人类将万物二分为内在与外在，前者照唯心论的看法是无价值的，后者是包含在人类思想内，价值只依附思想而存在。这种划分正投合人类崇高的自傲心理。……“唯心论”与“实在论”这两个名词本来是象征哲学上的态度，但是现在已经应用到道德的价值判断。

人们所以害怕原因上的探讨，可能是怕领悟到宇宙现象的原因后，发现人类的自由意志只不过是一种错觉下的产物罢了。其实，我的意志就如我的存在，不容否认。更深一层领悟到我自己的行为是受一连串生理原因的控制后，至少并不能改变“我将要做”这件事实，只是可能会改变“我所要做的”。

假如人们认定人类的行为，尤其是社会行为，绝不仅仅是由理性和文化传统就能决定，它们还要顺从本能行为的一切法则。对这些法则，我们从动物本能行为的研究得到不少知识。

说来“人性”既不应该是褒义词，也不应该是贬义词，而应该是中性的。不过中性是客观的意思，可惜我们离客观还有很大的距离，起码要等人类基因组的功能理出个头绪来才好再说。人类，从古到今，无非是通过对自己的行为的观察来了解“人性”，动物行为的科学研究，更不过才是几十年的事。

不过，我们通常用“人性”为褒义，比如说“陈再兴毫无人性”。这种用法，实际的意思是，遵守礼法约束的人“应该”是怎样的。若用“人性”为中性词，可以说“陈再兴有人性，但无礼性”，俗话不绕弯子，“陈再兴是畜生。”

所以我们用“人性”为褒义，褒的其实是“礼”，因此也才会有对“屡教不改”的道德义愤。改什么？改人性中应该而未被礼约束住的部分，可是我们的同类陈再兴，“愿坐牢，关多久就多久”，改不了，而且骄傲。当然免不了还有同类赞曰“陈再兴是汉子”。台北光复桥下的无辜女婴呢？文雅说“私生子”，俗说“小杂种”，狒狒王若会说话，无非也就是这两个词。不少人也这么想，可是又肯定认为自己绝对不是畜生。

孔子大讲特讲“礼”，可是在本能问题上又讲“思无邪”，意思是不追“思想根源”，思，可以是畜生的，这可由孔子删过的《诗》作证；说或做，则不可以，其实小做还是可以的，这也可以由《诗》作证。当然能修身齐家治国平天下最好，不过那是对“士”的要求，先秦对“君子”和“小人”是有道德区隔的。可惜这些没有传统下来，秦始皇将有关思想的书烧掉了，之后，从汉儒，再到宋儒，则专门在“思”上做“不可以”的文章。

孔子骂过“始作俑者，其无后乎”，谴责殉葬，他参与礼仪，大概见过人殉；又讲过人和畜生的区别，大概与他年轻时管理过鲁国的畜生有关系，不然不会讲得如此诚恳：“人不独亲其亲，不独子其子。”小孩子，我的小孩子，由此而扩及到别人的小孩子。这简直就是人权条款，向生物本能宣战，难怪有人提到孔丘，“不就是那个明知做不到而非要做的人吗？”

不过，比孔子早一百年的一个故事，也就是后来我们耳熟能详的《赵氏孤儿》，讲门客程婴舍自己的婴儿救主人赵盾的婴儿。这几乎是个莎士比亚式的故事，但《赵氏孤儿》讲的是赵氏基因的重要，若莎士比亚写来，恐怕会是程婴内心与生物本能的惊心动魄的纠缠吧。

既然我们人类以礼教来约束“同种攻击”这股能量，

但它仍然顽强地困扰我们，从世界战争到夫妻反目，那么，我们何不定下个彻底消灭它的目标，比如一旦在基因组里找到攻击基因，即剔除之？岂不世界大同，永远和平？

这就叫头痛医头，脚痛医脚。“同种攻击”是本能，是自然力，是天地不仁，人类能到如今，是凭它一路“杀”过来的。可是你若对它有所质问，它绝对一脸茫然。

这好比水。传说时代的鲧，治水是用堵，总不成功，被舜杀了，鲧的儿子禹来治，用疏，成功了。这是老祖宗留给我们对待自然力的遗训。我想禹治水也要用一些堵，但堵的目的是让水向疏的方向走，导向海。水进入海，平静了，景观很好。

劳伦兹自撰了一个词称为“攻击性热情”，认为艺术创作与它有关。我想，这暗示出艺术的生物起源，只是动物都有同种攻击的本能，为什么只有人才可以将之导为艺术创作的能量？

我在“之一”里引述过劳伦兹讲“‘模仿夸张’（mimic exaggeration）可以导致仪式。事实上仪式十分类似象征事物，仪式也产生夸张的影响，这也是赫胥黎在观察大冠鸭时感到吃惊的事。……不用怀疑，人类的艺术主要也是在仪式中发展的。‘为艺术而艺术’的自主性只是文化过程中的第二步。”

我一直对艺术起源的问题有兴趣，后来觉得可能是问题错了。问题是有没有艺术起源这回事，或者说，“艺术”这个后天的概念误导了我们，以为艺术是由起源而来的。这种观念是个“语言障”。

社会性动物产生了仪式化的行为，但这个行为不是艺术行为；人类是社会性的动物，也有仪式化的行为。人类的催眠机能产生了原始宗教，是一种逐渐文化化的仪式行为。原始宗教中，充满了“模仿夸张”的意识与行为。意识和行为要模式化，模式化的东西才好传递，否则一世而斩。

模式化的东西会异化，宗教中一些模式后来就异化成了艺术。“为艺术而艺术”是艺术的再异化。

本能会成为潜意识和显意识，“攻击”随时是潜意识和显意识，比较之下，“性”就不是那么随时。佛洛伊德说艺术创作是性的转化，这个说法影响了近当代无数的中国艺术家。现在介绍说劳伦兹认为“攻击热情”与艺术创作有关，不知道会不会产生同样的影响。中国艺术家非常愿意接受理论的影响，也非常愿意被理论异化，有点儿视其为“登龙术”。毕卡索老实，他说他的理论“仅止于咖啡馆里听到的片言只语”，足够了。

不仅艺术，学术也是非常有“攻击热情”的。先秦的“诸子百家”，都在互相攻击。我们看现在有些学术文章、学术会议，幸亏尚有规范，一旦失范，无异热情的刀剑。

艺术呢，除了性和死亡，攻击也是永恒的主题之一，流行的说法是暴力。所谓爱，如果是与死亡、暴力综合，效果就非常强烈。几大古典小说，无不贯穿着攻击心理和行为，读者爱看，于是可以传世。鲁迅的小说，尤其“呐喊”系列，有着沉实的攻击热情，杂文则干脆是匕首投枪。莫言的“红高粱”系列，充满了灿烂的攻击热情，爱和死亡都是勃勃跳的。爱很危险，内含的攻击热情搞不好就导致死亡。

艺术常常表现嫉妒。嫉妒是什么？嫉妒就是攻击的前导情绪，它常常比愤怒来得强烈，宗教有时不限制愤怒，当需要卫道的时候，但宗教限制嫉妒。

法国梅里美的《卡门》是嫉妒的经典。它被法国的比才改成过歌剧，由此又产生了管弦乐组曲，再产生了西班牙萨拉萨蒂的提琴幻想曲，俄国人又改编过芭蕾，西班牙人在八十年代拍过一部戏中戏的电影《卡门》，其中的佛朗明哥舞，极具攻击的震撼。嫉妒，可以炒成无数盘辣味菜，永远有吸引力。

孤独呢？既得不到释放攻击的快感，也得不到压抑攻击的快感，这种茫然就是孤独。孤独暗藏着随时会引发攻击的可能。诗人用持久的热情歌咏孤独，我们不妨小心一点。

举凡我们用烂的什么“艰苦卓绝”、“精神饱满”、

“斗志昂扬”等等，被视为的健康状态，无非就是攻击热情。

健身，有氧舞蹈，都在消耗攻击热情的能量，或是维持攻击热情于长久，要不是被概念为健康，做起来会有心理障碍的。体育竞赛是极端的例子。

美国的NBA篮球联盟，原来有个不成文法，就是不许扣篮，因为这种攻击动作在白人看来有污辱性。但是这种攻击动作能极大满足球迷的攻击热情，表现形式又被黑人球星玩得出神入化，一夫闯关，万夫莫敌，所以现在成了NBA最大的彩头。

中国的足球踢不踢得出亚洲，不是最要紧，只要踢，就能满足球迷们的攻击热情。不过我这么说，就冒着被球迷攻击的危险。

冰球、拳击运动还用我再啰嗦吗？

艺术当中饱含了攻击热情和异化了的攻击热情，但这是我的引申，劳伦兹还不是这个意思。他的意思是说，攻击热情趋使艺术家去创作艺术。而且，攻击热情驱使人类做各种各样的事情，比如探险、科学研究、经济竞争、选举、犯罪等等，凡是你能想到的创造性活动。人类不息的创造热情，是本能中的攻击热情的转化，所以，我们不能一劳永逸地剔除攻击本能。剔除了，人类的进化就停止了。

相反的例子是佛教。印度佛教弃绝攻击，不久就消亡了，继之以西元前一世纪末克什米尔贵霜王朝将大乘佛教用为政治统治术。才又发扬光大，再传回印度。

我小时候常在庙里见到护法金刚怒目圆睁，各持致命法器。一个戒杀的信仰，何必呢？原来还是攻击来攻击去比较真实，少林僧有道理。

中国武术里的武德，以不攻击为要，好像兵家的最高原则是“不战”，练是为防身，不是为攻击。师父观察到徒弟有杀心，是不传绝招的。金庸的武侠小说则是攻击得花样百出，撩拨读者的攻击热情，不过武侠小说是娱乐，我这么说也是严重了。

我自己写过一个中篇的武侠小说，其中总是要打而最终没有打起来。退稿的编辑小声儿作金刚吼：“你是真糊涂还是装糊涂？武侠不打，砸的可是咱们的饭碗哪！”

一九九八年一月　加州洛杉矶

足球与世界大战

炎热的夏天就要来了。这话有毛病。夏天当然是炎热的，所以“夏天就要来了”足矣，不必啰嗦炎热。

不过人是感情动物，常常顾不上语法逻辑，变得语无伦次。记得我小时候有个邻居，骂起她的儿子，真是恨铁不成钢，出口就是“王八羔子”，“小杂种”。她这个儿子是我的同学，有一次忍不住问他，“你要是王八羔子，你爸你妈就是王八了？”结果是我被“王八羔子”追得满街跑。“必也正名乎”是要付出代价的。

今年，一九九八年，又到了四年一次的世界杯足球赛，照例会有二十多亿人进入疯狂，这个夏天会非常非常炎热。所以，炎热的夏天就要来了。

世界杯足球赛煽动起来的攻击性热情，几乎是四年一次的世界大战，奥林匹克运动会无疑是逊了一筹。一九三〇年之所以要办这么个世界杯足球赛，就是因为觉得奥林匹克运动会中的足球赛，实在不足以满足足球运动的疯狂。

我们不妨随便看看我们在过去将近七十年里的疯狂。

一九二八年，国际足球协会主席雷米在阿姆斯特丹开会的时候，建议办四年一次的国际足球大赛，提案通过。

法国工匠做出一个重一公斤半，也就是我们的三斤重的镀金奖杯，样子是胜利女神直立展翅，命名为RIMET世界杯，也就是“雷米”世界杯。

一九三〇年，首届世界杯国际足球赛开始，乌拉圭捧走了金杯。之后，意大利保持了奖杯八年，巴西保持了八年。所谓八年，就是连续夺得两届冠军。

一九七〇年，巴西再次夺得冠军。依照规则，巴西永久拥有这个三斤重的金杯。一九七四年开始，世界杯改称FIFA世界杯，FIFA是国际足球协会的缩写。这个奖杯，是由意大利米兰的工匠制造。

这个杯，属于FIFA的永久财产，意大利和当年的西德虽然各得了三届冠军，却不能永久拥有，只能保存复制品。

这样一来，巴西岂不是占了便宜？没有。巴西永久拥有的那个“雷米”奖杯，被人偷走了，大家也就摆平了。

一九六六年全世界最轰动的大事不是中国的“无产阶级文化大革命”，而是那个世界杯“雷米”失窃。后来英格兰的一只狗在一个菜园子里找到它，狗的主人柯伯特于是得到一大笔奖金。柯伯特决定奖励狗吃一个星期的鱼子酱，一个狗食公司马上跟进，免费供给一年的狗食。我的经验是，狗吃过高级食品后，普通食品就很难下咽了。

不过“雷米”金杯在一九八三年再次失窃，一般认为它已被熔毁，巴西足协永久拥有的那一座，是复制品。

也是和食品有关，一九七四年世界杯足球赛前，萨伊（通译为扎伊尔）队到埃及踢热身赛，带去调理好的猴儿肉，结果埃及厨子与他们大吵，大骂他们残忍。经过协调，决定由萨伊队自己煮，而且只能在自己的房间里吃。

美国有三大球，棒球，篮球，美式橄榄球，但是没有足球。美国人觉得长时间不进球的运动有点莫名其妙，起码没有效率，因此美国从小学到大学，都没有足球课。一个美国孩子，从小学就熟悉三大球的玩法，想想我们对乒乓球的熟悉程度吧。三大球的术语，人尽皆知。沙林杰的著名小说的题目被中译成《麦田捕手》，其实它是棒球里外野捕手的意思，也就是我们常看到的那些跑到最远处接球的人。

一九五〇年，美国队在世界杯足球赛中以一比〇击败英格兰队。可能吗？要知道足球这个游戏是英国人发明的，美国人发明的篮球，因此英国报纸将记者发回去的比数改成英格兰以十比一胜美国队，次日见报，举世哗然。不过，美国人也认为赢得侥幸的，美国队盖耶特金飞身接应队友巴尔的长射，顺势将球顶入，场上的另一个队友柯夫认为“盖耶特金肯定不知道球是怎么进的”。

一九七四年荷兰邮政局局长认为荷兰队铁定赢，于是开机印了荷兰队成为冠军的邮票，结果是只能悄悄销毁。

当然这件事还是传出来了，否则我也不会写在这里。

一九八六年世界杯足球赛时，意大利一个修道院特准修士们熬夜看电视转播。按规定，修道院晚上十点半必须就寝。如此一来，修士们就可以在十六世纪的小房间里畅饮啤酒，大呼小叫。不过，上帝永远是看现场的。

并非足球强国的人才对足球疯狂。孟加拉一位三十岁的妇女是喀麦隆球迷，一九九〇年八强大战时喀麦隆输给英格兰，她竟自杀了，遗书上写道："喀麦隆离开了世界杯，就是我该离开世界的时候了。"

孟加拉如同我国，从未踢出过亚洲分区，不过一九九四年为了看转播，孟加拉的大学生发动游行，要求当局推迟期末考试。

足球甚至有关人格。苏格兰一家医院的厨子坎普对苏格兰在一九七八年世界杯赛中的表现甚为不满，登报声明从此不做苏格兰人，要做英格兰人。为此，坎普请了老师补习正统英语，改掉自己的苏格兰腔。

一九七八年，阿根廷主办世界杯赛，游击队刺杀了主事的退休将军，不过游击队马上宣布停火，支援筹办世界杯。

巴西球王贝利说过："在巴西，只要赢了世界杯，政府怎么胡来都行，人民一点不在乎。"

赚人发疯的钱，是一笔大买卖。一九九四年，二十亿人通过电视转播看世界杯比赛，电视公司得到的广告收益是上百亿美元。

哪个国家主办世界杯足球赛，哪个国家就赚钱。一九六二年，智利大地震，但坚持不让出世界杯的主办权。一九七八年，阿根廷通货膨胀严重，因为主办世界杯而解除了危机。

可惜，今年的世界杯主办国与亚洲无缘，否则亚洲的金融危机也许会转化，而不会像专家们预言的那样需要三年。

不过，据美国一家研究机构做的调查，一届世界杯下来，全世界会损失四千亿美元。一九八二年，当时的西德对当年在西班牙举办的世界杯赛做了研究，发现德国工人旷工在家看电视转播，损失了六亿工时，等于政府损失了四十多亿美元。

足球近似规则化的暴力，攻击性非常强，当然比拳击还差了一截。

一九三〇年首届世界杯足球赛，阿根廷队对墨西哥队时，阿根廷吃了五次十二码罚球；对智利时又大打出手，裁判只好召警察入场；决赛时对乌拉圭，大批阿根廷球迷持械入场，我估计阿根廷队若输了的话，大批棍棒是打本国队员的。

一九三四年意大利队与西班牙踢成平局，大批队员受伤。隔日再战时，两队只好换上新的队员。

一九五四年巴西对匈牙利，踢球加踢人，从场上一路混战到休息室。

贝利在一九六二年一开赛就被弄伤，一九六六年被恶整之后宣布不再涉足世界杯足球赛。

球迷暴动还用我说吗？

除了暴力，巫术也不缺席。一九八二年秘鲁对喀麦隆，秘鲁的巫师沙马尼哥说他感应到喀麦隆的巫师对秘鲁队施法术，于是召集了十二名巫师，各持大刀、棍棒和桦木条，在首都利马郊外集合。沙马尼哥念咒，其他巫师则挥舞法器，之后沙马尼哥宣布已经制伏了喀麦隆巫师召来的恶灵。秘鲁队与喀麦隆队比赛的结果是，0:0，两队后来都没能打入复赛。

喀麦隆的巫师检讨之后，在一九九〇年再度作法，他们要足球队员穿特定颜色的衣服，请球迷将老鼠和鸡放进球场。做这些事情时都要小心，一九八九年十一月，一名辛巴威的选手遵巫师嘱，赛前公然在球场撒尿，结果被罚终身禁赛。

阿根廷的一位家庭主妇说，“比赛开始前，我绕着椅子按顺时针方向转两圈，再按逆时针转两圈，阿根廷就会赢。”

阿根廷的总统梅南也一样。他一九九〇年说，“我总是在这儿（总统府）看转播，每次都穿同样的衣服，打同一条领带。”他认为这样会给阿根廷队带来运气。我觉得看球赛还戴领带实在是严肃了，不过总统先生可能认为足球是严肃的事情。

意大利前总统帕廷尼常请意大利国家队到总统府吃饭。一九八二年的那次世界杯赛前，已经八十五岁的他，还特别嘱咐意大利国家队的主力队员罗西说，“记住射门，还有，躲开铲球！”铲球躲不躲得开，专业球员不一定能处理好，但专业球员如果记不得射门，也就别踢了。意大利队夺了冠军回来，罗西将自己的球衣赠给老总统，报答他的赤子之心。

邓小平则是每天深夜准时收看转播，而且还要录下反复看重要段落，是专业球迷。顺便说一下的是，我看报导说中国国家足球队到韩国比赛，回国后教练的感言是原来韩国队每天吃牛肉，所以体力强。体力是由高质量的饮食保证的，这是常识，国家队不会连常识都不知道吧？所以我怀疑报导有误。记得初中时参加游泳训练，教练说“家里供不起每天二两牛肉的，以后就不要来了”，我以后就没有再去了，只到玉渊潭去游浑水。

世界杯足球赛期间，性似乎是关闭的，所以才有“足球寡妇”的说法。一九九四年世界杯期间，一对瑞典夫妇去朋友家看现场转播，之后，太太没兴趣，先睡了。到瑞典射入一球的时候，先生摇醒太太，太太不想听，于是夫妇吵将起来，结果是太太大怒，抄起剪刀就是一下，然后忿忿睡去。客厅里主人还在电视机前狂喜，谁都不知道有一个人倒在血泊中死去。

爱尔兰是个穷地方，但是到了世界杯期间，砸锅卖铁也要飞到主办国去看球赛，或者在酒吧里看转播一醉方休。球赛终于全部赛完，足球寡妇们递给足球先生的是离婚书。

泰国卫生部副部长一九九四年说，“泰国妇女希望世界杯永远不结束。”因为时差的关系，泰国男球迷看现场转播是在夜里，声色场所当然是不去了。

我觉得足球赛中最惨的是裁判。

裁判足球赛，很多判断是主观的，哲学上称“自由心证”，俗话说就是“随你怎么吹了”。

一九七四年世界杯赛，萨伊对南斯拉夫，萨伊队的二号踢了裁判的屁股，裁判转回头来却将萨伊队的十三号罚出场。这是二十亿人都眼睁睁地看到的自由心证。

在攻击性这样强烈的运动中做裁判，裁判员挣的是性命钱。一九八九年哥伦比亚的一位巡边员，刚下计程车，就被几个人持乌兹冲锋枪扫射身亡。

阿尔及利亚的一位裁判掏红牌罚一个队员出场时，反而是自己被当场殴打致死。

裁判也需检点自己，不要火上浇油。第一届世界杯时，离赛时结束还有六分钟，巴西裁判就吹哨鸣金止战。忙什么呢?

一九六二年智利对意大利，被裁判罚出场的队员竟能赖在场上十分钟不出去。智利的球员放了一拳在对手脸上，裁判视若无睹。这位裁判大概是早已雇好保镖了。

最危险的是一九七八年，阿根廷队必须踢进四球，而且要赢三个球以上才能出线，于是买通秘鲁队和裁判。结果这一场对阿根廷队大放水，两个越位进球，裁判硬是“有看没有见”，巴西队赢得好端端的竟落了个出局。

有人说，国际争端，不如以足球赛的方式解决。我以前也不知好歹地附议过，可是细想想，原来危险很大。足球不能解决国际争端，它只能煽起不可遏制的攻击冲动，只能使国际争端中仅有的理性丧失。让足球只是一种游戏就好了，就好像让文学只是文学就好了，不要给它加码。任何事都是这样，按常识去做，常常在于智慧和决心吧。

一九九六年十一月，中国足协国家队管理部主任在全国足球工作会议上说，“与其窝窝囊囊地输，不如悲悲壮壮地死。”

一九七四年世界杯赛前，萨伊总统对即将出发的萨伊球队说，“不赢球，就是死。”结果胆战心惊的萨伊队连一场都没有赢过。总统先生何苦来？

中国如果想赢得世界杯冠军，还是要老老实实从常识做起，第一就是饮食要改变，老老实实吃牛肉，猪肉再香，也不能吃了。老老实实吃奶皮子、乳酪、“起司”，难吃也要吃，这样才能满场飞。

我喜欢看英国人、德国人的足球，他们跑起来像弹弓射出去的弹丸，脚下不花巧，老老实实地传，老老实实地飞奔，这才是体育运动。

写到这里，突然想到好像还没有看过有关足球的小说。想了想，想不太通，算了，不想了，还是准备看转播吧。

一九九八年三月　加州洛杉矶

跟着感觉走？

大概十年前了吧，流行过一首歌叫《跟着感觉走》。不过，好像跟着感觉走了一阵子，又不跟着了，可能还是跟着钱走来得实在吧。这倒让我想起历来的读书人，好像只谈感觉的问题，而不太谈吃饭的问题。谈，例如古人，也只是说“穷困潦倒”，穷困到什么地步？不知道。怎样一种潦倒？也不清楚。正史读到“荒年”、“大饥”，则知道一般百姓到了“人相食”的地步，这很明确，真是个活不下去的地步。

鲁迅写过一个孔乙己，底层读书人，怎样一种潦倒，算是让我们读来活生生的如同见到。还有《浮生六记》的夫妇俩，也很具体，当然历代不少笔记中也有小片段，遗憾在只是片段。

我在贵阳的时候，见到过一本很有趣的书，讲若上京赶考，则自贵阳出发时雇驴走多少钱，雇马走多少钱。第一天走到什么地方要停下来住店，多少钱，一路上的吃喝用度，都有所需银两细目。直到北京卢沟桥，当晚可住什么店，多少钱，第二天何时起身入城，在京城里可住哪些店或会馆在哪里，各多少钱，清清楚楚，体贴爽利。最有意思的是，说过娘子关时可住的一个店中有一位张寡妇，仅此一句，别无啰嗦。

我手上有一本四十年前陈存仁先生在香港写的《银元时代生活史》，常常闲来无事前后翻翻。陈存仁先生原是上海的一个医生，后来到香港还是行医，行医之余，写一些银元时代的生活的连载短文，慢慢集成一本书。书中对清末到抗战爆发这一段生活，记载甚详，包括一屉小笼包多少钱，什么地方的一席宴多少钱，什么菜。他编过一部有名的药典，抄写工多少钱，印刷多少钱。他因行医的关系，与民国元老吴稚晖有交往，也被章太炎收为关门弟子。这些交往，陈先生写来细节饱满，人情流动，天生无文艺腔。有个事情如果不是陈先生全过程的叙述，我们会以为怎么可能发生？原来民国初建时的一大摊革命事务里，有一项是立法废除中医中药，陈先生张罗着到南京请愿，才将中医中药保留下来。

我也是不长进，过于庸俗吧，很感兴趣这些细节。三十年前我去乡下插队，首先碰到的就是一日三餐的问题。初时还算有知青专款拨下去，可度得一时，后来问题就大了，不由得想到念书时灌到脑子里的古代诗人的三餐。

李白千古风流，可是他的基本生活是怎样的，看诗是知不道的。他二十五岁开始漫游，除了一年多在长安供奉翰林，一日三餐不成问题，其余，直到去世的三十五年中，都在漫游，每天具体的三顿饭，不必三顿，哪怕一天一顿好了，都是怎么解决的？诗中他常喝酒，酒虽然会醉人，但还是有营养的。有酒，起码就有一些下酒菜，可以抵挡一天没有问题。而且，古代的酒类是果酒，类似现在的“绍兴加饭”或“女儿红”，或者米酒，类似日本的SAKE，即清酒，可以喝得多而慢醉，只要不吐，就可以吸收成为热量。

李白他们的古代，一般人，尤其文人，是不喝我们现在这种白酒，也称为“臭酒”的。“臭酒”是两次以上蒸馏，消耗粮食的量很大，多是河工，也就是黄河防洪的服徭役者喝，或苦力喝，再有就是土匪，一是抵寒，二是消乏，三是壮胆。我们现在社会上流行喝臭酒，是清末至民初军阀时期兴起来的，说实在，酒品很低，虽然广告做得铺天盖地。

李白若喝臭酒，什么诗也做不出来，只有昏醉。张旭的酒后狂草，也是低度果酒的成果，武松喝的那过不了岗的三碗，是米酒类，稍烈一点，但危险一来，要能做汗出了，才好打虎。

洋人的情况差不多。所谓酒神精神，是饮果酒，也就是葡萄酒后的精神。伏特加算最烈的了，离二锅头还差着一截，我去俄国、丹麦、瑞典，见他们常喝。寒带人多数人有忧郁症，这与阳光少有关，尤其长达半年的白夜，真是会令人忧郁至极，酒可以麻醉忧郁。到他们的地区，看他们的画，读他们的诗、小说，听他们的音乐，都是符合的，不符合的，反而是异国色彩。

我的一些朋友，有忧郁症的，模仿起寒带艺术来真的是像，说模仿不对，是投契。没有忧郁症的，就是模仿了，东西总是有点做作。前些年美术圈兴过一阵“魏斯”风，几年下来，我们看在眼里，心下明白谁是投契，谁是投机。魏斯，是有忧郁的，忧郁得很老实，并老老实实地画自己的忧郁。美国有不少患忧郁症的人，极端的会自杀。医生有时不给他们开药，只是说，到热带去度个假吧。忧郁是因为起神经传导作用的去甲肾上腺素降低，吃些三环类的药就好了，只不过药效过后容易再犯，变成对药物产生依赖，于是容易更忧郁，所以还是度假的好。从报导上看，写《哥德巴赫猜想》的诗人徐迟的自杀，应该是患有严重的忧郁症。

病症影响情绪，这是每个人都有体会的，不要说癌症了，就是一个伤风鼻子不通，也会使一些人痛感生活之无趣。欧洲艺术史上有所谓浪漫主义时期，察检下来，与彼时的肺结核病有关。

结核病的症状是午后低烧，苍白的脸颊上有低烧的红晕，眼球因为低烧而眼压增大，角膜也就绷紧发亮，情绪既低沉忧郁又亢奋，频咳。在没有电灯的时代，烛光使这样一副病容闪烁出异样的色彩，自有迷人处。萧邦是这样的艺术家的代表人物。那时肺结核可说是一种时髦病，得了是又幸又不幸。

我国在上个世纪末这个世纪初，鸳鸯蝴蝶派的小说里，肺结核的男女主角一个又一个，这股风气由欧洲传来，林琴南译的《茶花女》，风靡读书人，于是读书人做小说下笔也就肺结核起来。当时的读书人，觉得肺结核有时代感，健健康康的，成什么样子？其实中国小说早有一个肺结核的人物，就是《红楼梦》中的林黛玉。那时还没有肺结核这个词，结核病统称“痨病”，但曹雪芹写林黛玉的症状很细，包括情绪症状，所以我们可以确定，林黛玉是结核美人。

现在具有现代感的病是什么，前些年是癌症，由日本传来，弄得华语地区的电视连续剧，一集一集的总会拍到医院病房去，鲜花和闪电中，最后的隐情。其实最现代的是艾滋病，但是小说家编剧人好像还没拿捏好，嫌它有乱交的麻烦，再说吧。

治疗肺结核病后来变得很简单，现在这种病几乎不再发生了。很巧，这时浪漫主义也结束了。

我这么讲可能很不厚道，可是当时作家好像也不厚道，无病不成书。如果以病症为常识，来判断艺术的流派或个人的风格，其实是可以解魅和有更踏实的理解的。

电影《阿玛迪斯》对莫扎特的葬礼有一个暗示，就是丧葬工人泼洒了几锹石灰到尸袋上。莫扎特的音乐清朗澄明，不像病人所为，但说他被缠于债务，贫病交加，什么病呢？莫扎特难道是用音乐超拔自己的困境，包括病？贝多芬则是先天性梅毒，导致盛年耳聋，而且梅毒引发狂躁与沮丧，当时还没有发明盘尼西林这种特效药，梅毒无疑就成了贝多芬不可抗拒的命运，例如他几次的恋爱都不可能结果为婚姻。我们知道了这一层，对他晚年的作品，例如弦乐四重奏，无疑听得出来剧痛与暂时缓解的交替，惊心动魄。我们知道，贝多芬拒绝用药，是他执著那些交替可以转换成音乐状态吗？舒曼不幸也是先天性梅毒，最后导致精神分裂，我们听他的晚期的作品，例如钢琴五重奏，明显的失误，无与伦比的魅力，同时在一起。

鲁迅患有肺结核，这也是他的死因。我们讲过了肺结核引起的情绪症状，“一个也不宽恕”的决绝，《野草》中的绝望，就多了一层原因。他晚年的文章几乎都很短，应该与体力有关。

这并非说艺术由疾病造成，而是文思的情绪，经由疾病这个扩大器，使我们听到看到的有了很难望其项背的魅力。当然，也有人装疯卖傻，哄抬自己，一谈到价钱，疯还是疯，但是一点也不傻。只可怜不明就里者，学得很累，钱呢，花得很冤枉。跟着感觉走，不知道会走成什么样。

所以我们不妨来谈谈感觉或者情感。

你们肯定猜到我又要来谈常识了。不错，不谈常识谈什么？世界上最复杂的事是将复杂解为简单。当然，最简单的事也就是将明明简单的事搞得很复杂，我们可以从民生的角度原谅长篇大论的一点是，字多稿酬也就多了。

法国有个聪明人傅柯（通译为福柯），好像是他讲的，“知识也是一种权力。”对中国人来说，我们不需旁征博引，只要略想想科举时代的读书，就明白了。“书中自有黄金屋，书中自有颜如玉”，书中还可以有一人之下万人之上，总之，可有的多了。但问题还有另一面，常识也是一种知识，只是这种知识最能解构权力。五四时代讲的科学，现在看来都是常识，却能持续瓦解旧专制。过了半世纪，有一句话，“实践是检验真理的唯一标准”，还是一句有关常识的话，因为之前，实在是一点常识都没有了。

不过常识这个东西也有它的陷阱。常识是我们常说的智商的基础，智商这个词我们知道是由IQ翻译而来。我们还有一个由日文汉字形词而来的“知识”，当年曾用过“智识”。我觉得还是“智识”好，因为“智”和“识”是同类的，“知”，如果是“格物致知”的那个知还好，否则只是“知道”。

八十年代初兴过一阵智力竞赛，类似“秦始皇是哪一年统一中国的”这种题铺天盖地，有些单位举办这种竞赛，甚至影响到职工福利的分配。但这是“知道竞赛”，我不知道的，你告诉我，我就知道了，很简单的事。智力是什么？是对关系的判断。你告诉我秦始皇是怎么一回事，中国当时是怎样一种情况，问“秦始皇会怎样做？”这才是智力所在。中国有个说法是“小时了了，大未必佳”。小时了了是五岁识得一千字，大未必佳是上大学了还不会洗脚。我在台湾听到诺贝尔化学奖得主李远哲先生讲，如果在家里没有做过家务，例如洗碗，成绩再好，我也不收他做化学博士研究生。

IQ是Intelligence Quotient的缩写，它在西方行之有年，传到中国，也用来测之有年。不过，这个IQ是大有问题的。

IQ是指，智力年龄÷实足年龄×100之后的那个值。这个值若是120以上，算“聪明”，不足80的，是“愚蠢”，而且永远就是这样的，变不了。小时了了，大未必佳。小时了了是IQ绝对120以上，但是，大未必佳，也许会低于80很多。我们几乎人人都有这种身边的例子，小时的玩伴一直到大学毕业的同学，聪明，老师宠爱，亲友赞不绝口，五年过去了，十年过去了，当初被讥为“傻蛋”、“呆瓜”、“蠢猪”的孩子，留级生，常补课的，三脚踢不出个屁的，反而有出息得多。最有意思的是高材生们还在咀嚼当年的豪言壮语，智力低下到竟还没有明白那些目标既非豪也不壮，只是一点学生腔罢了。最令我惊异的是，我在美国遇到不少从中国来攻读学位的，也是如此。“美国”这个词，也是一种魅，好像它等同IQ。因为中国人出国还非易事，这种魅还不易除，不过这些年来开始渐渐明朗了。

我有一次在聚会时说：“所谓好学生是一个问题只知道标准答案的人。”你如果明白一个问题有两种以上的答案，好，你苦了，考试一定难及格。事后才知道，这个意思结结实实得罪了一些人，这是我活该，因为我也把“好学生”表达为一种答案的形式了，可见我的IQ确实不到80，也就是愚蠢。这个岁数还这样，改也难了。

IQ的问题，在其计算公式的产生地也越来越遭到质疑，所以近十年来，EQ的重要性很快地超过IQ的重要性。

EQ是Emotional Intelligence的意思，译为情商，不过时髦的人直称EQ，似乎用汉语说“情商”，有IQ不足的嫌疑。

你会说，这已经是老生常谈了嘛。尤其丹尼尔·高曼（Deniel Goleman）一九九三年写了那本畅销书《EQ》（*Emotional Intelligence*）之后，EQ已经成了常识。没错，我就在说这个常识。

也许你还记得我写过一篇《爱情与化学》，那篇文字里介绍过爬虫类脑是我们人类脑里的最原始部位，它主管着我们最基本的生命本能。这之后发展出古哺乳类脑，其中有个“情感中枢”。

情感中枢中最古老的部分是嗅叶，负责接收和分析气味。气味对古老动物的重要，可说是攸关性命。食物可食否，是否为性对象，捕捉与被捕捉的辨别，都靠与气味的记忆的比对结果。

嗅叶只有两层细胞，第一层负责接收气味并加以分类，第二层负责传递反射讯息，通知神经，指挥身体采取何种反应。

当嗅叶进化发展成情感中枢时，脑才开始有情绪功能。而在进化过程中，逐渐形成的情感中枢逐步修正学习与记忆这两大功能，古哺乳类动物才有了更复杂的反应的可能。当然，气味是反应的基础，以至情感中枢里有了一个嗅脑部分。

一亿年前，到了新哺乳类动物的脑，也就是灵长类动物和之后人类的脑，开始增添了几层新细胞，智慧开始出现了。

我这样的描述，是要警惕的，因为进化的情形并非是说有就有了。我们解剖看到脑的组成，之后描述了大的区别，至于进化过程的实证，生物学家还在寻找。

人类的脑，最终进化出了对感觉可以加以思考，也可以对概念、符号产生感觉的功能。脑神经的互联更为复杂，有更多的反应，情绪也就精致起来，可以对感觉有感觉。新哺乳类脑的情感中枢在脑神经的结构中是个非常非常重要的角色，对脑部的其他功能有非常非常大的影响，到了可以左右我们的思考能力的地步。

不过，我们要回到情感中枢的嗅脑那一部分，因为里面有两个部分极为重要，一个命名为海马回，一个命名为杏仁核，都是因为它们的形状，而非其功能。

我们知道，杏仁核的功能，是纽约大学神经科学中心的约瑟夫·勒杜克斯（Joseph LeDoux）发现的。没有这个发现，EQ的重要性不会超过IQ。

勒杜克斯发现，当负责思考的大脑皮层对刺激还没有形成决定的时候，杏仁核已经指挥了我们的行为。我们有很多悔之莫及的行为，就是因为杏仁核的反应先于大脑皮层的思考，不免失之草率。

在这个发现之前，医学界认为感觉器官先将感觉信息传到丘脑，转为脑的语言，再传到大脑皮层的感觉处理区，整理成感觉，形成认知和意义，再传到情感中枢，决定如何反应，再通知其他脑区和全身。通常的情况确实如此，这意味着，杏仁核是依靠来自大脑皮层的指令来决定情绪反应。

勒杜克斯的革命性发现是，除了我们已经知道的丘脑到大脑皮层的神经元，他找到了我们以前没有发现的丘脑直达杏仁核的一小绺神经元。这样，杏仁核抢先于大脑皮层的处理过程，激发出情绪反应与相应的行为反应方式，先斩了再说。

勒杜克斯用实验证明了杏仁核处理过我们从未意识到的印象和记忆。他以极快的速度在试验者眼前闪过图形，试验者根本没有察觉，可是之后，他们会偏好其中的一些很奇特的图形，也就是说，我们在最初的几分之一秒，已经记得内容并决定了喜欢与否，情绪可以独立于理智之外。

至于海马回，则是一个情境记忆库，用来进行信息的比对，例如，关着的狼与荒野中的狼，意义不一样。海马回管的是客观事实，杏仁核则负责情绪意义，同时也是掌管恐惧感的中枢。如果只留下海马回而切掉杏仁核，我们在荒野中遇到一只狼不会感到恐惧，只是明白它没有被关着而已。又如果有人用一把枪顶在你脑袋上，你会思考出这是一件危险的事，但就是无法感到恐惧，做不出恐惧的反应和表情，同时也不能辨认别人的恐惧表情，于是枪响了。这是不是很危险？

杏仁核主管情绪记忆与意义。切除了杏仁核，我们也就没有所谓的情绪了，会对人失去兴趣，甚至会不认识自己的母亲，所谓“绝情”，也没有恐惧与愤怒，所谓“绝义”，甚至不会情绪性地流泪。虽然对话能力并不会失去，但生命可以说已经失去意义。

杏仁核掌管的恐惧，在动物进化中地位特殊，分量吃重，因为它决定了动物在生死存亡之际的反应，战还是逃。

杏仁核储存情绪记忆，当新的刺激出现，它就将之比对过去的记忆，新的刺激里只要有一项要素与过去相仿佛便算符合，它就开始按照记忆了的情绪经验启动行为。例如我们讨厌过一个人，以后只要这个人出现，我们不必思考就讨厌他或她。勒杜克斯称此为“认识前的情绪”。

这样，虽然杏仁核的反应是为保护我们的生存，但在一个变化迅速的环境里，我们不免会受到误导。因为一，很可能旧的情绪记忆相对新的刺激已经过时；二，杏仁核的反应虽然快，但失之草率。

我们的童年时期，是杏仁核开始大量储存情绪记忆的时期，这也就是一个人的童年经验会影响一个人一生的原因。一个成人，在事件发生时，最先出现的情绪常常就是他的杏仁核里童年就储存下来的情绪模式。你可以明白，父母常在小孩子面前吵架甚至动手，小孩子虽然小到还抱着奶瓶，但他已经“看”在杏仁核里了，他只是还不能思考这个记忆。这也就是最危险的。虐待，娇宠，虚伪，等等等等，小孩子将来有得好受了。前些年在美国爱荷华大学发生中国留学生卢刚杀人事件，是一个典型的EQ出了问题的例子，因为卢刚的IQ没有问题。童年、少年处在“无产阶级文化大革命”时期的人，他们的杏仁核，就是国家的情绪命运，跟着感觉走？

如果你还记得我在《爱情与化学》里介绍过的前额叶，你就知道事情还有补救。前额叶主司压抑，它的理性作用可以调节杏仁核的“冲动”。前额叶会在刺激的瞬间对各种可能进行评估，选出最佳决策，再策动行为。

这就是最基本的EQ。

我们的社会，强调了知识，强调了知识经济，这似乎是没有问题的。但是没有EQ，“人”将不“人”，“社会”将不“社会”。“劳动创造了人类”，这个“劳动”如果讲的是工具使用，促使IQ不断发展，是有问题的。我看这个“劳动”应该解为劳动组织，这个组织，就是不断成熟的社会关系，它的成熟，是由人类的前额叶与杏仁核的互相平衡造成。我们的前额叶里都是一些什么软件？我们有怎样的行为被孩子的杏仁核记忆为情绪？

孔子在两千多年前就提出“仁”，我们意识到那是个EQ的里程碑吗？孔子的教材里当然有彼时的IQ成果，但他的弟子们在《论语》里，记载的都是老师的EQ啊，那里面有迫切的情绪焦虑。两千年后的子孙没有了自己环境中的EQ问题吗？一个富足但是EQ低下的社会，是个可怕的社会吧？EQ是不是较IQ来得重要而且迫切呢？

你如果说我既然用一种知识的形式讲出以上，所以是一种IQ，所以IQ比EQ重要而且迫切，我当然只好闭嘴，去讲EQ对艺术的重要了，不过，那是下一个题目了。

一九九八年五月　墨西哥城

艺术与情商

一九八五年，评家说这一年是中国文学转型的一年，这一年，当时还是西德的一个叫Patrick Suskind，中文译音为苏斯金（台湾译音为徐四金，正好与我的一个朋友重名）的人出版了他的一本小说*Das Parfun*，意思是香水。

《香水》轰动西德，一下卖出了四十万本，旋即再轰动世界，被译成二十七种文字。苏斯金在一九八四年写过一个单人剧剧本《低音大提琴》，一直到现在还是德国常演出的剧。

出了《香水》之后，一九八七年，苏斯金有个短篇《鸽子》，九一年则有短篇《夏先生的故事》。《夏先生的故事》配插图，现在给小说做插图真是罕见，插图者是我最喜欢的漫画家桑贝（Jean-Jacques Sempe），我不太买小说，但这一本买了，算收藏。

《香水》实在是一本很绝的小说，绝在写的是嗅觉。小说开始的一段，我个人认为可删（是不是狂妄了？），将第二段作为开始：

我们要讲的这个时代，城里到处弥漫着咱们当代人无法想象的臭味儿。道儿上是堆肥臭；后院是尿骚臭；楼梯间是烂木头味儿，老鼠屎味儿；厨房是烂菜帮子味儿；屋儿里憋着一股子陈年老灰味儿；卧房里是黏床单子味儿，潮被子味儿，尿壶的呛人味儿；烟囱是硫磺是臭鸡蛋味儿；皮革场是碱腥味儿；屠宰场是血腥味儿；人身上一股子汗酸味儿，衣服老不洗是股子酸臭味儿，嘴里喷烂牙味儿，胃里涌出来葱头的热臭味儿；上点儿年纪以后，就是一股子乳酪的哈喇味儿，酸奶和烂疮味儿。

河边儿臭，教堂臭，桥根儿臭，皇宫也臭。乡下人和教士一样儿臭，学徒和师傅的婆娘臭成一个样儿；贵族从头臭到脚；皇帝也臭，臭得像野畜生，皇后臭得像头老山羊，无冬无夏。十八世纪，还控制不了诸多细菌的祸害，人类拿它们没法子，凡是活物儿，别管老还是小，没有不臭的。

巴黎是法国最大的城圈子，所以最臭。这首善之区有个地方，打铁街和铁器街之间的无名尸坟场更是臭得出格儿。八百年了，主宫医院和间壁的教区，成打的大车运来死人，堆到沟里，一层摞一层，天天如此，积了有八百年。一直到后来，法国大革命前，有几个死人堆塌了，漾出来的咸臭味儿让塞纳河边儿的人不是嚷嚷就算了，而是暴动。闹到后来，关了坟场，再起出几百万的烂骨头，运到蒙马特地下坟场，原来的地方儿，搞成个菜市儿卖吃的。

我特别用北京方言译了这一段，觉得这样才有味儿。苏斯金用味道画了一张巴黎的地图。苏斯金当年为写《香水》，一个人骑辆摩托车到法国南方香水产地转悠，戴着墨镜什么也看不清，顶着头盔什么也听不见，所以，嗅觉就成了他仅有的感觉了。

说实在的，当今的北京、上海，不是也可以用味道辨认的吗？清朝咸丰年间，日本的一些崇拜中国文化的学者组了个团到北京旅游观光，以偿景仰。不料到了北京，大清国的帝都，路边有屎，苍蝇撞头，脏水出门就泼到街上，垃圾沿墙越堆越高，这些日本汉学者受的打击实在是大，有的人回去后不再弄汉学，有的则是自杀，真正做到眼不见为净。

我去印度，也是这样。印度有个特别处是烧各种香的味道。巴基斯坦则是本国航空公司的飞机上也是国味儿，羊膻气。美国加利福尼亚州南部，因为紫外线过于强烈，花不香，人好像住在电影里。

日本是冷香型，竹林中有一种苦凉的草香气，尤其雨后。

美国的香型是热香型，进干花店，一股子又甜又热的味道像热毛巾裹头，熏得眼珠子都突出来。我还是喜欢冷香型，例如茉莉花，梅花，当然最好还是兰花香，所谓王者香。桂花闻久了会觉得甜，有点儿热。夜来香闻久了是臭的。闽南的功夫茶，第一道倾在一个细高的杯子里，之后倒掉，将杯子放到鼻子底下闻，雅香入脑。天津的小站米，蒸或煮后，香味细甜。

说到臭，以前插队第一次坐马车到村里，路上眼睁睁地看到马放了一个屁，却闻不到味儿，于是等马再放屁，还是没有味儿，真是惊奇，原来还有不臭的屁。

最可怕是黄鼠狼的屁，臭得极其尖锐锋利。有的人的狐臭可以达到“无可比拟”的水平。唐朝时长安的胡人非常多，陈寅恪先生考证“狐臭”原来是“胡臭”，即胡人的体臭，可是唐诗里好像没有哪一首感叹到，大概是没人有勇气将臭入诗。安禄山会做胡旋舞，臭味儿当然四散，玄宗皇帝和杨贵妃似乎闻不到，看得高兴地笑起来。

我写过一篇小说《洁癖》，讲一个人有洁癖，这在北京当然是很难过的，“最难熬是上厕所。只是用过的纸积成山这一项，就叫老白心惊肉跳。味儿呛得人流眼泪，老白很奇怪怎么别人还能蹲着聊天儿，说到高兴处，还能抽着气儿笑。”

动物是不食自己的粪便的，只有互食。粪便的味道阻止了排泄者回收自己的排泄物。“回收没有价值”等于“回收物没有价值”，于是开骂，“狗改不了吃（人）屎”，“人类的狗屎堆”，“屁话”，“不须放屁，试看天地翻覆”。这最后一句是毛泽东的诗作，“无产阶级文化大革命”中曾被中央乐团编成交响合唱，“不须放屁”之后，有长号的拖音摹仿，其实远不如现场施放准备好的气味来得够情绪。不过，你也可以就此明白为什么唐朝诗人不将当时普遍的体臭入诗了。

当艺术还与原始宗教不可分的时候，气味是原始宗教中负责激起情绪的重要手段，流传下来的手段大概只有燃香一项了。“燃香沐浴”，燃香，是制造规定的味道，沐浴则有祛除自己体味儿的作用；“斋戒”，也就是禁食，则是降低排泄物的产生。外清里清，虔诚的情感状态来了。

我不妨引一下上一期关于嗅觉的部分：

> 情感中枢中最古老的部分是嗅叶，负责接收和分析气味。气味对古老动物的重要，可说是攸关性命。食物可食否，是否为性对象，捕捉与被捕捉的辨别，都靠与气味的记忆的比对结果。
>
> 嗅叶只有两层细胞，第一层负责接收气味并加以分类，第二层负责传递反射讯息，通知神经，指挥身体采取何种反应。
>
> 当嗅叶进化发展成情感中枢时，脑才开始有情绪功能。而在进化过程中，逐渐形成的情感中枢逐步修正学习与记忆这两大功能，古哺乳类动物才有了更复

杂的反应的可能。当然，气味是反应的基础，以至情感中枢里有了一个嗅脑部分。

怪的是，艺术逐渐从宗教中分离后，越分离得厉害，越不带气味。歌，没有气味；诗，没有气味；音乐，也没有；画，有一点，但是“墨香”、“纸香”或“油画颜料的亚麻油味”。

电影被称为“综合艺术”，而且它与时代科技发展紧密相随，但是电影就是没有味道。电影中最尴尬的镜头就是情人们在花丛中激情不已，观众闻到的只是电影院里各种奇怪的味儿。电影是只有“脏”没有“臭”的艺术。

我还记得参加过的一次电影拍摄。有个镜头是需要男女相吻，但女演员嫌男演员总是吻得时间过长，有被吃豆腐的感觉。我建议她吃一点韭菜或蒜一类的东西。果然，再拍时男演员只吻了一下就立刻离开她的嘴。不过放映效果是情人男吻了一下情人女，之后就目光炯炯地深情地望着情人女。我至今不知道的是女演员到底吃了点儿什么，因为拍摄现场找到蒜之类的东西的可能性太小了，我总不能怀疑她吃了屎吧？上个时代的美国性感男星克拉克·盖博，我想你多多少少总看过那部根据小说《飘》改编的电影《乱世佳人》吧？好，你想起来了。盖博是有名的口臭，与他有吻戏的女演员都有点胆战心惊，据说有导演喊“停”之后女演员昏倒的情况。

美国电影协会今年票选出美国的一百部名片，《乱世佳人》排名第四。如果你认为《大国民》不应该排第一，《乱世佳人》就可以排到第三；如果你认为《北非谍影》和《教父》（第一集）不够排第二和第三，那《乱世佳人》就是第一了。评选的结果一出来，美国的录像带店又铺天盖地地贴出《乱世佳人》的那张著名的接吻海报，我经过的时候看到，想，导演为什么还不喊“停”？幸亏电影没有味儿。

艺术没有味儿，于是艺术只好利用视觉和听觉引发情感。

我们需要再回忆点常识。上一期讲到：

> 情感中枢的嗅脑那一部分，里面还有两个部分极为重要，一个命名为海马回，一个命名为杏仁核，都是因为它们的形状，而非其功能。
>
> ……当负责思考的大脑皮层对刺激还没有形成决定的时候，杏仁核已经指挥了我们的行为。我们有很多悔之莫及的行为，就是因为杏仁核的反应先于大脑皮层的思考，不免失之草率。
>
> ……这样，杏仁核抢先于大脑皮层的处理过程，激发出情绪反应与相应的行为反应方式，先斩了再说。
>
> ……至于海马回，则是一个情境记忆库，用来进

行信息的对比，例如，关着的狼与荒野中的狼，意义不一样。海马回管的是客观事实，杏仁核则负责情绪意义，同时也是掌管恐惧感的中枢。如果只留下海马回而切掉杏仁核，我们在荒野中遇到一只狼不会感到恐惧，只是明白它没有被关着而已。又如果有人用一把枪顶在你脑袋上，你会思考出这是一件危险的事，但就是无法感到恐惧，做不出恐惧的反应和表情，同时也不能辨认别人的恐惧表情，于是枪响了。这是不是很危险？

杏仁核主管情绪记忆与意义。切除了杏仁核，我们也就没有所谓的情绪了，会对人失去兴趣，甚至会不认识自己的母亲，所谓“绝情”，也没有恐惧与愤怒，所谓“绝义”，甚至不会情绪性地流泪。虽然对话能力并不会失去，但生命可以说已经失去意义。

……杏仁核储存情绪记忆，当新的刺激出现，它就将之比对过去的记忆，新的刺激里只要有一项要素与过去相仿佛便算符合，它就开始按照记忆了的情绪记忆启动行为。例如我们讨厌过一个人，以后只要这个人出现，我们不必思考就讨厌他或她。勒杜克斯称此为“认识前的情绪”。

……我们的童年时期，是杏仁核开始大量储存情绪记忆的时期，这也就是一个人的童年经验会影响一个人一生的原因。一个成人，在事件发生时，最先出现的情绪常常就是他的杏仁核里童年就储存下来的情绪模式。

造型艺术里的“真”，所谓“写实”，就是要引起与海马回里的情境记忆的比对，再引起杏仁核里的情绪记忆的比对，之后引发情绪。这是一瞬间的事。

我们可以由此讨论一下八十年代后期举办的一些人体画的展出。据学院派的意见，人体画是艺术，不是色情。但同样是艺术，静物画展不会引起人潮涌动的效果吧？所以，前提是裸体是引起同类异性性冲动的形象记忆，引发的情绪就是色情。不少国家的法律只规定以生殖器部位的裸露程度来判定色情与艺术的分界线。

使裸体成为艺术，是在于大脑部分的判断，而这是需要训练的，而训练，不是人人都可以得到的。即使是美术学院这样的训练单位，模特儿也是不许当众除衣的，而是先在屏幕后除衣，摆好姿势，再除去屏幕。除衣是情境记忆，它会引发色情的情绪。

裸体模特儿隐避除衣，是本世纪初从欧洲引进的。当学生有过一定的训练之后，模特儿的进入程序就不严格了，最后达到可以走动，和学生聊天。美术学院的学生一定还记得第一次人体课开始时的死寂气氛吧？还记得多少年后仍在讲述的笑话吧？怎么会当了教授之后就误会凡人百姓都受过训练呢？

凡人百姓的训练是生活中的见惯不怪。我姥姥家的冀中，女人结婚后日常天热可不着上衣，观者见惯不怪，常常是新调来的县上的干部吓了一跳。所以不妨视冀中人为裸体艺术家，将县上新干部视为参观裸体艺术展的观众。一般来说，越是乡下，裸体艺术家越多，越是城里，训练反而越少。

知青初去云南，口中常传递的是女人在河里当众洗澡，绘声绘色，添油加醋，情绪涌动。几年之后，知青们如十年的老狗，视之茫茫。

这就是同样的形象反复之后，海马回都懒得比对了，也就引不起杏仁核的情绪比对了，也就没情绪了。我怀疑如果给畜生穿上衣服，一万年之后，它们也会有关于色情与艺术的争论。

人体艺术，真实可贵在你还爱人体，通过画笔见到的人体，会滋生出包括性欲但比性欲更微妙的情感。这不是升华，是丰富，说升华是暴殄天物。

音乐，我在《爱情与化学》里说过了，此不赘。

文学有点麻烦。麻烦在字是符号。识得符号是训练的结果，我们中国人应该记得小学识字之苦。训练意味着大脑在工作，所以人类的大脑里有一个专门的语言区。嗅叶、海马回、杏仁核都不会因符号而直接反应，它们的反应是语言区在接受训练时主动造成与它们的联系，联系久了，就条件反射了。例如先训练“红灯要停住”，之后见到红灯，就引起大脑的警觉，指挥停住。红灯这一图像符号经过反复训练，可以储存到海马回里归为危险情境，但当我们想事情的时候，还是会视而不见闯红灯。我小的时候常看到公共汽车司机座旁有个警告“行车时请勿与司机交谈”，就是这个道理。

上个月，我的车被人从后面撞了两次。一次是后面的驾驶人在打手机，一次是后面的驾驶人在骂她的孩子。我现在从后视镜里不但要看后面车的情况，还要看驾驶人的情况，我觉得他们的海马回随时会有问题。

所以当我们阅读的时候，所谓引起了兴趣，就是大脑判断符号时引起了我们训练过的反应，引起了情感。文学当中的写实，就是在模拟一个符号联结系统，这个联结系统可以刺激我们最原始的本能，由这些本能再构成一个虚拟情境，引发情绪。所谓“典型”，相对于海马回和杏仁核，就是它们储存过的记忆；相对于情感中枢，就是它储存过的关系整合，如此而已。“典型人物”大约属于海马回，“典型性格”大约属于情感中枢。

而先锋文学，是破坏一个既成的符号联结系统，所以它引起的上述的一系列反应就都有些乱，这个乱，也可称之为“新”。对于这个新，有的人引起的情感反应是例如“恶心”，有的人引起的情感反应是“真过瘾”，这些都潜藏着一系列的生理本能反应和情感中枢的既成系统整合的比对的反应。巧妙的先锋，是只偏离既成系统一点合适的距离，偏离得太多了，反应就会是“看不懂”。《麦田捕手》是一个偏离合适的例子，所以振振有词的反感者最多；《尤里西斯》是一个偏离得较远的例子，所以得到敬而远之的待遇。不过两本书摆在书架上，海马回是同等对待它们的。

电影，则是直接刺激听觉和视觉，只要海马回和杏仁核有足够的记忆储存，情感中枢有足够的记忆，不需训练，就直接进入了。引起的情绪反应，我们只能说幸亏电影不刺激嗅觉，还算安全。

实在说来，现代人的海马回里，杏仁核里，由电影得来的记忆储存得越来越多，所以才会有“那件事比电影还离奇”的感叹。

我建议研究美学的人修一下有关脑的知识，研究社会学和批评的人也修一下有关脑的知识，于事甚有补益。我不建议艺术创作的人修这方面的知识，因为无甚补益，只会疑神疑鬼，真实状态反而会被破坏了，写侦探小说的除外。

修艺术例如绘画学分的美国学生，你若问他你学到了什么，他会很严肃地说thinking，也就是思想。这是不是太暴殄天物呢？因为学别的也可以学到思想呀，为什么偏要从艺术里学思想？读《诗经》而明白“后妃之德”，吾深恶之，因为它就是thinking之一种。

IQ弄好了，可以导致思想，但仅有智商会将思想导致于思想化，化到索然无味，心地狭小，于是将思想视为权力、门面、资本。如此无趣的人我们看到不少了。

EQ也可以搞到不可收拾，但我还是看重情商。情商是调动、平衡我们所有与生俱来的一切，也许它们作为单项都不够优秀，但调和的结果应该是一加一大于二的状态。

身外之物，也许可以看淡，但身内之物不必看淡。佛家的禁欲，多是禁身内之物对身外之物的欲，办法是否定身内之物这个前提。少数人可以生前做到，多数人只能死后做到。这么难的事，实在是太难为一般人了。但一般人调和身内之物之间的平衡，则是自觉经验多一些就大体可以做到，不难的。平衡了，对外的索求，不是不要，而是有个度。有度的人多了，社会所需就大体有个数了，生产竞争的盲目性就缓解多了。盲目都是对于自身不了解。

这像不像痴人说梦？我觉得像，因为我们对自身的了解几乎还没有开始，无从开始情商的累积。我们大讲特讲智商的匮乏，将仅有的情商也作智商看待，麻烦事儿还在后头呢。

不过说到情商这一节，也就可以回答《爱情与化学》那一节的疑问了。假如爱情的早期性冲动在情感中枢中留下记忆，此记忆建立了情感中枢里的一个相应的既成系统，当化学作用消失了之后，这个系统还会主动运行的话（主动运行的意思是不受盲目的支配），原配的爱情就还有。否则，就是另外的爱情了。记住，爱情是双方的，任何一方都有可能败坏对方的记忆，而因为基因的程序设计，双方都面临基因利益的诱惑。

我们可以想想原配爱情是多高的情商结果，只有人才会向基因挑战，干这么累的活儿。

一九九八年七月　加州洛杉矶

再见篇

常识写了有两年了，这是最后一篇。“最后”常常是个概念，概念有时会压迫人，例如，例如“世纪末”好了。度和量是人为规定的，时间可度量，所以世纪末是一种人为的规定，这个规定搞得不少人惶惶不可终日。

按说人们应该已经习惯年终与年初相接的那一刹那，但为什么还会对第一百个或第一千个同样的一刹那忧喜叠加？越是临近人为的这一刻，越是荒诞百出？相信未来的一年，会越演越烈。

这是人类在一种自己制造的度量面前，因为催眠与自我催眠而呈现的焦虑。没有办法，我们人类的脑有这样的功能，现在是这种功能的集体发作，但愿这种焦虑引起的不是集体的攻击，世纪之钟敲响之后，但愿焦虑缓解。两千多年前那个担忧天会塌下来的杞国人，显然有受迫害狂的倾向。当时的人做寓言来嘲笑，自有彼时“天行健君子自强不息”的强悍之气。可是本世纪，自第一次世界大战以来，对人类某些价值观的怀疑，逐渐解构我们的一些盲目，也逐渐酿成我们的许多焦虑，而且，越临近世纪末，由科学数据支持的焦虑越强烈，例如，“环境保护”渐获共识。

刚过去不久的洪患，终于迫使中国朝良性焦虑迈进一步。水土保持，按理说是个常识，何需由上百亿的损失换得？交常识的学费何需要交到肉痛？荷兰近年决定退地还海，以荷兰这样一个与海争地的国家来说，向海退地有一点“卖国”的意思，但为了“买”生态环境，这个“国”是要卖的。美国赌城拉斯维加斯附近的胡佛水库也要拆坝了，以当地的沙漠环境来说，积蓄水再合理没有了，但为了生态环境，拆。美国是很早就明白水库对生态环境的改变效果，而且很早就不再兴建水库了。虽然可以提出一千条水库的正面证据，但是严密监测的结果是，小不忍则乱大谋，谋什么？谋更大更长远的生态环境，忍则是不再建和拆。

前不久我忽然被邀请讲一下我的小说《树王》，理由是其中涉及到砍伐森林导致生态失衡。于是找来十多年前发表的这篇东西，翻看之下，深为自己当年的焦虑吓了一跳，同时也为自己当年的粗陋脸红不已。九二年还是九三年的时候，意大利有制片人执意要将《树王》拍成电影，此事我在《威尼斯日记》记录过。结果是亚洲的朋友们认为这是发达国家的阴谋，他们通过糟蹋生态发达了，现在为了他们的利益，让不发达国家保持生态环境，“你的小说改编成电影，是他们用一个不发达国家的作品来说

‘看，你们自己的人也说了嘛’。”我一向对这种政治交集表现得智力不够，于是婉言谢绝了制片人。现在看来，是坚持常识的能力不够。

今年是知识青年上山下乡三十周年，看来看去，主题是放在人生得失上。但就我个人的经历，起码东北、内蒙古和云南，知青参与了破坏生态。当然，当年的知青的知识里，没有生态这一项，只有战天斗地，而且表现得近乎疯狂。只是由于这种疯狂，让我起了一些焦虑，觉得事情哪里有些不对头。我不讳言我是参与破坏者，也因此我倒有了说出我的焦虑的资格。三十年了，知青不年轻了，但是我一直没有找到承认自己是破坏者的知音。近年回去插队地点看看的知青们，意识到破坏的后果了吗？黑土地，北大荒，处女地，意思应该是原始生态，破坏它为什么成了“人生得到锻炼”这种只对一代人生效的欣慰呢？蒙古草原是世界上剩下的唯一一块原始草原，我们从世纪初一直挖到世纪末。红土地的亚热带原始森林，不是一刀一刀被我们砍掉，放把火烧得昏天黑地吗？黄土地，曾经是汉武帝与匈奴强力争夺的牧草场，谁占有它，等于现代的坦克有了汽油。卫青与霍去病，替汉王朝夺到了这项“风吹草低见牛羊”的战略资源，可是两位将军，料得到今天的这般景象吗？

绝非大哉问，只是常识之问。

当然可以反诘我目前的情况就是如此，百姓要吃饭，社会要发展，这是发展的必然之径。但是，“竭泽而渔”的道理不难明白吧？我诘问当年的知青，也是不公平。还记得当年陈永贵视察云南，质问为何不大开梯田？还记得当年云南省革命委员会策划的“围湖造田”，滇池面积缩小，春城的气候明显改变了？没有常识的操纵权力，革命可以是愚昧，《树王》表达的不是生态意识的自觉，只是一种蒙昧，蒙昧抗拒不了愚昧的权力，失败了，于是有性格悲剧的意味，如此而已。

不过写到这里，我发现我本来不是要聊生态环境的，只是因为触到“世纪末”，触到由此而来的焦虑，才一路岔开。写作常常是这样，你会被某个字眼不小心撞歪。日常中我也常常误入一条路，不过我常常索性就走一走看。

我本来是想，在最后的这一篇里聊聊基因。

我对基因有兴趣，大概从小学五六年级开始。我记得那时的一个暑假，去北京林学院我舅舅那里去玩儿。我舅舅高中毕业上大学的时候，因为成绩一直很好而获得保送资格，他挑了林学院。我倒也不觉得不挑北大清华有什么不对，因为那时我还没有什么势利眼，我只是觉得林学院很好，那里离圆明园很近，大学的馒头好吃，好像有一次还为暑假不回家的学生供应了一回饺子。

舅舅的床上有一本书，书名忘了，只记得作者叫布尔班克，美国人，农场主，运用基因原理生产订货。有一次订货是豌豆，因为将来是要装罐头，所以要求豌豆必须是同样大小的，要命的是交货期限非常短，短到按豌豆生长期来说，不可能交出那么多豌豆。布尔班克详细讲到他怎么利用显性基因原理筛选出豌豆，同时造了暖棚，架了灯具，终于如期交货。

这本书让我看得入迷，我至今不知道我为什么会入迷，而且看完了发现还有下册，但是下册没有了。我记住了布尔班克这个名字，以致二十多年后我到美国洛杉矶，发现其中有一个市叫布尔班克，我觉得就是以那个种豌豆的布尔班克命名的。

不过基因这回子事，我也记住了。我因此在升入中学后非常喜欢生物课，生物课不是主课，按理说犯不上那么卖力，但“喜欢”常常是不按理的。当时教生物课的先生，“文革”前北京中学老师称先生，无论男女，教生物的先生很年轻，我想是刚大学毕业，二十多岁吧，我有一次下课后问他如果想多知道一些生物的知识要怎么办，他看了看我，他大概没有想到有学生对副科感兴趣。不过他又忽然非常高兴，说，你要是对生物有兴趣，将来考武汉大学生物系好了。

我想我们之间有点误会。如果他是我们的班主任，他应该知道以我的家庭出身我是上不了大学的，我问他的问题，只是出于我的强烈兴趣。直到现在，我还是一个被兴趣牵着跑的人，听听，看看，读读，聊聊，还有写写。可能到死的时候，兴趣是我是怎样一步一步失去知觉和思维的。兴趣促使我从书店架子上抽下很多我认为与生物有关的书，读来半懂半不懂。我当然读了不少苏联的李森科的遗传理论，但是我逐渐打听出为什么几乎找不到奥地利的神父孟德尔（Gregor Mendel）的遗传理论的书，只因为政治的原因。我当时以为只要不去理政治就可以了，不料政治可以很方便地阻挡常识。前面说过的布尔班克，是依循孟德尔理论的，所以他的书出了上册之后，风向转了，下册遂不能出，持孟德尔理论的教授不能再到课堂上教我舅舅那一辈的学生了。

一九〇〇年，真正的本世纪初，荷兰的德弗里斯（Hugo de Vries）、奥地利的凡谢马克（Erich von Tschermak）以及德国的科伦斯（Carl Correns）各自研究，却不约而同发现相同的遗传现象，即，所有子代的遗传特性都来自两个遗传单位，而这两个遗传单位分别来自双亲。三个规矩人各自到图书馆去查查看他们的发现是否是新发现，结果都找到孟德尔早在三十五年前，也就是一八六五年就发表的豌豆实验论文。孟德尔去世之前曾说："我的时代将来临。"

真是这样。一九〇四年，美国的萨顿（Walter Sutton）发现遗传单位藏在细胞核里形状像香肠的构造物中，这种香肠要染过色才看得到，所以称它为"染色体"。现在我们已经知道，人类具有二十三对染色体。"遗传学"这个名词是一九〇五年发明的，"基因"则是要再过四年，一九〇九年才出现，由丹麦的生物学家约汉森（Wilhelm Johannsen）根据希腊文“给予生命”创造出来的抽象名词，用来解释代代相传的遗传特质。

一九一五年，摩根（T. H. Morgan）等人在经过果蝇实验掌握足够证据之后，出版了《孟德尔遗传论的机制》，首次以染色体的理论阐释遗传现象。

一九四一年，美国的毕多（G. W. Beadle）和塔坦（E. L. Tatum）发现基因的功能在于复制生命体的基本结构物质：蛋白质。不过到这时为止，我们还不知道基因是什么样子，也不知道基因是怎样复制的。

一九四四年，艾弗瑞（Oswald T. Avery）和麦克赖欧德（Colin Mcleod）、麦克卡提（Maclyn McCarty）证明DNA也就是去氧核糖核酸是最基本的遗传物质。

一九五三年，DNA的秘密终于发现了。英国物理学家克瑞克（F. Crick）和美国生物学家瓦岑（J. Watson）一同发现了DNA的物理结构，它像个螺旋梯，有两条长链，长链间每隔一小段就以一个简单分子相连，好像梯子的横木。横木是由两个碱基构成，碱基有A、T、G、C四种。整条梯子其实是扭成双螺旋形状的。每条染色体上排列了数千个基因，而碱基的排列组合，有三十亿。

以道布鲁克（Max Delbruck）为首的一群包括物理学家、化学家的科学家在五十到六十年代建立了分子生物学。它讲究“再现性”，一般实验室都可以做到；它又是实质性的，基因不再是孟德尔定律中的数学演算单位，也不再是一串珠子，而是有清楚化学结构的分子。随着这些基本知识，七十年代出现了“基因工程”技术，于是，分子遗传学飞速发展起来，定位并辨识每个基因。

一九八三年，找出了杭廷顿氏舞蹈症（Huntington's disease）的致病基因；一九八七年找出了肌肉萎缩症的致病基因；一九八九年找出了囊肿纤维变性致病基因，这一年特定基因的发现很频繁，之后越来越快，也就越来越多。到了今年，一九九八年，距世纪末还有一年的时候，美国联合资助的研究人类基因组计划，宣布绘出完整的人类基因地图，可提早两年在二〇〇三年完成。实际上地图有两部分，一是染色体的每一小段的位置，不管这些片段上有无基因，称为“生理地图”；二是基因在染色体上的位置，称为“基因地图”。一九八六年这个计划开始的时候，预算是三十亿美元，也就是一个碱基一块钱，照当时的技术条件，需要一千个科学家每人投入三十年，也就是需要三万人年的工时。当然，实际速度越来越快，目前已经排列出一亿八千万个人类基因碱基组合。

不过美国的两个民间基因研究组织，一个宣布可以在二〇〇一年完成地图，经费只需两亿多美元，另一个宣布已经排列出百分之七十五。

大致列了一下基因在本世纪的发现过程，我们几乎可以说，本世纪是基因世纪。严格说，本世纪是基因的前世纪，下个世纪才是基因的世纪。正好在本世纪当中间，一九五三年，科学家发现了DNA的构造，这是本世纪最重要的事，其他事件，相较之下都黯然失色，而且基因、DNA已经成了一个现代人的常识。随着本世纪晚期的电子计算机的进步，下个世纪的特色之一是数码，别忘了，基因的本质也是单纯的数位，只不过它不是两位码，而是四位码。

生物只不过是基因的载体和基因传递的媒介，这也就是说，生物本身没有意义。如果将来“生物”这个词具体为“人类”，我们所谓的尊严将受到致命的打击，说被摧毁也不为过。生命，人生，没有意义，也就无所谓价值，都不过是佛家所说的“幻想”，人类创造了文明与文化，无非是让人更好地成为基因的载体和传递的媒介。我们讨论崇高，鄙薄庸俗，好好学习，天天向上，玩赏艺术，挖掘想象力，寻找纯真爱情，酒色财气，民族主义，冷战，和解，宗教，出世，入世，渐悟顿悟，共产主义接班人，教育，资本主义掘墓人，金融危机，天才，智商，情商，等等等等，都是为基因做嫁衣裳。生态平衡，环境保护，无非是让各种基因都能继续传递。人权，也无非是让人这种基因的载体之间有个公平的关系。不孝有三，基因不传为大。基因不仁，以万物为刍狗。

八十年代初，我读到英国动物行为学家道金斯（Richard Dawkins）的《自私的基因》（*The Selfish Gene*）一九七六年版，中国算是很快就有了中译本。一九八九年，《自私的基因》出新版的时候，书中的论证以及由此产生的我称之为的“基因哲学”，已经成了世界性的常识。到了一九九五年，道金斯又写了《伊甸园外的生命长河》（*River out of Eden*）进一步提到基因的本质是数位，这是因为四种碱基的排列组合决定了蛋白质的类型。我们说到基因的时候，还不免对这个词有些感情色彩，可是到了数位这一步，恐怕就感情不起来了，基因也就到了真正不仁的境界。

你也许会有怒气，你基因既然对我们不仁，更谈不上什么义，干脆我们就约好了一齐死给你看，看你还传不传得下去，讹诈你一回。

怒气归怒气，基因这件事还真有世纪末的情调。我们好不容易进化了几百万年，有了喜怒哀乐，结果到了基督降生快两千年的时候，不知道是该喜该怒还是该哀该乐。基督是救世主的意思，还要不要救呢？耶稣是上帝的儿子，这回搞清楚了，我们不是上帝的子民，我们只不过是他妈的数码。

因此下个世纪，不管它是否伟大，不管我们乐观还是悲观，我们好不容易建立的伦理，肯定要兜底翻检一下，看怎么个适应法了。法律，宗教，哲学，都会遇到革命性的考验，我们会发现它们最起码会是步履蹒跚。一个复制羊引起的可能复制人的问题，已经是山雨欲来风满楼。普遍的预言是，五年之后将有复制人。以商业常识来判断，没有人傻到法律宣布允许复制人之后才开始复制人。

人类基因组地图弄好之后，并非是说每个基因组的功能就明白了，而只是位置而已。每个基因组的功能，或人的某项功能或疾病是由哪些基因组造成的，还有待追寻。投资了，千辛万苦寻到了，应该是公共财产呢还是私家专利财富？

按照某人的基因缺陷而专门制造的生化药物，卫生部怎么个批准法呢？要知道，很可能会有十二亿种药物呢。

会有婴儿的基因普查吗？如果是，一个人很早就知道自己必然会得某种绝症，是不是很残酷呢？

会有全民基因普查吗？保险公司会为那些被证明基因有问题的人保险吗？他或她，会不会根本找不到工作呢？尤其是有“犯罪基因”（这不是笑话）的人，应该关起来吗？免不了会有“基因歧视”吧？

衰老基因已经找到了，但是你真的愿意活到五百岁吗？尤其当环境条件使你痛苦时，你愿意受五百年的活罪吗？如果你告诉一个美国人，你要交五百年的税了，我猜他或她宁愿去死。

下个世纪，将是一个——我不用说了，你可以预料到很多很多，结果还是会有很多很多你料不到的。总之，会有改变，包括我啰嗦了两年的常识。

一九九八年　意大利佛罗伦斯

辑二

与周勤如对谈

阿　城：昨天的话题非常好。

周勤如：那我们今天就在边缘游走一下，不谈那些只有音乐圈内人才关心的专业话题，也不离开音乐，聊聊二十世纪音乐思潮和政治思潮在东西方的错位。音乐思潮可以理解为艺术思潮的一部分，这些思潮都是老生常谈，但其中的错位现象可能还没人注意过，或者没人公开讨论过。

在研究音乐的过程当中，我发现东西方在接受十九世纪，甚至更久一点的欧洲激进主义思潮的时候，在选择方面，有一个很有意思的现象，就是大家在不约而同地遵循着一个简单的法则：谁缺什么，谁就选择什么。

十九世纪，在德奥这块地方，在思想范围，出现了很多杰出的人物，都是受激进主义思潮的影响。在政治上就是马克思的社会主义和暴力革命的思想，而在文化艺术上呢，产生了像早期的格式塔理论和后期的弗洛伊德心理学

注：周勤如，旅美音乐家。毕业于中央音乐学院作曲系，毕业后留校任教。1996年在美国加州大学洛杉矶校区（UCLA）获音乐哲学博士学位，其间多个作品获重要奖项。同年在洛杉矶创办《音乐中国》英文双季学术刊物并任主编。

一类的新学问。这些学问引起了后来在艺术、美学上的连锁反应，出现了各种名目的现代派，像呐喊式的表现主义，完全是为了呼唤激烈的革命，主张激进的、快速的、彻底的变革，希望用夸张的扭曲的来揭露一些本质上的东西，引起社会大众的注意。

阿　城：八十年代和九十年代，法国在重新讨论法国大革命。法国大革命激进的意识形态影响了后来的世界上的很多革命，都希望彻底推翻，像俄国的十月革命，中国的无产阶级“文化大革命”……

周勤如：用激进的方法，来达到理想的目的。

阿　城：中国在近当代推翻来推翻去，百年来少积累，多破坏，五千年的中国，中国人自己都快找不到了，所以崔健唱“从东找到西，从南找到北”。读历史，我们应该记得一七八九年巴黎的那个星期天，小伙子卡米尔·德穆兰（Camille Desmoulins）的演说引起法国大暴动，德穆兰后来在大革命中参加了比雅各布宾派更激进的革新者俱乐部，可是当他终于反对革命恐怖时，自己也被处死了。

周勤如：我们东方人，像俄国，到上世纪末还停留在农业社会，还实行农奴制，中国复杂了一点，还加个半封建半殖民地社会。在这种情况下，我们的首要愿望是改变社会制度，所以我们毫不犹豫地接受了马克思的社会主义思想，暴力革命的思想，建立无产阶级专政，把社会从根本上变革。俄国人也是这样的，他们也是有这种社会基本面干柴烈火式的客观需要，所以他们才有可能在革命派处于少数的情况下，一呼而起取得成功。列宁预见到了这种社会潜力。

阿 城：准确些说，十月革命一声炮响，给我们送来的是列宁主义，也就是说，在一个资本主义不发达的单独国家，可以通过暴力夺取政权来搞成社会主义革命。马克思认为这是不可能的，所以巴黎公社的时候，他内心是矛盾的。

周勤如：中国起初也想效法俄国的城市暴动，后来因为本身的社会成分不具备条件，加上日本的侵略，使这个过程变得曲折漫长。但本质上，我们在社会改革上选择的是激进。但是同样处于东方的日本，他们在明治维新之后，政治上经济上向前进了一大步，进入了资本主义，所以，当马克思主义传到日本之后，尽管日共翻译出版了大量著作，却并没有被日本国民一致采纳，因为他们没有向这个方向改变的要求。结果马克思主义经过日本这块跳板的中转，传到了中国。

阿 城：马克思主义从日本传来，使我们有大量的这方面的日文汉字形的中文词，政治经济学方面的词几乎都是，像共产主义、社会主义、资本主义、共产党、民主，等等都是，军事组织的术语也是，像什么战役、战略、军团等等。

周勤如：马克思主义传到日本，日本没有变，我们却接受了，变了，这有各自的内因。选择常常是不由自主的，是由一内在的因素决定的。马克思主义对旧社会的批判，对理想远景的描述，在我们看来都是有道理的，到现在我还是觉得那种理想主义的东西很可贵，不能忘记，也不要轻易否定，只不过在改革社会所采取的方法上，可能和我们所处的现实脱节，需要一定的调节。

西方在音乐上，二十世纪初，出了一个革命性的人物，就是奥地利的勋伯格（Arnold Schoenberg，1874~1951）。他最著名的一个革命性创造，就是开始无调性音乐和发明十二音序列主义作曲法，彻底地和传统决裂。勋伯格本人虽然不是共产党人，思想原则性却极强，他的激进艺术理念本质上属于左派，在德国是被看成文化上的布尔什维克的。他的创作总的来说用的是表现主义的手法，自由无调性技术从音响风格上说是适应表现主义极端夸张的审美观念的。他的学生们在当时的德奥则接近劳苦大众，有的就是共产党员。像勋伯格的学生威伯恩（Anton Webem，1883~1945），就热衷于在维也纳工人交响乐团和维也纳工人合唱团当指挥。他在这两个工人社团孜孜不倦地服务了十二年，直到希特勒一九三三年上台，发动国会纵火案之后，迫于纳粹的压力，工人团体解散，才在一九三四年离去。勋伯格还有一个学生叫艾斯勒（Harms Eisier，1898~1962），后来是东德的音乐家协会的主席，无调性作曲家，同时也是一个一辈子从事工人歌咏运动的共产党人。他变成共产党员之后，曾一度批判过老师和自己，回到写有调性群众歌曲。还有意大利的诺诺（Luigi Nono，1924~1990），也是著名序列作曲家和积极的共产党员。所以，音乐上的现代意识与政治上的社会主义革命思潮在他们的老家本是同根所生。只是后来出现了错位排斥。

阿　城：那他们当时教给工人的歌曲和演奏的乐曲是不是无调性的呢?

周勤如：都有。威伯恩一方面指挥维也纳古典大师的保留曲目，一方面利用自己把握的阵地推行新维也纳乐派音乐，包括勋伯格、贝尔格（Alban Berg，1885~1935）的作品。

阿　城：那要求工人的音准相当好。

周勤如：维也纳是个音乐之都，剃头的擦鞋的都能聚起头来唱个四重唱，站在街头巷尾拉一手好琴的大有其人。所谓传统，就是保持在民间大众口头手头心头上的那些可以信手拈来的东西。在中国，保持得最好的不是音乐，是书法。在北京，大概找一千个工人书法家办个展览不是什么难事，对不对?在维也纳，工人们组织个够水准的业余合唱团或者乐团也不会很困难。要让他们写毛笔字，那可就跟阿Q划圈一样了。这就是文化相对，各有所长。

另外，新维也纳乐派的作曲家是严格地接受传统训练的。他们懂得传统，只不过要和传统决裂。他们当时写的歌曲，并不是没有旋律，也不难听，他们只不过是想用一种全新的语言来惊醒这个社会而已。当年鲁迅在上海介绍的一个德国画家叫什么——

阿　城：凯绥·柯勒惠支（Kathe Kollwilz，1867~1945），她的版画《织工暴动》我小时候看印象很深。二十世纪初德奥的绘画上的表现主义影响上海的左翼画家很深，后来像李桦、古元这些版画家到延安，特别改掉了表现主义手法，改学中国民间木版画。延安的文艺观点觉得表现主义是小资产阶级的，不能为中国革命服务，这个观点直到现在还存在。好几年前洛杉矶县博物馆展出当年的表现主义绘画，我花了两天才看完。当年还有郁达夫介绍了比利时的麦绥莱勒（Frans Masereel 1889~1972）。麦绥莱勒的《一个人的受难》很有名，郁达夫当年译成“我的忏悔”，我有这个版本，前两年美国一个小出版社再版过，再加了老麦的《城市》，甚至他的《国际歌》。老麦的版画是粗线条儿的，黑白分明。

周勤如：对，呐喊的，扭曲的，粗线条大反差的，和勋伯格的思想都是一致的。他们都属于左派，普罗文化，不但和那种高雅的、装饰的、贵族式的传统观念决裂，也和小布尔乔亚的平庸、浪漫多情、自我膨胀式的英雄主义划清界限。勋伯格要挣脱的表面上是调性束缚，实质上是思想观念的离经叛道，希望独树一帜，换一双眼睛看世界，赤裸地表现受折磨的人性和揭露社会的黑暗。苏俄在开始的时候也有这种思潮，像马雅可夫斯基，歌颂列宁和无产阶级，但用的是支离破碎的“钢铁”语言。他自己说经常半夜从床上跳起来摸黑在火柴盒上记下梦里出现的字眼，第二天早上怎么想也想不起来那个字是干什么用的。音乐界也有过无产阶级音乐协会和现代音乐协会之类的组织，他们要把所有的传统的东西全部扫进垃圾堆，创作新的无产阶级的音乐。这种倾向被列宁制止了。列宁对无产阶级为什么要继承整个历史文化遗传有很多论述。鲁迅在绘画上引进现代派，他用小说呐喊，笔下也多次出现意识流，目的也是惊醒社会，是同样的感受，类似的选择。

那后来的发展是什么呢？拿中国来说，我们接受了马克思主义和列宁主义的经验，经过努力和牺牲建立了政权。但是，因为我们有强大的文化传统，所以，我们从整体上不觉得精神上是贫困的。祥子拉完车来十个包子一壶热茶一边吃一边听大鼓，是很满足的。所以，虽然经过五四新文化运动的冲击，提出打倒孔家店，也是反传统的，知识分子们纷纷办新学，搞学堂乐歌，搞国乐改良，开办新音乐传习机构。在西方留过学的，像萧友梅、黄自等人，也是纷纷回国为了振兴中华新音乐奔走，在战乱的情况下，政局艰难的情况下，创建新音乐，但总的来说，我们对于像勋伯格那样的音乐，有介绍，却不接受，距离太远。我们接受的是西方浪漫派的东西和古董派的东西，我们把西方的这些东西当成了经典，很认真地学习了一段时间。对于勋伯格和勋伯格以后的东西，我们认为它是帝国主义的，没落文化的反映而加以拒绝。

阿　城：文学和造型艺术上也是这样。因为隔掉了表现主义这一思潮，所以近二十年来在中国兴起的任何造型艺术形式，都暗含着本世纪初的表现主义因素，有一种补习班的味道。

周勤如：苏联也是这样。在斯大林时代，他们也采取了封闭的政策，和西方隔绝，也是把勋伯格的作品禁掉了，不能演出，也很少谈论。提的话也是否定式的，对西方音乐的学习到晚期浪漫派加民族乐派和印象派为止。浪漫派到后来派生出两个新流派；民族乐派，像俄罗斯的民族乐派，北欧的或者是东欧的民族乐派，美国的民族乐派，民族主义思潮兴起，重视表现本民族的特色；在西欧呢，就是法国作曲家德彪西和拉威尔的印象派了。法国人和西班牙人没有德国人那么固执，他们要出新，开始向外来文化学习，日本的浮世绘，东方的五声色彩，黑人的爵士都出现了。当时法国的万国博览会上，请中国的戏班，或者日本的雅乐去表演，还有印度尼西亚的甘美兰乐队。我们当然推崇民族乐派，对有些光怪陆离的印象派也有保留地接受。而对勋伯格以后的现代派音乐，倒不用官方禁止，我们的老百姓直到现在，根本就是排斥的，觉得怪异可笑。尽管这些形象在勋伯格的音乐里，在凯绥·柯勒惠支的画作上，就是那个马克思和恩格斯所说的在欧洲上空徘徊的“幽灵”，用高尔基的比喻说是在惊涛骇浪上扑打翅膀呼唤暴风雨的海燕，可是我们普通人缺乏鲁迅的洞察力和幽默感，觉得贝多芬《命运交响曲》中敲门的那个幽灵和《田园交响曲》里的那种牧羊人眼里的暴风雨比较对我们的口味。列宁也这么认为。这个错位是很显然的。贝多芬时候的音乐，是在王公贵族的上流社会演奏的，后来流传到民间的音乐会舞台上。现代音乐已经完全不是那么回事了，本质上是普罗音乐，大众音乐，却缺乏听众。

有意思的是，二战后的冷战时期，两种社会制度形成了两个对峙的堡垒：以苏联为首的社会主义阵营和以美国为首的北大西洋公约组织。西方对东方也是封锁的，非常警惕共产主义向西方蔓延。可是就像刚才说的谁缺什么就选择什么，在政治上把革命看成是洪水猛兽的西方在文化上反而全盘接受了革命的勋伯格，不但接受了，还向前发展。

勋伯格的十二音体系，是一种“古典的”新体系。他是在继承传统的前提下，用新的音乐语言变革传统。勋伯格有两个学生，一个是前面提到过的威伯恩，一个叫贝尔格。贝尔格更多地注意音乐的人性化表述，可听性很强，像他的歌剧《沃采克》，现在还经常演出，是保留曲目，无调性的，不但听得下去，还很受震撼，很过瘾，音乐刻划入木三分。威伯恩呢，他向更抽象的方向发展。他的音乐都十分短小，有的只有十几小节，完全是极端思辨的，神经质的，表现的不是普通人的感情，是非人的，或至少是非正常人的感情。于是，威伯恩的思想就被二战以后的作曲家们选择了，接受了，将它变成了整体系列主义，开始了一个大规模的疯狂实施激进音乐理念的时期。

整体系列主义就是把所有音乐表现因素像音高、节奏、度、表情等等都纳入一个模式，有序进行，一切结合就都变成非常理性的，绝对理性的，冷冰冰的。这个时候，音乐就走上了脱离群众的轨道。他们的一个口号是：我只管作曲，不管听众。他们作的曲子越来越短，越来越抽象，或者越来越复杂，令人瞠目结舌的复杂，或者怪招林立。也有人兼而有之，像法国人布列兹（Pierre Boulez，1925~），他是一个非常有思辨能力的人，古典音乐的底子非常深厚，是纽约爱乐乐团在伯恩斯坦之前的指挥，也可能是世界上指挥当代作品首演最多的大师。他非常认真地下大功夫试验了很多管弦乐怪招，学作曲的不可不研究，可惜听起来感人之作鲜少。

这时候勋伯格已经去世了。勋伯格是在三十年代初德国排犹运动的初期跑到美国寻求庇护的。威伯恩也在同时期失掉了指挥工作，但他不是犹太人，没有出来，躲在家里作曲。美军占领了德国以后，实行宵禁，他一个音乐家，没注意，冒冒失失开门一出来，站在街上的美国宪兵一枪就把他打死了。威伯恩的音乐理念在二战后风靡了美国专业音乐界几十年，他本人却是被美国兵误杀的。

勋伯格到了美国以后，先在美国东部，后来转到洛杉矶，在UCLA教书。他有严重哮喘病，南加州的气温对他比较好。他本来应该在德国发展，甚至在取得政权的社会主义国家中发展，可是在那里他遭到排斥。

阿　城：但是被美国接受了。

周勤如：也是错位。问题的绝妙就在这里。美国在当时是胆战心惊地防范共产主义的渗透，可是他们又全盘地把事实上属于激进化的革命音乐思潮接了过来。

阿　城：美国的中产阶级的态度呢？

周勤如：跟马克思主义在日本的境遇差不多。讨论得很激烈，但社会影响不大。我们在中国看材料觉得了不得了，铺天盖地的现代派，到美国这里一看其实听不到多大声音。任何极端概念化的音乐艺术品都不会有听众的，听众范围永远都是很小的。但是西方社会的特点是对于只要能自我生存的东西，就不会去限制。我觉得问题还不在这里。现代音乐在这里得到发展应该说是西方社会精英的一种选择，他们有这种精神上的和生存上的需要。他们人数很少，但掌握资源，在圈子之内强有力。比如说二战后，勋伯格这种我们看来非常激进的接受不了的东西，而在布列兹看来却太老旧了，所以到了五十年代的时候，布列兹说了一句狠话："勋伯格死！"也就是说呢，他们要开始一个……

阿　城：更——

周勤如：对，更激烈的，更纯化的现代意识潮流，再来一个现代艺术的革命。所以他们成立现代音乐协会，把它变成了一个关系网，在这个网络里他们互相支持尽情向可能的极端发展，同时也举办音乐营培养年轻人。正在这个时候又有一个新人物跳了出来，约翰·凯奇（John Cage，1912~1992），代表了一个对勋伯格的反动，这个反动更有意思了。

阿　城：John Cage去世的时候我注意到了，他可是一个太有名的人物了。

周勤如：凯奇也曾是洛杉矶人，是勋伯格的学生，在UCLA音乐系学习。上学的时候他就不大愿意去学那些和声。勋伯格是这样的：他自己写出来的东西都是无调性的，但是他编的教科书都是严格的传统的东西，只不过他又用他自己的方法重新总结了。他要离开传统，他认为那些东西已经过去了，不符合他要改革社会的理念。但他不无视传统，他尊重传统。他写的东西不是为了消遣娱乐，而是要告诉人们一些事情。他要传达一种信息。他是很严肃的。他教学的时候，仍旧是从传统开始教，他的和声学、作曲法的教科书到现在还是经典。约翰·凯奇当时不大愿意老老实实学这些东西。他玩概念，出花招儿。勋伯格当然看得出来了，说："凯奇，你是个革命家，不是一个音乐家。"

约翰·凯奇跟一丝不苟写总谱的布列兹可不一样。他怎么革命的呢？一个是他弄了一些螺丝钉、铅笔、曲别针什么的塞到钢琴里，用线拴在某些弦上，或者卡在一些琴弦之间，这样当弹到某些音的时候，就有打钉子的声音、弹棉花的声音、敲洋铁罐的声音发出来，奇奇怪怪，全是变形的声音，不可预测，也不可复制。每次演出一种样，录下音来，在题目下面写上某年某月某日某人演奏版，以唱片为准。下回录音，还写上这个题目，另外的日期，另外的演奏家，听起来是两个曲子。他有一个伙伴，钢琴家，专门给他演奏这些作品。他的谱子是一些谁也看不懂其实也不需要懂的“天书”，什么叫“天书”呢？在谱子上甩一些墨水，或者划一些点点，方块，写一句指示性的话，划一点线条方向，就行了。那么演奏者呢，即兴，根据他看到的这些指示，即兴地表演。这叫偶然音乐。他就和布列兹继承威伯恩衣钵发展的纯理性完全相反，纯感性，绝对没有框框，一种绝对即兴的创作模式。他当然要给自己找理由了，他的理由就是，这是向东方的《易经》学习来的理念。他的最著名的一首作品叫 *Chance*，就是随机选择，他认为《易经》上的小棍棍儿是对机会的选择。再一个理由就是从日本人那里学来的禅，当时美国有一股学禅热，最时髦。

阿　城：这是日本一个叫铃木大拙的作品，他用英文写了不少介绍日本禅的书，在西方成为解释禅的权威著作。中国禅对日本禅影响最大的一本书是《碧岩录》。这本书是无法翻译的，况且“说出的即不是禅”，就更难用另外的语言翻译了，不可能。

周勤如：最后他的作品变成了无声，走向了否定声音，否定音乐。什么是音乐呢？什么都是音乐，这个世界上一切的声音和一切的无声音都是音乐。这种振振有词的解释就抹杀了艺术上的界限。你抹杀了界限，我们讨论问题的时候，就没有交集了。观念上已经不一样了嘛。可是他偏偏就在这一点上，被二战以后急于摆脱文化断裂所造成的思想贫困的一代人接受了，捧为圣人。这也是需要和选择的辩证法。我们这个大家谁也坐不下屁股读书的时代就需要这种道听途说式的泡沫理论。这种理论的诀窍是开悟，一旦开悟，马上可以挂牌营业，当大师，祖师。傻子才上学苦读。凯奇的先知特质就在这里体现出来了。他五十年前就实践了我们现在网络时代才广泛实行的原则。

阿　城：网络，唉，网络，多少垃圾假汝以行。

周勤如：他打的旗号上印的是“阴阳鱼”，东方，古老，哲理，又有“禅”意，一般老美是没有资格反驳他的，必须尊他为一派。于是他一顺百顺。他最著名的作品就是《四分三十三秒》（4’33”），钢琴演奏家上来，也是很严肃的，鞠了躬以后，打开琴盖，坐在那儿一点不动，坐四分三十三秒。然后再鞠躬，下台。这个成了二十世纪的经典，你讨论二十世纪的现代音乐史，当代世界音乐史，如果不提这个作品，那你就是无知，你上课的时候要是不以崇拜的口吻提这个作品，你就别想得好分，你就不是二十世纪音乐家，是异类。但事实上人们并没有去仔细探讨，我们中国人发明易，当时是做什么的，究竟是为了破坏一个秩序呢，还是为了通过机会选择来建立一个秩序。我觉得中国的易不是为了破坏，而是为了建立一个秩序，捕捉chance是手段，建立order是目的。

阿　城："文王演易"，文王摆棍是为了建立周朝的，周礼就是制度。所以孔子说"郁郁乎文哉，吾从周"，因为相较之前，周的礼制文化的确是文明而周全的。

周勤如：约翰·凯奇对易的理解和利用，恰恰是相反的。他就是要破坏，跟勋伯格不一样。勋伯格是要改造，跟我们要改造旧世界的心情是一样的，把旧世界打个落花流水，就是这种思想。勋伯格也有这种思想，但是他要建设。他有明确的理想。他搞十二音序列，通过演算建立一个数理的模式，建立一个新的制度，就好像我们曾经设计过实验过一些类似人民公社的社会模式一样。人们的生理是有调性感应的，无调性不是与生俱来的，所以勋伯格要设计一套从观念出发的程序强迫自己写无调性。

调这个东西，是自然就有的，它以物体振动的泛音列为基础。我国音乐学者最新研究成果表明，泛音列不仅是西方大小调音乐的乐理基础，也是直接熏陶东方民族使他们从原始泛音乐器的演奏中感受到五声音阶存在的途径。我前几年在洛杉矶看过一次图瓦（Tuva）来的一些民间歌手的演唱。图瓦在俄罗斯联邦，图瓦自治共和国，人是蒙古族的一支，像满清人，头是剃光的，后边留小辮子，服装也是清朝的服装，用马头琴。他们唱的时候，先是自然的唱法，唱着唱着，把胸腔打开了，产生一个非常低的低音，然后再控制鼻腔、口腔、颅腔，逐渐就激起了泛音，激起来之后，就平行地往前走，一边用气息和喉头持续低音，一边控制口型，产生五声音阶曲调，清晰可辨。所以欣赏有调性的音乐是人的自然反应。这不是一个落后或先进的问题，这是个永恒的现象，一个生理的本能要求，到哪儿都是这样的。

阿　城：图瓦人的演出我也看了，大概不是一场，他们演了好几场，挺轰动的。我在云南的时候，佤族、布朗族也有这样的方法，我以前会一点，现在不行了，要天天唱才行。我听图瓦人唱的时候，有点儿痒痒的。

周勤如：所以当勋伯格企图用激进的革命把调性音乐打破的时候，虽然凭着他的功力确实写了一些惊世之作，可是也陷入了一个进退两难的困境，主要是写出来的音乐千篇一律。他开始的时候，是希望通过高度半音化的和声进行来躲避调性，凡是你能听出有调的音乐进行，我都不要，我不等你听出来就转另一个调，我老转，让你听不出来我究竟要上哪儿。开始的时候用这个办法很有效，写了几个不错的作品，听起来就像永无休止的问题。但后来还是写不下去，一个人不可能老是那么找，找来找去是不行的。他于是干脆就弄一个不重复音的序列，画一个魔方图，我严格按照这个图往前走，这样我永远不会下意识地肯定一个调。但是这个新方法一建立，音乐就开始雷同了，加上他固执的美学要求和他的学生威伯恩的绝对理性化，更是把音乐跟普通人的感情隔开了。你听威伯恩的作品就知道，他不是没有对比，但他的对比完全像一个机器人一样，异化了。到了布列兹，更使劲往前走，想方设法突破却突破不了。还要提到法国的梅西安（Oliver Messiaen，1908~1992），布列兹的老师，是整体序列音乐的真正大师，把强弱符号时值长短也变成序列的始作俑者。他的体系做得非常复杂，他严格地按照这些序列互相搭配，音高一个序列，节奏一个序列，力度一个序列，甚至表情一个序列，像一个工程师那样编织音乐。梅西安是一个大师，跟勋伯格一样，他虽然用了这些理智化的手段，但仍旧可以写出很热情的，有宗教色彩的，有人文精神的作品。但其他人的作品没有那么好听，重复上演的机率也不高，从音乐电台的广播里也很少听到。

我在UCIA音乐系也模仿过这种风格写作，从技术上讲比写作调性音乐容易，你一用这种方法，写出来的就是这种味道。

阿　城：你九一年的歌剧得奖是用这种方法吗？

周勤如：不是。我虽然学这种方法，但我不会把它当成主要方法。从我脑子里可以产生这种东西，但我的心不会接受，我觉得它离我太远。不是说这种方法不好，而是没有合适的场合去用它。比如，勋伯格有个作品叫做《华沙幸存者》（*A Survivor from Warsaw*），这个作品用序列手法就非常合适。勋伯格逃出德国之后，纳粹就开始了对犹太人大屠杀，有几个从华沙幸免于难的犹太人跑了出来，辗转到洛杉矶，勋伯格见到这几个人，听了他们的叙述，就把他们谈话的记录，写了《华沙幸存者》，用十二音体系写。小号一开始就有一个歇斯底里的尖叫，这就非常合适，因为他表现的正是劫后余生，惊魂未定的幸存者对恐怖场面梦魇般的回忆。他的弟子就很难有机会再产生类似作品。

阿　城：经济上他们怎么维持？

周勤如：欧洲和美国还是有大量的基金会支持现代音乐的。他们也可能有教职。从二战之后一直到六七十年代，序列主义垄断了西方所有的音乐院系和现代音乐舞台，你如果不学这个东西，你是过不了关的。直到现在美国的标准音乐理论考试，现代理论部分还是考用十二音作曲，因为十二音作曲在美国已经变成了一个经典方法。

阿　城：美国将抽象绘画也作为他们的传统，除了印第安的造型艺术，美国没有自己的造型艺术传统，从古典写实到印象派，美国都是追随欧洲，只有到了抽象，美国才有了自己可称大师的人物，之后一路的普普艺术、装置艺术、行为艺术等等。才有了一个阵容，所以当然不可以反对。

周勤如：要全盘接受。每一个在音乐学院的学生都要学。甚至连已经赫赫有名的大作曲家斯特拉文斯基也未能幸免。斯特拉文斯基是从俄罗斯民族乐派出身的，他自创新古典乐派，采取调合的做法，以比古典风格更早的巴洛克风格甚至远古的原始风格为依据，用比较硬的音乐语言写《春之祭》、《火鸟》这样的新作品，有一定的表现主义味道，某些地方也有龇牙咧嘴的感觉，但不离古典主义基本原则。斯特拉文斯基是个极其有主心骨的人，他从一九一四年的《春之祭》发迹，到三十年代、四十年代，形成新古典主义学派，成了孔子说的随心——

阿　城：随心所欲不逾矩。

周勤如：他已经是典型的这样一个人了。二战的时候，他在中立国瑞士，那个时候找不到演奏家了，就有一个大贝斯，一个短号，一个单簧管，一个小提琴，一个鼓，当时有人委约他弄一台戏，只有一个朗诵，但就为这几个人，他仍旧能够写出精彩的作品《士兵的故事》，有黑色幽默的感觉。可就是他，到了六十年代末七十年代，年纪很大了，正好是序列作曲乌烟瘴气的时候，音乐史上载，斯特拉文斯基晚期，用十二音体系作曲。他那些晚期作品没有一个是好的，尽管他是大师。为什么？因为他左顾右盼，都在用十二音，于是这样一个大师也屈服了，开始用序列方法写了一些黯淡无光的东西。可见激进主义音乐思潮当时在欧美是多么厉害。约翰·凯奇的独特就在于敢反叛，二次革命，索性来个Nude Show，皇帝穿新衣。

我记得我在国内的时候，听过他的一部作品，叫《第四变奏曲》（*Variations IV*），好像有四大张慢转唱片。这个作品是哪儿录音的呢？就在洛杉矶县博物馆，他找了几个帮手，有个留声机，有个短波收音机，能接收嘀嘀嘟嘟信号的那种，几个话筒，这几个人就在那儿随便玩儿，人来人往，围观，这些声音就都录下来了，灌成了唱片。我当时听到一处忍不住笑了，为什么呢，因为听着听着突然有唢呐大奏《百鸟朝凤》，一定是从哪儿弄了张中国唱片放。听到这儿我就不听了，这个音乐我到现在也没听完，为什么呢？不想听了，时间太宝贵，生命不能这么浪费。这种所谓的“新音乐”建设跟我们当年“大炼钢铁”或者“文革”一样幼稚。

后来在UCLA学习的时候，学到了约翰·凯奇标榜的“实验主义音乐”（experimental music），学了一个学期，必修。你需要参与表演，却完全不需要是个音乐家，普通人就是音乐家。也不需要学乐器，弹钢琴干什么，你拿胳膊肘去砸钢琴就行，或者你赔得起钱拿把铁锤把钢琴拆了，也是一个作品，不妨叫《劈柴变奏曲》，或文一点，叫《两种价值观之瞬间转化》。我们当时上课的时候呢，有的同学，把报纸用手撕一撕，再倒来倒去，班上有五个人，每人一片儿，大家一起用不同的速度念自己那块儿报纸，录下音来，这就是一个作品。我英文念得不溜，就弹钢琴，不用手，用信用卡划琴弦，开心至极。我也要交作业。当时和我分租一个房子的是一个上海来的学历史的博士生，我就说咱们俩开始录音吧，他说怎么弄啊，他正在炒菜，我说炒菜就不错，他就开始打鸡蛋，你听我的那个作品你不会知道那个打击乐是什么东西，因为还带水声。然后，嘶——，炝锅。我有一个电视机和一台收音机，随便调台，再加上调音量，还加上一些其他的都录下来，大概有二三十分钟，一面带，然后起名字，《一个音乐家和一个历史学家的星期天的对话》。就行了，交作业，没问题。就这么混一个学期，学禅。

到了期末考试，下午一点钟，大家聚在一起。所谓考试，就是每个人把自己期末的作品拿来演奏。我上午十一点的时候，曲子还没作呢，因为我有把握，没有关系。十一点的时候，我打开电脑，写一些诸如“谁想什么时候开始就什么时候开始”，“谁想怎么呼应别人就怎么呼应别人”，“谁想什么时候停止就什么时候停止”，打印出来，我们班有多少人我就印多少份，当然你要印得很认真，你不能露出任何迹象你是在开玩笑。临上学校的时候，我灵机一动，想起我的书架上有一个朋友从墨西哥带来的小泥乌龟，上面有眼儿，头是吹口，中国民间也有类似的泥哨，就把它顺手抓了起来，带到学校。教授和同学都在那儿，轮到我，我要求大家在地板上坐成一圈，给每人发一张纸，非常严肃，把灯调得很暗。美国人在这方面很好，非常配合。我就说闭上眼睛，大家也都知道要干什么，一看那几个字就知道你要干什么。然后就开始安静，突然间就听见有一个人开始“沃——”，开始发出声音来了，于是别人就根据我的那个指示开始回应，在这个时候，我就掏出我那个小王八，琢磨着怎么吹它。这个东西就是这样的，有谱子就比较难，得学，不要谱子，瞎吹，完全无拘无束的话，就无所谓。我就用每只手的两个比较听话的手指头，按住那几个眼儿，跟着感觉走。我吹得相当迷人，学了那么多民间音乐，这点感觉还是有的。整个音乐在十几个人的合作下哼了十四五分钟。后来，大家都烦了，拿眼睛悄悄地互相看看，有些人就开始撤，撤撤撤，逐渐就都撤完了，我再吹一会儿，我也撤了。这种音乐，就变成了一种纯粹的idea，一个想法，你不需要艰苦劳作，没有艺术的劳作可言。你的想法即结果。现在你在网上有什么想法，一吹牛，你就开始赚钱了，不需要去积累资本。你说它没有哲理吧，也可以说它有；但是你说这种哲理会产生什么实打实的效果呢，也真是让人觉得好笑又笑不出来。我们如今就是处在这么一种局面下。如果你要是想加入，你就绷着脸逗哏，逗到底，你就能够取胜。约翰·凯奇就是早早地看穿了这步棋，有前瞻性，绷着脸一逗到底，他就赢得了哈佛大学音乐系讲座教授的殊荣。平心静气想想也对，因为他是给世界带来预言的先知啊。他的先知特性，有另一本“天书”为证。

我刚到美国的时候，在书店里看了他两本诗集，用老式打字机打的，完全是一种视觉的游戏，没有一个字是可以念得出来的，全是无意义的字母联缀。诗行是打成图像的，一个十字架呀，一个像草地一样的起起伏伏的线条呀，等等，时而密密麻麻，时而稀稀疏疏，精装成厚厚的上下两本书，约翰·凯奇的诗集。我当时看了，知道他这个老顽童就是要和世人开一个大玩笑。出版社还真出。书店还真进货，我是绝对不买，一买就输了，就上当了。这是斗禅。就像皇帝的新衣，一个皇帝光着，我们还哈哈大笑，但是每天他老光着，我们就不用看了，由他去吧。凯奇是用这本“天书”告诉世人一个哲理：或者不上我的当，明哲保身，做个老实人；或者像我一样想个歪点子去征服世人，做个风流英雄。而谁要是把我的书买回去从头读到尾，还写一篇分析文章说里面的结构如何如何奥妙，那就是一个活该倒霉的笨蛋加傻瓜。

阿　城：中国音乐人里也有这种狠角色。不过，一个人常常是因为怕自己是个傻瓜才因此成了傻瓜。

周勤如：最近在我主编的《音乐中国》创刊号上，有一篇文章对约翰·凯奇早期的东西是怎么产生的做了新的检讨，找到了一些原始的通信和谈话。

当时是怎么回事呢？据约翰·凯奇自己说的，他是受雇于一个康复中心，到医院去帮忙。医院规定噤声，他就只能做些无声的表演哄病人的孩子们，就产生了类似的无声音乐念头。后来，他在哈佛讲演中可就说得玄乎其玄了。他解释为什么一定要四分三十三秒而不是二十三秒或者三十二秒的时候，说他是花了好几天的时间用八卦演算出来的结果。这就把听众一下子震住了。宗教崇拜的效果油然产生。这也是激进思潮常伴随着的一种现象。凡是一种激进思潮，都有一些精英式的领袖人物，提出一些当时有说服力、吸引力的说法。二十世纪具有这种精神领袖倾向的作曲家有三个，都比较注意在音乐以外下功夫，特别注意用某种方式凝聚和散发自身的宗教感召力。一个是美国的约翰·凯奇，另一个是德国的斯托克豪森，他的音乐常常是仪式音乐，他演奏的时候要调动声光色彩，机关布景，披头散发，台上走的人穿修道士式的衣服，看他的演出有朝圣的感觉。还有一个就是日本的Takemitsu。

阿　城：武满彻。

周勤如：对，武满彻，也是一个具有这种特质的人。他的宗教感召力超过他的音乐感染力。我为了研究，搜集了相当多这些人的作品，我是在听的过程当中一边仔细听一边阅读唱片套上有关资料逐渐发现这些问题的。他们的音乐没有一个能让你听到底的，听一半，就不需要再听了。武满彻的音乐就是这样的。它没有一个走向，老是呻吟，老是嗯——嗯——嗯，从头到尾就是嗯。他的大提琴协奏曲，演奏的人非常好，但是音响粗糙，听了十分钟你还不知道他要干什么。这样的创作常常附带一个哲学上的说法，在这种说法的笼罩之下，你不得不承认这是一种存在，不过也就是如此而已。他的作品我听了很多，除了几首短曲，几乎都听不完，因为听五分钟和听十分钟没有任何区别。

现代作曲家有时候有这个问题，你可以感觉到他有神来之笔，但是你仔细研究谱子的时候，发现这个神来之笔不是他写的，因为他的谱子上可能是个示意图，什么音符都没有，可能是演奏家忍不住了，来了一下。有些谱子，上面画一些海浪，画个手枪，还从枪口画一条虚线连着一颗飞着的子弹，一只带长睫毛的美丽眼睛，甚至一个裸体，演奏家到了这儿一看，觉得挺有意思，拿圆号吹一下，完全意想不到的效果，但作曲家说这是他作的曲。

凡是这样的作曲家，他们的总谱都是一部“天书”。这都是我上课时看过的。二战之后的激进主义思潮，彻底摧垮了与传统的形式上的联系，作曲不一定去抠音符，他应该是一个组织者，一个善于启发大家情绪的宗教领袖，让演奏家和听众都感觉很亢奋，你在舞台上要有煽动的能力，让观众随着你。美国和欧洲都有这个问题。音乐已经被异化了。音乐沙漠化了。

阿　城：一般人还参加不进去。

周勤如：可能是不感兴趣，所以宁可去听通俗音乐。在这种时刻，我们中国的作曲家们登上了舞台。为什么？因为相比之下，我们的这些人更有头脑。我们带来了异国情调的东西，但更重要的是西方人远远没有的想法。这就是机会。除了我们本身很努力以外，有一个西方空白的原因。就像我们改革开放以后，一大批港台西方的人都跑进来投资一样，我们在经济上是空白。这是二十世纪一个很有意思的现象。

西方在接受激进的现代派思潮上和我们接受社会主义制度时一样虔诚，所造成的得失也一样积重难返。我们在近二十年里已经不断地在检讨这个问题，而西方还没有清醒地意识到这种激进思潮所造成的负面内伤，还没有进行反思。不过从八十年代以后，有一个新浪漫主义的思潮在发展。像在纽约有一个菲利普·格拉斯（Philip Glass，1937~），他把一些在美国大陆上的通俗音乐语汇，运用到交响音乐里，产生了简约派。最初的那个作品是歌剧《海滩上的爱因斯坦》（*Einstein On Beach*），序奏用所有的大提琴和倍大提琴齐奏美国最流行的西班牙弗拉明戈舞的固定音型，弗拉明戈舞有一个黄金进行，6—1—3，5—7—2，4—6—1，3—#5—7，周而复始。我曾经故意把这个进行弹给学生听，问他们这是什么东西？每一个学生都知道这是一种美洲大陆上到处听得见的通俗音乐。

阿　城：它就跟中国人对二簧西皮的反应一样。

周勤如：对。格拉斯一开始就走的是这种大众化的路子，但不俗，气势极其辉煌。这个黄金进行是大小调交替，简单却不单调，是经过千锤百炼的。重复了无数遍之后，在你心里就积累起一个相当大的能量，正好和观看海浪反复的感觉一样。

阿　城：他给弗朗西斯·科波拉的纪录片《失去平衡的生活》的配乐就是这样的，那个纪录片没有话，只靠图像和音乐，简单的音型反复奏，产生了很大的悲悯和无奈的力量。这个纪录片现在应该重放，它大概是美国最早的环保意识的纪录片。

周勤如：格拉斯成立了一个乐队，一边放电影，一边实际演奏，我看过现场演奏。简约派的实质就是把美国的通俗乐队固定音型变奏的经验运用到了交响乐写作中。这个时候，音乐开始走回民间了，走回到有感情的东西了。我的这些想法是整整十五年观察的产物。但最初披露是在一九九二年我的博士资格答辩会上。你知道，现代派最大的问题是不允许批评，他们完全蔑视听众，精神专制。你捧我我捧你，只说好不说坏，特别虔诚。所以批评要有勇气。

阿　城：不过这些年西方开始有对在纽约的一个中国著名音乐家的作品质疑的声音了，像英国*TIMES*也有过一篇乐评，相当尖锐，后来在网上流传。

周勤如：洛杉矶加大教现代音乐的是个女教授，她在美国著名鼓吹序列音乐和试验音乐的《新音乐观察》做了十年的主编。人非常厉害，非常干练，是社会精英之一。我刚到美国，同学就跟我说上她的课要小心，不要反驳她。她要求我们去听作品，量很大，每一首作品都要做记录，就是一边听， 一边就要把当时的感觉写下来。我最后写了一篇《试验音乐的得与失》。在列举了很多作品之后，我说我的观察结论是现代音乐得到了观念上的满足和自我宣泄，失掉了艺术上的加工琢磨，致命伤是将来难以作为经典流传。艺术这个东西，你可以用不同的观点去解释，但是一定是要与自然有不一样的地方，一定要经过加工，才可以欣赏。完全自然的东西不是艺术。完全靠理念支撑的东西也不是艺术。交上去以后，教授在文章上一口气打了八个问号，退给我，可见她看我的论文时有多生气。我说我不改，我没法改。结果她还是给了我一个A减，但很不高兴。美国人这点好，公正，尊重对手。后来我组织博士资格考试委员会，我还是去请她，她接受了。笔试之后是口试，每个教授可以自由质询一两个问题。她问我对二十世纪音乐怎么看，我就把我今天跟你谈的这些观点和盘托出，首先指出十九世纪的德奥激进主义在二十世纪向东方的延伸主要是各种社会主义革命的实践，向西方的延伸主要是各种现代派艺术思潮的试验。经过一阵议论，他们居然点头同意了。我又说，东方像中国，经过五六十年的实践，取得了经验教训，从八十年代起一直进行着检讨、反思和调整。而西方对现代派思潮的反思还没有真正开始，标志就是你们对这些思潮的激进主义实质没有认识，你们对神坛上的偶像也缺乏检讨，过激主义在人文领域甚至有向更极端化发展的趋势，这是走绝路。

当时我是横下一条心，豁出去博士资格不要了来说这番实话的。在美国，博士这个学位是进容易出去难，答辩时只要其中的一个委员投反对票，你就吹了。所以大家战战兢兢，生怕说错话。我印象里我入学的那一年洛杉矶加大的一个副校长在迎新讲话里很骄傲地说这个学校的研究生授衔率已经达到了百分之四十。这是个不低的比例。那百分之六十有的是自己半途而废的，有的是被导师提前废了的，也有答辩时当场废了的。我说了这番话马上看到我的作曲导师，也是答辩委员会主席脸色紧张起来，他在系里的辈份没有那位女教授高，我相信他在心里考虑如何挽救我。果然我被要求论证我的观点。于是我就从根说起，竹筒倒豆子。结果，我的答辩不但通过了，还得到了评委主席这样的评语：…he stunned his committee of composers, musicologists, and ethnomusicologists with his knowledge, commitment and passion.

阿　城：You win！你赢了！你以你的知识、使命意识和热情，让委员会的作曲家、音乐学家和音乐民族学家们震惊。

周勤如：女教授当时也说了一句话，她说，看起来啊，勤如你们中国人只是英语还差点啊。意思是她佩服和承认我是一个可以对话的人了。我们后来真的成了朋友。她本人现在热衷于印度尼西亚的甘美兰音乐。她已经退休了，现在是《音乐中国》的终身顾问。我所不能解释的，就是我们过去的理论，经济基础决定上层建筑，决定意识，决定文化，可是恰恰在这个地方出现了一个交错，我们接受了激进的社会制度，可就是从上到下完全排斥激进主义的现代文化，我们相反地选择的是贵族文化，就是经典文化。

阿　城：社会的变革，是利益、资源的再分配，但文化上的资源会不会随着社会资源的重新分配而分配？可能不全是这样。欧洲资产阶级在分配贵族的物质资源的时候，把他们的音乐也拿过来了，这会加强他们得到新资源的感觉。另外呢，西方在二战之后，以美国为首的西方，不是资源分配，世界资源在二战前已分配得差不多了，而是市场分配，所以资源占有形式的殖民主义开始没落，代之而起的是科技经济，直到现在说的高科技。你拥有高科技，市场就是你的。

现代音乐因为精英化了。小圈子，应该不在乎市场。能产生市场效应的是麦当娜、迈克尔·杰克逊这样的产品。古典音乐西方还在保持，但是生产很小，你只要去任何一个CD店就知道了，古典部分和爵士部分小得可怜，百分之九十是流行音乐的货架。看看中国，你说得对，中国的精英化目前还是参加肖邦、柴可夫斯基大赛这样一个概念。

周勤如：是，中国到现在崇拜的还是这个东西。我们把这个遗产绝对化了，包括遗产的模式。日益风行的流行文化和精英化的古典文化并行。

二〇〇〇年十月三日

与姜文对谈

姜　文：你这回回来见着那谁谁谁了吗？

阿　城：还没呢。

姜　文：你得见见她。

阿　城：为什么？

姜　文：也不为什么吧，就是我们一块儿去了趟韩国，还有述平、王朔、余华他们，我们从那儿就说这个创作的事儿，一直到回来。我不否认有些人，或很多人，会在瞬间有一种出窍的感觉。比如听音乐，容易产生某种感觉，甚至连激素都调起来了，分泌上有些变化。我听我迷恋的音乐，真是起鸡皮疙瘩。

阿　城：是，打冷颤，起冷痱子。

姜　文：我的《鬼子来了》，还有《阳光灿烂的日子》，其实都是从音乐开始的。我跟人家说，说不明白，人家说你好音乐？我说不是，我连谱都不识，我只能说我的灵感是从那里来的。比如，我听马斯卡尼的音乐，像一

注：姜文，中国大陆演员、导演、编剧。毕业于中央戏剧学院表演系。主演的影片有《芙蓉镇》、《春桃》、《红高粱》、《有话好好说》和电视连续剧《北京人在纽约》等；导演的影片有《阳光灿烂的日子》、《鬼子来了》、《让子弹飞》等。

团火儿，把天点着了，想抽根烟，白日梦，跟着走，走到……你能闻到那味儿的程度，景色能看到，对话能听到，电影我先在脑子里看到了，那叫完整，那叫清晰，就是不容易叼住。

阿　城：神往，就是这个意思。到能闻到味儿的程度，好。

说来我们的脑子里，有个很古老的部分，叫嗅叶。嗅叶呢最初只有两层细胞，第一层管接收气味，把它们分类，第二层管通知神经，指挥身体采取怎么样的应对。蛇，鳄鱼，这些古脊椎动物，爬虫类，都是只有嗅叶的动物。你看蛇信子吐来吐去，就是在收集周围的气味分子，它主要是靠这个来判断，周围有食物呢还是有敌害，再有就是可以交尾的对象，之后决定怎么反应。蛇的眼睛只能感觉得到明暗，看不到东西，等于是个瞎子。

后来嗅叶进化发展成情感中枢，脑，才开始有了情绪功能。情感中枢可以修正学习、记忆这两大功能，古哺乳类动物，也就是马牛狼老虎这类动物，才会有更复杂的反应，情感中枢里也就有了一个嗅脑部分。

大概到了一亿年前吧，也就是到了新哺乳类动物的脑，就是我们说的猴儿，猩猩，灵长类，和之后我们人类的脑，又增添了几层新细胞，我们才能慢慢出现所谓的智能。你刚才说的起鸡皮疙瘩，就是音乐刺激到了情感中枢，影响到嗅脑中的原始嗅叶部分，结果反馈出嗅幻觉。

姜　文：《阳光灿烂》开始的第一首“文革”歌曲，我根本摆脱不了。骑自行车我自己哼，就能想起我在唐山的时候，六岁……我现在想起那是个什么味儿了，就是柏油路的柏油味儿，加上臭电石，搁水里就冒泡儿。那叫什么……

阿　城：乙炔，用来气焊的。

姜　文：对，焊东西的。就是那俩味儿，一下就勾出来了，我就倍儿兴奋，一下就能想起小时候在唐山街边儿，坐在消防栓上，俩，这边儿坐一个小女孩儿，那边儿坐我，看游行，武斗的队伍。

阿　城：警察办刑事案，当事人常常因为昏迷而失去记忆，用现场的味道刺激嗅觉，当事人会恢复记忆。嗅觉非常灵敏，我们的鼻子里有大概三百万到五百万个管嗅觉的神经元，相当于一个中等城市的人口数目吧，你可能是属于五百万的。

姜　文：是。我头一场戏，就得老听那段儿音乐，闻那味儿，然后你就可以写好多。所以我跟人家说，我这电影非得到我能闻到味儿了，我才能拍。我能闻了，我就有自信心我比谁都能拍得好，因为别人闻不着，我能。

阿　城：嗅觉是情绪的基础。嗅觉不灵的艺术家，很难成为最好的艺术家。

法国作家普鲁斯特在他的《追忆似水年华》里，不断描写由嗅觉引起的记忆。德国作家聚斯金德在他的著名小说《香水》里，写了一个几乎在嗅觉上有特异功能的主角，他杀了二十多个女人，为的是得到她们身上的自然香味儿，后来他制出一种味儿，让所有人都很兴奋，结果把他杀了。中国作家里，我想想……台湾朱天心有个《匈牙利的水》，写人由香水而引起的记忆和情感，精确细致，叹为观止。这边是莫言的小说，光感，嗅觉，触觉都非常强烈，景观奇异。艺谋拍《红高粱》，没去转化莫言最敏感的东西，不懂，粗糙了，可惜。不过到了《有话好好说》，有了一点儿嗅觉感，大概因为你是有体味儿感的演员。演出状态来，自然就会有体味儿出来。不过我有时候看电视节目，老觉得有一两个主持人有口臭，不自觉就会退后一些，你知道我的电视是十二英寸的，再退就成看表了，可还是会退。

《鬼子》，《阳光》，都是体味儿强烈，好。

姜　文：有意思。

阿　城：香水儿和酒的调配、鉴别，都必须在嗅觉和味觉上有超常的能力。香水儿大概有个六千年的历史了。日本料理里的姜，作用是隔味儿的，吃过一种生鱼之后，吃姜，嘴里留的味道会被隔掉，好完全享受下一道生鱼的味儿。

姜　文：有意思。

阿　城：情感中枢里嗅脑的这一部分，里面有两样东西非常重要，一个叫海马回，一个叫杏仁核，都是因为它们的形状来命名。以前医学界认为，顺序应该是：比如杏仁核，先把接收到的信息分好类，传到丘脑，转成脑的语言，就像电脑的语言是“0”和“1”，人脑也有自己的语言形式，之后传到大脑皮层的感觉处理区，整理成感觉，形成认知和意义，也就是怎么回事儿，再传到情感中枢，决定怎么反应，再通知其他脑区和全身。说时迟，那时快，这个过程当然是很快的。

我们以前一直认为，杏仁核完全是靠大脑皮层的指令来决定情绪反应。

但实际上常常是，比如一个黑影一晃，我们撒腿就跑，或者别人刚一抬胳膊，我们就已经扑上去打了，所谓来不及想，不管三七二十一，莽撞。也就是说，管思考的大脑皮层对刺激还没反应过来的时候，我们已经动作了。

这是为什么？纽约大学神经科学中心一个叫勒杜克斯（Joseph E. LeDoux）的发现，除了我们已经知道的丘脑到大脑皮层的神经，还有我们以前没有发现的丘脑直达杏仁核的一小绺神经，也就是说，有一条近路。当然，结果，杏仁核常常会抢在大脑皮层思考之前，就反应了，情绪，动作，电石火光，刹那，速度非常非常快，先斩了说。

杏仁核管储存情绪记忆，一有刺激，它马上就和过去的情绪记忆比对，新的刺激里只要有一项要素与过去相像，它就按照记忆了的情绪经验启动。比如，我们讨厌过一个人，以后只要这个人出现，我们不用想就讨厌他，而且这种情绪非常难克服，常常是还没见人影，光听见声音了。勒杜克斯叫这个为“认知前的情绪”。

比如“瞧你丫那𠔌性”，“别提他，我烦着呢”，“你再提他我就跟你急”，都是我们常碰到的认知前的情绪，而且搞得心潮逐浪高，久久不能平静，挥之不去。这个发现，对理解人的行为，非常重要，比如就影响到西方法律上对刑事责任的判断，量刑。

勒杜克斯做过一个著名的实验，证明杏仁核可以处理我们从未意识到的印象和记忆。他在试验者眼前闪过各种图形，很快，试验者根本察觉不到。这之后，再把图拿出来，他们会偏好其中的一些很奇特的图形，这也就是说，我们在最初的几分之一秒，已经有了记忆，还决定了喜欢不喜欢。情绪，可以独立于理智之外。这就是直觉。

姜　文：我头一次写剧本，感觉是在笔录，一个半月，笔录下来，有时候来不及，追不上，那个东西变了，把音乐倒回来再听，又追上了。

阿　城：当然追不上杏仁核，肯定追不上。其实，倒不妨备一个录音机，快说，先录下来，再写下来。

姜　文：有时候经过嘴巴吧，也变。挺奇怪的。

阿　城：是，语言会异化感觉的出发点，而且还一路互相异化下去。烦也在这儿，有意思也在这儿。

姜　文：我其实在拍一个脑子里已经有过的东西，平常我没觉得我是一个细致的人，那么敏感的人，那么知道把哪个跟哪个剪接到一块儿的人，不知道。

那天我放了一点儿《阳光》，还有《鬼子》，好多地方我觉得真不错，好像不是我弄的。回想刚剪完那会儿，就好像什么断了，飘走了，一去不复返的感觉。

阿　城：是啊。这就说到海马回，海马回呢，是一个情境记忆库，存储图像。比如，动物园的老虎和山里的老虎，情境不一样。海马回管的是客观图像比对，杏仁核管的是情绪意义，同时也掌管恐惧感。所以你刚才提到听音乐起鸡皮疙瘩，除了引发嗅幻觉，同时也引发了类恐惧感，你如果是鸡的话，羽毛儿就竖起来了。

如果只留下海马回而切掉杏仁核，我们在山里遇到一只老虎就不会感到恐惧，只不过明白它没有被关着而已。有人拿刀要砍你，你会知道这是一个动作，砍到身上自己会流血，可是不会骇怕，不会恐惧，做不出恐惧的反应和表情，同时，也不能辨认别人的恐惧表情。麻烦了。

反正是，没有了杏仁核，我们也就没有所谓的情绪了，失去兴趣，没有恐惧和愤怒，无动于衷，不被感动，铁石心肠，甚至不会情绪性地流泪，冷血动物，猪狗不如，打猪猪还知道跑呢。

姜　文：我写《鬼子》的时候，经常把军乐声放得特别大，大得谁都受不了，我就得在那么大声儿里，每个细节都听得很清楚，清楚得好像穿过一个隧道能看到穿什么衣服，完全是动的，什么表情，说什么话，感觉特别强烈。但以我的在现实里的能力，我叼不住。

阿　城：没关系，慢慢儿来，最宝贵的，别人替不了你的东西，你已经有了。

你刚才讲到你的童年记忆，也是一个话题。我们的童年时期，是杏仁核开始大量储存情绪记忆的时期，这也就是一个人的童年经验会影响一个人一辈子的原因。有刺激的时候，我们最先出现的情绪，常常会是杏仁核里童年就储存下来的情绪模式。父母在小孩子面前吵架甚至动手，即使是婴儿，也已经记在杏仁核里了，只是还不能思考这个情境。这时候有经验的人，常常是妇女，会把小孩儿拉开回避，其实已经晚了，已经看见了听见了。电影电视分级，就是事先拉开回避。

童年少年处在无产阶级“文化大革命”时期的人，他们的杏仁核，说白了，集合起来就是民族的情绪命运，说不让触及“文化大革命”，没有办法，情绪模式已经在那里了。王朔的《动物凶猛》，你再拍成《阳光灿烂的日子》，王朔跟我说过他觉得应该是百万庄那一带的灰楼，大杨树，而不是东交民巷那边儿的洋屋顶。其实你们各有各的童年记忆，各有各的好，要弄，非弄成自己记忆中的强度不可。王朔去年的《看上去很美》，好像没什么人评，其实非常好。上来就是一个小女孩儿的大脸，日光灯，童年、少年的情境记忆，把想象准确地结构出来。我猜评论家对王朔还在受杏仁核的控制，还在闹情绪，还没有上到大脑皮层。

姜　文：我会随着音乐，说出一些我早就不记得的话，比如一两句英文，其实我早忘了在哪儿学的了。如果这样可以把过去的东西打开的话，太好了。

阿　城：法国的阿伦·雷奈拍过一个《去年在马利昂巴德》，就是讲打开记忆的经验。法国前些年有个电影，忘记什么片名了，是那个大鼻子演的，讲一个在大雨中奔跑的男人被接到警察局，在警察的不断讯问中，他回忆自己与一个女人的关系，他在那天早上将女人枪杀，而回忆到最后，才发现他已经用枪自杀过了，原来他是一个死人。

姜　文：还有就是拍《鬼子》的时候，在潘家口，水库，在那边儿拍完了，转到这边儿，早上起来，一开窗户，我把述平叫来了。我说这就是我要的光，特别好，好到我能掂出它的重量。它就跟水银似的，城里的光你感觉是烟，飘的，这儿的光你得用手接着，不接着它哐当砸到地上了。光射过来，浓，不是亮的问题，就是比别的地方浓，沉。述平就说我特别会形容，应该写东西……

阿　城：好像……

姜　文：可是，对我来说，它不是形容，它就是真的，不用形容。

阿　城：这就对啦，就是真的，脑里的真实。诗就是这样，艺术就是这样，从古到今，脑生理没变，本质也就不变。

姜　文：我觉得，电影，无非就是把这些东西，联成一片了。

阿　城：我们的脑，进化到现在，可以对感觉加以思考，也可以对概念、符号产生感觉的功能。不过对创作者来说，最重要的是去感觉自己的感觉，而不是轻车熟路的思考。

所以想象是什么？就是把你存有的图像，声音，味道，等等等等，把它们组合成一种新的关系，勾兑出新的情绪。原始的最重要，积累的也重要，记忆越多，排列组合的可能就越高。

所以写实主义什么的，不妨从脑生理上重新界定。不过这么一来，就没有所谓反映论的那个写实了。创作这个词的意思，就是无中生有，造出一个来。

另外就是记忆，包括对关系的记忆，是非常不可靠的。我被编了不少“段子”，我从来不去辩真辩伪，辩解什么，那都是创作。图嘴上的痛快，也就是创作的快感。我只辨别段子本身编得好不好，编得好，大家一块儿乐呗。我常常恨不得就是段子里的那个阿城，他比我有意思。有个段子“阿城与范曾是莫逆之交”，问题不在假，而在编的人有一股子很认真的肉麻。

我就老说那个例子，肖斯塔科维奇在他的回忆录开始的部分里讲的。法律教授讲课的时候，突然进来两个流氓和学生打起来，教授召来校警把流氓带走之后，请学生们回忆刚才的情况，结果有的说来了一个流氓，有的说来了三个，至于为什么打起来，说得就更乱了。法律教授说，流氓是我请来的，就是要你们知道，回忆，是多么不可靠，将来你们面对证词，要充分意识到这一点。

姜　文：记忆没有那么可靠。我还不到四十，就会出现……比如突然碰到一个人，这人他说认识我，我死活就觉得……

阿　城：没见过。

姜　文：有点儿二乎。然后这人提起一件事儿，就跟在黑暗中开一个门儿似的，出去一看，没错儿，有这事儿。然后通过这事儿，想起来了，一堆其他的事儿，然后人也想起来了。音乐能起这个作用，把我的东西开开了。

我觉得可怕在哪儿？如果没这么一人来，好大一块儿，就没了！当然不是真没了，而是囤哪儿了，找不着了。

阿　城：我岁数大点儿，想不起来的当然就更多了。别着急，慢慢儿说，你说的很可能是真的，有的时候是说到嗅觉，比如烧了什么，嗅觉一刺激，突然就想起来了。

姜　文：以后咱们提醒人用味儿提醒。

阿　城：人脑可以自己产生类吗啡的物质，endorphin（内啡肽），有镇痛作用，可多了会致幻，让记忆关系变形，变形错位的东西类似无中生有的东西，创作的生理原因就在这里。所以我一直觉得题材不重要，随便什么题材，在脑吗啡的作用下，都会变形，重新组合，出现新的意义。题材，无非是借题发挥的那个题。

古代的艺术，都有很强的变形现象。并非是古人不重视现实，他们从现实中总结出很复杂的艺术，而我们说的艺术，是比较晚近才分离出来的行当，才有了个人形态的艺术家。古代的艺术是集体的，宗教的。因为是宗教的，所以是幻想的，催眠的。这种幻想的催眠的基因，一直传递到我们现在的艺术创作活动里。不过，原始宗教借助药物，以求达到深度催眠，增强幻觉强度，集体催眠。

我们现在定为毒品的致幻剂、兴奋剂等等，因为经过提纯，或是分子化学的进步，人工合成，非常容易造成药物依赖。过量会发生生命危险。电影《低俗小说》，也翻成《黑色追缉令》，那个黑老大的女人跳舞回来吸粉儿过量，把屈伏塔演的保镖吓了个半死，把观众笑了个半死。有毒瘾的人，常常吸毒已经不是为了兴奋，而是为了解除身体的痛苦，像救命而不是享受。我在美国身上总带着二十多美元，大约是一小包毒品的钱，有人问你要钱，并非是他穷，而是他急需解自己的痛，你不给，他就疯了，所以带点钱给他就是了，免得无妄之灾。

而在古代，致幻物都是自然植物，没那么纯，酒也是低度的，果子酒，米酒。《尚书》的“酒诰”，有点政府禁毒公告的意思，因为商朝全国上下都酗酒亡了国。可是周朝禁酒，独独不禁工匠喝，因为工匠是搞艺术的，要保护他们的创造力。商又信鬼，崇巫。巫是进食致幻物的，比如麻叶，致幻蘑菇，方便进入幻觉。我以前在湖北乡下看那些巫婆神汉搞魂灵附体，招魂，就是这样，是传统。江淮一带不是现在强调楚文化吗？楚文化的特征是浪漫，诡谲，正是巫文化的幻觉特征。

我们现在看先秦的青铜器上的纹样，漆器、织物上的纹样，有的看不懂是什么，或是干什么的，比如宋代定名的饕餮纹，到底是牛脸，猪脸，鳄鱼头？都不是，在头脑致幻的情况下，你就知道为什么是那样的了。它们会漂浮升降，自由组合，回纹会狂扭，拉长，炸裂，忽远忽近，发出尖啸或雷鸣，器物或纹样会无限膨胀，光艳刺目。更不要说还有钟、鼓、瑟、埙、篪、笙的音响，歌声，还有燃烧的薪的火与烟。薪里就有致幻的草本植物与菌类。当然，还有你的祷祝，自我催眠。你在幻觉中充满欣悦祥善，处于天真，这就是神或天的境界吧？好，与神同在，与祖先同在，好幸福噢。

亚洲、美洲、非洲、大洋洲，这些古代的致幻的器物与纹样，比比皆是。哥伦比亚的优质大麻不是偶然的，它们在古代不叫毒品，它们是进入萨满或神的世界的催化剂。古代艺术的本质不会是写实，而是幻想。古代也没有艺术这个概念，只有工艺技术，造成催眠。巫就是催眠师，自我催眠，集体催眠，地位崇高。

写实而成为主义，大致是欧洲启蒙运动所致，一直到我们熟悉的批判写实主义，但艺术的幻象本质一直没有断绝，只不过是如幻似真，如真似幻。从大概近百年的现代艺术来看，直接复制或追写幻觉形态的作品在世界范围逐渐成为商业主流。这和致幻剂在近当代艺术家中的使用有很大关系。半年前北京展出西班牙画家达利的画，达利是嗑药的，其实他那一代人，像毕加索，马格利特等等，包括写诗的，拍电影的，搞音乐的，差不多都是。你想看懂吗？傻×不必了，你如果嗑药，你会很高兴地心里说，噢，呀，对，是这样的。不需要理论。只需要知音。现代后现代艺术理论搞得那么逻辑，有点儿强为之解，反而是包装时尚了。

当然，随着致幻剂越来越纯，越来越到位，理论分析也越来越够不上。作品呢？也越来越——怎么说呢，比如有个英国人，做了一个叫《面具》的逼真的脸，巨大，挤放在一个小房间里，这其实是个幻觉的瞬间。我当时心里一惊，这就是在幻觉中膨胀的司母戊鼎啊！

摇滚，装置艺术，行为艺术……

一九九三年诺贝尔化学奖得主Kary Mullis（凯利·穆利斯）前些年写了一本儿书，*Dancing Naked in the Mind Field*，集大成地讲药物对脑的影响。美国加州政府要诉他，因为书中涉及的多是法律上认定的毒品……

说着说着怎么说到这儿了，噢，是聊想象力结果聊到药。我个人的体会是，如果你的各种记忆足够多，用自己的脑吗啡足够了，我有写不完的东西，常常会觉得自己只不过是自己想象力的秘书，你刚才也讲到你觉得你只是记录。

我记得你要拍《鬼子》的时候，有人说怎么又拍抗日的？其实，谁也不知道你这个题材里，会是什么样组合关系，他们以为还是以前那样儿的。

姜　文：一般人太相信被格式化了的东西。

阿　城：是。

姜　文：而且我自己也说不清楚。用常规的描述，往往把人误入歧途。《阳光》录音乐的时候，我说不对，不是这样的嗓音，是那样的，录的时候，就觉得怎么缺合唱呢？一个声音还没完，另一个声音就应该从底下钻出来了，人家有专业词儿，一弄，对了。人家误以为我聪明，有专业才能，其实我没有。如果说我有，就误入歧途了，只不过我是和闻到的味儿联系太强烈。

阿　城：以前的艺术理论注重作者方面，也就是作者论，讲他们的经历，讲他们处的社会环境，等等；后来转到读者论，注重读者的误读，也就是作者的意义不重要了，重要的是读者的读，读也是创造。其实专论作者，或专论读者，都没有绝对的对错，问题在作者在做的时候，记忆的重组，读者在读的时候，引起的个人记忆重组，这两种重组，都有相同性质的想象功能。作者和读者，都是脑吗啡的奴隶。现实在哪里？你要生活的现实，生活就好了，何需写小说，拍电影，画画儿？你要创作的现实，重组记忆就好了。这两种现实，最多做到类比。重合了，必然有一个现实是多余的。陀思妥耶夫斯基他老人家有一句我们熟知的话，有人说他的作品属于现实主义，他很愤怒，说，在最高的意义上，是。我能理解老人家的烦和怒。我不会愤怒，往好里说，不知者不为罪嘛。

还有一个常说到的卡夫卡，写过《变形记》、《城堡》、《审判》，他是个小职员，生活不复杂，也就是上班，回家。北京这种人也多得不得了。按传统的看法他很难成为什么伟大的作家，可是他有他的脑吗啡，在他的小床上睡不着，起来写点东西。这不容易，要知道第二天还得上班，不能迟到，早退大概也是不可以的。他的东西可以用传统的格式去解释，但创作的出发点肯定不是如此。他在哪里说过的，意思是你就在自己家里待着，不用听不用看也不必等，世界会自己走来，它会在你面前狂扭。

姜　文：我老想按点儿睡觉，早睡，弄弄老是睡晚了。我老觉得应该困了才上床，结果老怀疑自己，你确实困了吗？你不一定吧，要不再看看这个？能看进去，就说明你没困，顺延往后，这时候会出现很多平常想不到的东西。我想卡夫卡可能也是这样，明天还得上班儿，可能又想吃点什么……有时候花椒大料都会有作用，刺激想象。

阿　城：你一说花椒大料，我就想起来欧洲人为什么会碰到美洲，因为他们非常重视香料，嗅觉的，味觉的。这些东西，阿拉伯、印度多，我们老说的乳香、没药，都是阿拉伯传来的，还有胡椒。大料也叫八角茴香，茴是一个后造的字，跟伊斯兰有关系。结果，欧洲人找香料向西找，于是才碰到美洲。我们有个丝绸之路，欧洲有个香料之路。

姜　文：历史是值得怀疑的。很多人迷恋格式化的东西，追着。不是他成心要骗你，而是格式就那么走。

阿　城：格式化有点儿用处是方便操作。比如说明天就得交稿了，只好用格式操作。《鬼子》弄了这么久，就是想不按格式走……

姜　文：不过也是夜长梦多……不按格式要付出代价。

阿　城：我在创作的时候，会胡思乱想。我从很早的时候就明白创作是可以自由的，发表未必。无非是胡思乱想的东西不发嘛。先格式化，绝对不是好事情。先格式化……

姜　文：我觉得即使是给你一个合理的格式，其实也是关了好多地方，专门给你开了好多地方，这样产生出来的状态其实也不是那么可信，没有那么合理。

阿　城：是。

姜　文：红灯停，绿灯走，是规定，不那样就撞上了，但这不是自然的，不能迷恋这个。好多人认为这是自然的，而且设计灯泡的人也认为这是自然，还受到崇拜；这些不自然的东西好像是一个胯下之辱，是一个代价。可怕的是，到了一个程度，大家都比着，你能从这底下钻过去吗？不能吧？傻×。比着看谁钻得漂亮。更可怕的是那个胯都没了，我有个姓王的朋友讲话了，“心中有个胯”，还在那儿钻呢，迷恋。你告诉他你从这儿走没事儿，不成了，谁直着走谁傻×。

阿　城：“心中有胯”，说得妙。哈耶克针对二战的纳粹德国有个说法，专制不是强制，强迫，把你关起来，而是权力的意志，我的这一套，你信，你还认为是自己的意志……

姜　文：你还迷恋！

阿　城：现在看得见摸得着的是时尚，制造时尚和追求时尚的，都说可以找到自我，这就是商业上的专制。

姜　文：问题是胯这个东西，只能是在腰以下，到不了腰以上。如果有腰以上的胯，我也钻，我不钻我是孙子，有吗？

二〇〇〇年十一月八日

与孙晓云对谈

阿　城：这本关于笔法的书，从开始约你写，到现在排版，有三四年了。本来我要写这本书，也准备了几年，但是与你谈过书法后，就决定由你来写。你是天天用笔法写字的人，是专家，我只是研究，是鉴赏者。现在看来这个选择是对的。是，就像你在书的开始说的，瓷器，全世界都会烧了，丝绸，全世界也都会织了，没有什么特殊的了，中国只有字是——

孙晓云：还不是世界性的。

阿　城：对。不管是象征也好，实体也好，中国字还存在着。不断有人问到或论到中国文化的问题，我自己的看法，先要分成两个极端的概念，也就是一个文明，一个文化。不管别人怎么解释这两个概念，我自己将文明概念为生产力，有工具的意思，比如说“船坚炮利”，比如航天工业，所以文明会有先进，有落后，我们也是这样划分文明史的。野蛮文明、资本主义文明等等。我们在一百多

注：孙晓云，女，中国大陆书法家。江苏省美术馆馆长，中国书法家协会理事。著有《书法有法》一书。

年前的问题就是遇到了资本主义文明，船坚炮利，其实还没有遇到文化的问题，我们的革命先辈认为是我们的文化出了问题，做文化的文章。

我自己又将文化概念为一种约束，即人和人、团体和团体等等之间的关系的约束。其实像大雁、老鼠、猩猩那些动物，都有由基因而来的内部之间的约束，所以我们称这类动物为社会性动物，人不过是其中之一种。没有关系的约束，就没有社会。礼，就是这个意思。孔子说“郁郁乎文哉”。他所处的周代的春秋时期，周礼的约束被渐渐破坏，互相杀来杀去，新的礼又没有产生，在约束这个意义上，孔子只能向后看，所以他接下去说“吾从周”，起码周礼还是规定过的一种约束吧？可当时的现实是周礼约束不了了，所以同时代的人称孔子是“知其不可而为之”，明知道不行了还要做。

动物行为学家观察到社会性的动物中同类之间有仪式行为，这其实就是礼的生物性来源。如果这种来源是由基因而来，我认为是这样的，则礼的来源就更为深刻或简单，它是为种族的存活与延续而选择形成的。

那么由礼，也就是为约束而产生的一切，像“礼貌”，也就是关系中约束的行为样式，服装的样式、语言文字的规格、食馔的做法吃法、建筑的规范，等等等等，就都形成了，这就是文化，“郁郁乎文哉”，绵密细致，不是武化。什么族群形成的，就叫什么族文化，在中国形成的，就叫中国文化。局部保存的，就叫“民俗”。一个掌握先进文明的文化族群会打败一个文明相对落后的文化族群。如果不打，文化类型之间无所谓胜败，也无所谓先进落后。多元文化是平等的概念。二十世纪人类学，终于扒梳出各种文化都有各自的合理，都有保持的价值。

如果这样极端地概念文明与文化，张之洞说的“中学为体，西学为用”就并不错，中学是中国文化，西学是西方文明，文明当然可以用，就像电视、电脑等等。文化中非常成熟的部分当然有文明的意义，文明和文化有重合的部分。

极端来说，我觉得中国文化已经几乎不存在了。这话当然非常不好听，但这是我插队时候就开始有的一个观察所得，没有办法。我看中国文化除了发生阶段，大致说来，不断地再发生，不断地再成熟。传承，是靠中国的农业中产阶级，也就是以前按阶级划分来说的中农以上到富农地主，当然还有农业社会的商人，赤贫是不可能的。两千多年的中国专制社会，专制制度，在经济上，就是皇家、皇帝在维持农业中产阶级的稳定。比如说，如果有人聚了很大的财富，像在黄淮这样的地区有了上千顷田亩，就会有人报告皇帝，谁谁谁最近土地变得很多了，皇帝就要找借口去抄没，要办他。因为他有那么多的土地，就意味着有相当比例的中小地主破产了。

孙晓云：被吞并了。

阿　城：对。破产的中小地主如果多到一定数量的话，天下就要乱了，因为破产的地主们还雇着为数众多的长工短工等等。当然，财富多，招兵买马造反的可能性也就大了。王朝不稳定，统治者就要拔掉豪强，资源再分配，让失去土地的中小地主恢复生气——

孙晓云：不使资产过于集中。

阿　城：几千年一直在做这个，凡做不好的就亡。新的王朝建立，开始休养生息，搞黄老哲学。休养生息就是让农业中产阶级休息，免税或少收税，让他们发展起来。中产阶级发展起来，王朝就稳定了，文化就恢复了。汉、唐、宋、明、清，大致都是这样。

孙晓云：好像是这样的。

阿　城：专制制度里的文官武将等等。他的出身大部分都是中小地主，就是农业中产阶级，靠读书、科举一步一步上去。而像你书里提到的那么多书法家，不是出身大地主，像董其昌，就是门阀大姓，像王羲之，他们的条件得天独厚。一般的书法家，或者由农业中产阶级养起来，或者靠农业中产阶级、商人的购买力维持生活和创作。现在的书画家，又都开始亲身感受到了这点，只不过农业中产阶级换成了工业中产阶级，收藏，拍卖，私买公买。

顺便说的是，中国在半个世纪前消灭了地主、富农，也就是中国农业中产阶级，同时也就消灭了中国一大批管理人才。地主、富农并不是比别人有力气才致富的，而是会经营，会管理。当然有巧取豪夺的，那是土豪劣绅，不能代表中国农业中产阶级普遍的经营管理水平和状况。我插队时看到最会种地的，一般还是地富分子和他们的子女，虽然他们处在被专政的状况下。改革开放以后，一般又是这些人先富起来，他们脑子里最活跃的东西，是经营，是市场。我说的中国传统农业中产阶级懂经营管理，包括他们懂农产品市场。消灭了他们，中国就活生生地丧失了管理的元气，发生五十年代大跃进这种荒唐事，也就不奇怪了。现在中国又在讲究管理，但是一大批管理人才和意识早就丧失了。上海现在是都市管理最好的，这和上海曾经是亚洲最好的都市，即使过了五十年，市民脑袋里仍有管理意识有关。北京人都是大爷，不服管的。

像中国这样一个农业大国，如果农业中产阶级消失了，由他们所养成的中国文化，当然也就难以再生、难以存在，这就是我的意思。中国文化几乎不存在了，剩下的呢，我想只是吃，穷的时候当然吃也没有了。还有就是最低限度的人际约束关系，由文字和手工保留下来的文化知识和大量的文化技能者。

孙晓云：我就是文化技能者。

阿　城：对。从你这儿再传下去的是什么呢？只是文化技能。广义上的中国文化，已经随着中国农业中产阶级的消失而改变。所以我想问你，是谁传给你书法，也就是这个文化技能的呢？

孙晓云：是我妈。我妈从小就练字。

阿　城：日课？

孙晓云：日课。

从小我妈就告诉我，字的结构应该怎么样。我小时候，“文化大革命”时，我妈在学校里面抄大字报，我就跟在她后面，我妈也叫我抄，那是小学四年级，我三四岁就写字，很多字不认得，但是会写。我爱写字、迷写字，应该说，是童子功的训练。

后来是我舅舅。我三岁之前他经常到南京来，我根本记不得了。到了反右派，那时我三四岁，他成了右派，就不能来了，不能见家人的。有一次他生病，放他出来看一次家人，是我上小学三年级的时候，他到南京来过一趟。当时我家是在部队的大院里，他不能住家里，我妈给他安排住在附近一个招待所，那个时候我妈不让我见这个舅舅。然后到了七九年，右派平反了，那是我第一次记得我舅舅。那时我字已经写得很好了，但是，真正开始明白字是怎么写的，是从见了我舅舅开始的。

阿　城：那我要问问你母亲的家系是怎么样的。

孙晓云：家系？

阿　城：你母亲的父母是怎么样的？

孙晓云：我母亲的父亲，也就是我的外公叫朱复戡——

阿　城：哦，古文字学家，书画金石名家，怪不得。

孙晓云：对，书法界应该知道他吧，他在三十年代的上海是赫赫有名的。他的活动在上海文化里是很重要的。说到字，是我外公训练了我舅舅和我妈。我们家里，我们家族里，没有谁不会写字的，从小就写，都是有童子功的。我妈实际是按照我外公对她的要求来要求我从小写。

阿　城：难怪。

孙晓云：我外婆叫陈仁梅，我是外婆带大的。我外婆大概十六七岁跟我外公结婚，她比我外公小四岁还是小五岁。

我外婆的父亲叫陈昌寿，做过宁波警务署的署长，在日本留学时与蒋介石是同学。蒋介石从浙江到上海，蒋与毛氏结婚，都是他在里面帮忙张罗，关系密切，可惜他三十六岁就去世了。当时他们跟上海的政界、金融界都有密切关系，把得住。为什么会这样呢，主要是因为我外婆的外公张美翊，号骞叟，曾经是薛福成的幕府。

阿　城：也就是幕僚长。薛福成是清末非常重要的一个人，他的许多看法，到现在也没过时。

孙晓云：他文章写得好，薛福成的很多文字是他起草代写的，随薛福成去过欧洲。后来薛福成把自己在宁波的“薛楼”给了他。

阿　城：薛福成做过宁绍台道，大概是那时有了“薛楼”。

孙晓云：“薛楼”就是现在宁波的中山公园，我母亲这一系就在宁波了，我外婆生在宁波，她们的祖籍是鄞县。

阿　城：鄞县和宁波的关系就像吴县和苏州的关系，是郊区和城里的关系。鄞县有个天童寺，很有名的。

孙晓云：张美翊后来到上海，是上海宁波旅沪同乡会的会长，又是两任上海南洋公学提调兼总理，也就是现在说的校长，南洋公学是现在上海交通大学的前身。张美翊有个儿子张炯伯，当时在上海开明华银行，又是民国大钱币学家。张美翊还有个外孙，也就是我外婆的表哥叫范鹤言，以前是中央银行秘书处长，后来去台湾，做行政院资政。

阿　城：光张美翊是同乡会会长就够了。这种会长政治势力很大。美国的州长、市长竞选，都要去拜各种族裔的这类会长，拉票。前两年洛杉矶市长要竞选连任，去拜唐人街的宗亲会，会长拒不接见，因为不满意他的华裔政策。竞选，少一票都是天大的事情，不要说少一个族裔的票子。

孙晓云：我外公这边，祖上也是鄞县，我母亲说以前家里有一副对联，是“昔日圣贤一脉”，说的是我们是朱熹的后裔；“前朝天子同宗”，讲我们的朱姓在明朝是皇族。外公的祖上是明末清初逃难到浙江的，这副对联一直保留着。

我外公的父亲叫朱君随，清朝时做过四川的盐官，我的外公就是在四川生的。因我外公的爷爷朱孝弘是南洋巨商，所以朱君随十九岁就到上海，创立了南洋广告公司、通用电器公司，做过上海《时事新报》的主编，民国北伐时，参与戴季陶、陈布雷办《民权报》、《民生报》。我外公的父亲跟戴季陶的父亲是很好的朋友，戴季陶的父亲死得早，死前说我的儿子拜托给你了。后来戴季陶在国民党的时候为了感激我外公的父亲对他的照料，希望我外公到蒋介石那边去做个官，我外公不去，他不要做官，后来沙孟海去干了几年。我外公是少年得志，上海大世界开张的时候，他九岁，写了一副大篆对联。当时吴昌硕看到，吓了一跳，一直追问这是谁写的，结果正好有一天问到了我外公的父亲，我外公的父亲说是我儿子写的。吴昌硕就说我要见他，见了之后喜欢得不得了，称我外公为“畏友”，后来在很多场合都把我外公带在身边，外公从九岁跟着吴昌硕，直到吴昌硕去世。吴昌硕是我外公祖父辈的人，所以吴昌硕带他在身边口称畏友，所有的人就都把我外公当吴昌硕同辈人看。那时有吴昌硕这样有名望的人捧，他一下子就起来了。后来又与陈家联姻，有外婆的外公张美翊这样的关系，在上海是又有名又有地位。

当年邓散木不是要拜我外公为师吗？他也不知道他多大，就说这章刻得好，要拜他为师，拜师仪式前什么都弄好了，进来一看，朱复戡原来是这么年轻的一个人，但还是要跪，外公就说免跪，不要跪了。外公和张大千、马公愚等是老朋友，和袁克文是至交。他二十岁时出版篆刻集，由吴昌硕题签，罗振玉作序在日本发行，有很多日本人来请他写字，说朱义方的字，复戡是我外公四十岁以后的字，之前他叫静龛，也叫义方或者百行，他有许多名字。日本人请他写过很多船名——

阿　城：那他一定写过很多“丸”字了。

孙晓云：他拿长棍子绑了棉花麻什么的，很大的字。

我外公懂很多东西，对青铜，尤其对古文字，曾经跟郭沫若吵过，为了对甲骨文的解释。他对古文字的变化能够断代断到五十年，比如五十年大篆有什么变化，他能辨出来。那时叫他三代鬼。泰山刻石不是只剩下十三字吗？要恢复，但没有人能恢复，他按李斯的原文和剩下的十三个字将泰山刻石的其他字形恢复出来了，他可以断定那个时候小篆是怎么写的。这是他晚年做的一件很重要的大事。他对古文字非常熟，不仅仅是甲骨文、篆、大草，大草跟小草又有差别的，大草的写法我们都不认识的。他不会写错一个字，问他，他从来不查字典，全在脑子里，他这一方面是很有名的。

晚年他还出了《朱复戡修补草诀歌》、《草书千字文》、《朱复戡篆印墨迹》、《朱复戡墨迹余存》一些书。七十年代初，周恩来就说现在能辨识古文字的还有两三个活着，一个在山东，指我外公。我外公解放后在上海不好待了，去了山东，原因不好说。八八年国务院给他在上海成立了一个“朱复戡艺术研究室”，才成立了一年他就死了。朱镕基在上海，说这个人要抢救，是国宝级的，一定要尽全力。

阿　城：我听说朱先生设计过一个鼎。

孙晓云：他设计过许多鼎。无锡中华青铜九龙宝鼎就是一个。我外公对青铜器的纹饰非常懂，知道什么时代是什么纹饰，上海玉佛寺所有的鼎都是他做的，他刻印的石章上的钮都是他自己设计的。当时旧上海的大古董商，或谁买了古董，都要拿给他鉴定，字画，青铜，玉器。

他年轻的时候会很多东西，是京剧名票，会乐器，跳舞，法语说得很好，家里又有钱。印非田黄、鸡血不刻，家里有个秤，按刻石重量谈酬金。但是他吸鸦片，把钱都吸光了。

阿　城：你上一辈的家族，实际上是大官僚，大商人，不是我们一般说的中产阶级。董其昌就是这样的人，大官僚，大地主。这样的人文化技能很高，有的是贵族，有的是豪门，有的是通过科举上去，他们当然要承担文化保存和传承的责任。夏不敢说，商周的文化责任是由当时的贵族承担的，庶人和野人是不承担的。孔子搞教育，就是为贵族培养服务人才。让学生知道怎么和贵族说话，知道贵族的行为法则，而不是让学生将来有一天能当贵族，他的学生，最高只能做到家臣，比如子路。

刘邦虽然做过亭长，还是平民，后来他做皇帝，在社会学的意义上是，中国开始了平民通过暴力可以做最高统治者的历史。

刘邦和项羽都看见过秦始皇，项羽是楚贵族，所以他说“彼可取而代之”，这是贵族说的话，因为商是周的贵族取而代之，秦是周的贵族打败了其他贵族国家，取周而代之。项羽当然认为他也可取嬴政而代之，等级平等所以语气平静；刘邦是平民，所以会惊叹“大丈夫当如是”，大丈夫也可以翻成大流氓，还是平民。

之后项羽刘邦争天下，定协议先入咸阳者得天下，因为先入者必得始皇帝玉印。后又有我们耳熟能详的“鸿门宴”，赴宴之前，刘邦手下的儒生建议带一个玉斗送给项羽。到了鸿门，刘邦献上玉斗，项羽很高兴，拿着玉斗翻来覆去地看，气得范增用剑把子击碎玉斗，质问项王是要天下还是要玉斗。项羽为什么会这样？因为他是贵族，他懂玉。儒生懂贵族懂。刘邦是平民，不懂玉，一个玉斗对他没有意义。

孙晓云：但是他懂天下。

阿　城：对，结果懂玉的贵族项羽失败了，不懂玉的平民刘邦胜利了，开了中国历史上第个平民坐天下的先例，也算是一种始皇帝吧。不过刘邦坐了天下后也开始懂玉了，把贵族的一套捡起来，都是儒生教的。南越王赵佗要独立，刘邦的遗孀吕后说不给他玉了，《汉书》这样记载，我们这样的后人恐怕不知道是什么意思，意思是你没有玉，根本就没资格做皇帝。后来“文革”的时候广州发现南越王墓，里面的玉器很多是旧玉器改的，果然没有玉的来源了。南越王墓就在象岗，有时间可以去看看。

孙晓云：我去过的。

阿　城：玉在中国文化当中，长期是贵族的专用品，玉标志着贵族的等级，规范着他们的行为。“翩翩君子”，“翩翩而来”，说的都是因为身上佩玉所以动作不能过激但平移较快，很像戏曲中的绕场步效果，行头不乱。玉又是国之重宝，和氏璧可换十五个城。但是，平民不可以有玉，有玉是要被杀头的，因为平民没有资格拥有玉。我们看历史，时常会看到最高权力对文化的专注态度，戏剧化程度很高。

玉在中国文化中的绝对地位，是从南北朝开始衰落的，因为北朝的少数民族统治者没有玉的文化，但他们又阻断了新疆——当时西域的和田玉资源与南朝的通道。于是，从东晋开始，开始将书法推到吓人的地位。南朝人自认是汉文化的正统继承者，所谓“衣冠南渡”。但玉没有了，就用字说话吧，王羲之，王献之，“二王”的字，应和了这种要求。

孙晓云：所以南朝应该说是尊崇王羲之的一个疯狂时期。

阿　城：以他为偶像，为崇拜对象，“我们是正宗的，你们北边的蛮子懂吗”这种心理。后来的唐太宗，在后来的南方人看来就是个蛮子，是胡人。陈寅恪考证他家的李姓是隋朝赐的，唐高祖、唐太宗是武人，马上得天下。唐太宗最迷我的是他实际上是古代的舒马赫，第一流的F1赛车手，随他征战的六匹马，也就是他死前命令刻在昭陵的六骏，意义等同现在的法拉利、保时捷跑车。李世民随他父亲打天下的时候，最厉害的就是轻装快马，风驰电掣，他的手下和他就像是现代赛车同队赛手，闪电战术，快速将对手阵容切开，反复切，胜利。

这样一个赛车手，推崇王字，出高价搜尽天下王字真迹，自己也写得一手好王字，真不知道他是什么时候练的。不过，他其实是在做一种统战工作，也就是说我喜欢王字，那些南方人会认为“啊，一个蛮子懂得我们认为最好的东西”，这气就顺得不得了。

孙晓云：服了。

阿　城：好统治了，再大兴科举，尽收天下人才于囊中。王字在唐朝迎来了第二春，书法也就正式成了仕途晋升手段之一。我们现在认为颜真卿的字地位很高，其实是宋代理学的功劳，成为人格的楷书。二王在东晋，还不是这样，王献之的品行在《世说新语》里很不堪。

孙晓云：唐太宗推崇王字，自己以身作则，写得是好。如果讲历代皇帝的字，看下来，毫无疑问，李世民是最好的。你昨天讲到胞间连丝，这个通那个，那个通这个，我想会遗传的，比如说你前几辈，神经特别发达，就会遗传或者是隔代遗传给下面——

阿　城：这不可能。生物本能可以遗传，文化知识是不能遗传的，要能遗传就方便了，起码能省下基础教育的费用。

孙晓云：我不是说文化，是说技能。

阿　城：写字技能不是本能，是训练出来的。最终还是你说的童子功。

孙晓云：我是说比如嗓子。你父母嗓子好，你的嗓子就好，这就是天生的。

阿　城：嗯——这是器官。

孙晓云：手也是器官。

阿　城：写字恐怕还是训练。

孙晓云：还是有关系的。比如说手的动作的准确性，和手掌握工具的灵巧性，人人都不一样，如果说要从小训练，它几乎没有什么训练。

阿　城：有道理，我懂你说的是什么了。

孙晓云：比如说有人天生眼睛的准确度高，一旦学画，准确度就会比别人要好。我觉得任何艺术都和人的器官有很大关联的。

阿　城：与器官的能力有关。

孙晓云：我舅舅说人有六根，要用对了自己的根，才会成功。舅舅说我是眼根的人，所以写字画画就对了，说他自己是意根的人。他的抽象思维能力特别强，比如一个电话号，会说这是什么平方根与什么平方根的和，好记，我们反而记不住了。不过童子功还是很重要，我自己深切体会到这一点，小时候写字还没有意识到什么童子功，大一些以后，就觉得我随便写写都比别人好，人家说我们花了同样的努力，为什么你总是比我们写得好，我才意识到，我从小训练过了。童子功跟笔迹形成有密切关系，在笔迹没有形成之前，字会变的，在这个时候你把字调整到最佳状态，形成一种条件反射，随便写就结构非常好。成年以后一般不会变，像方言一样。

阿　城：母语。

孙晓云：就不会变了。但是你在成年之前，尤其是比如说方言是语言形成的时期，书写是手的书写的协调时期，骨骼，肌肉，因为成年以后你的手就不长了，肉也不长了，功能都不变了，如果在这之前训练，整个功能的协调性是随着训练而长的，一旦形成了，就是一种条件反射了，所以我觉得童子功是很重要的。你原来不习惯这样，硬拗着，从解剖学来讲，你这块肌肉本就不适合做这样的动作，还是在那儿做，会很吃力。执笔的时候，拿笔有各种各样的形态、高低、斜度，每个指头用劲的轻重，都会造成汉字的特征，哪怕是钢笔字，铅笔字。

阿　城：那你认为没有童子功的人学笔法，学写字，什么时候开始还有救？

孙晓云：当然是年轻时了。越年轻越好。

阿　城：多大？

孙晓云：没有这个先例，我也没有调查过。

阿　城：这会给别人一个信心。比如说那些退休、离休的人还想写字，还能不能写好？

孙晓云：那就不清楚了。

阿　城：当然，有时候不是写得好写不好，而是可以有意思地消磨时间。

孙晓云：虽然我认为书法的练习应该从孩子开始，但是明白了笔法，成年人可以从鉴赏开始。没有条件写好，起码能正确地鉴赏，不光是正确……

阿　城：深入。

孙晓云：有一个历史概念地来看这个问题。就是对孩子来讲，也应该让孩子知道古人是这样训练的，是这样认识的，是这样练习的。

阿　城：你从上学开始，就是简体字了，我看你的书法里写的是繁体字，那你觉得简体字在笔法结构里，是困难呢，还是——跟繁体字没有区别？

孙晓云：我是在小学三年级以后才改学的简化字，所以我在这之前都是繁体字，我一二年级都是繁体字。所以我繁体字基本上是认识的。

阿　城：而且你上学之前就学写字了。

孙晓云：中国书法中所有的笔法都是根据繁体字来的，现在一些简体字是根据繁体字的草书来的，有的是后来生造出来的，很不好看。

阿　城：我就觉得简体字的艺术的“艺”，立不稳。

孙晓云：从笔法这个角度来讲，简体字一般来讲是不适合的。

阿　城：所以说如果我们只接触简体字的话，对中国书法有危险性吗？

孙晓云：有很大的危险性。比如说古时候书论里总在讲便捷，是在讲写繁体字便捷。草字的便捷和繁体字的便捷，在笔法的道理上是一致的，都是快，方便的。制定简体字的，有些人不一定对笔法有研究，单是从笔划的数量上考虑。

阿　城：这应该是你书里讲到的“画字”的思路的结果。

孙晓云：制定简化字的时候，笔法已经没有了。

阿　城：现在简体字是中国的法律规定。不过对你们做书法艺术的，网开一面。

孙晓云：现在对书画的争论、争吵、矛盾，很多就是由于不清楚，失传了，才会引起各种无名的争端，导致一些所谓事件，没必要发生的一些事件，很多都是由于不了解，对吧？

阿　城：对。

孙晓云：很多争论，花钱印多少书，报纸，开多少会，一辈子研究这个问题。耽误了很多人的时间，浪费，都是由于不明白。知道了，可以省很多精力。这么多年的争论，都是因为失传了，辩过来辩过去，我不服你，你也不服我。

阿　城：争论会有饭吃。是，从什么基础上进行争论，这个基础如果不是传统的笔法基础，争起来是都在隔靴搔痒，如果知道了传统笔法，有些问题就不是问题了，即使争论，也不会是这个样子了。

孙晓云：对。我一直认为很多争论老是在子非鱼，鱼非我，我非子，在这个里面争论，与它最原始的状态根本没有关系，最后争论到完全成了另外的话题，鱼还在水里游嘛，看鱼嘛，没有什么其他的。说你怎么知道我不知道鱼快活，你又不是我你怎么知道我不知道鱼快活，争到最后，最初是要干什么，不知道了，所以要循其本。

阿　城：但是笔法这个本没有了。失传了，没有了。后来更是把很多东西划归给地主阶级，资产阶级，结果连一些常识，一些基础知识都没有了。

孙晓云：有人知道是什么，比如像康有为、包世臣、阮元那一代的人，他们是衔接前一代帖学，知道帖学是什么。过去是没有帖学一说的，是因为有康有为提倡的碑学，才不得不有了帖学。对康有为他们来说，这个一点都不可怕，他们是两边都知道的。可怕的是后代，无知，不知道，就乱猜古人是什么样的，这就引起混乱。

我总是在想，很多东西，它的形成是跟人的生理和心理的自然状态相适应，人绝对不会违背自己生理拗着去做，它的形成一定是符合人的生理心理状态的，所以我们现在的本能没有变的话，就不应该去怀疑由人的生理心理状态自然形成的一种形式一种审美。我觉得这是正常的。

阿　城：尤其是字。

孙晓云：对。还应该包括文化的很多方面，对吧？

阿　城：对。不过在请循其本这个问题上，你再讲讲你舅舅对你的影响。

孙晓云：我舅舅叫朱右隆，对我影响很大。我在二十几岁以前对笔法还懵懵懂懂，我舅舅跟我讲的时候，我就突然觉得天塌下来了，根本两回事嘛。虽然小时候想过很多奇怪的问题，比如说为什么要有这个捺，也许古代规定有捺。心里有疑问，但是我一直藏在心里，看了一些图心里有一些体会，老琢磨好像不对，不应该是这样，但又没有动力让我去研究它，可能跟女人的惰性有很大关系，这个事情别人会做的，我去管它干吗，不去主动地探究这个事情。但是我舅舅跟我讲了笔法以后，我觉得他讲得很有道理，应该是这样的。可是，我以前不是白干了吗？就觉得完了，我以后怎么办，我写不写字了？而且我自己试了一下，哪里写得起来，懂也没有用啊。我困惑，那时画还没想，我还没想到中国画。但是这件事存在心里面了。

思维有个惯性，一旦有个苗头，又为了这个苗头去翻别的书看，原来只是想一件事，结果越想越多，越连越多，包括中国画、文人画的问题。我发现这是一条链子。真正从理论上把它串起来，理清，就是写这本书。我发现文字非常大的好处就是能把思路理干净，一个疑问都不能放过。所以通过理文字，知道文字是一回事，口述是另外一回事。

阿　城：说回你舅舅吧。

孙晓云：后来我不断地写字给他看，我说你看我这张字怎么样，他说有进步，或者有什么缺点，经常给我一种批评，也给我一种信心。这本书是我把我们家族的东西，以一种现代人的方式诠释出来。

我舅舅实际从小是受两种教育长大的，一种是中国古文，一种是英文，他从小英文就非常好，九岁的时候在太外公家里，满橱子全是外文书，他能够蹲在角落里把一本"介词"仔细看完。所以他两方面童子功都很好，同时并进，两种语言。我外公家里的舅舅都是会好几国语言的，所以有这样的环境。

他书法的童子功很好。我外公生活在文学盛行的时代，他对帖也是很有研究的，可能现在上海还有他临摹的王羲之的帖，我舅舅说临得是纤毫微妙，非常像非常像，如果不用正确的方法是临不到那么像的。

我舅舅就知道用这个方法。我舅舅年轻时反应非常快，突然有一天，对书法感兴趣起来，首先是对孙过庭的《书谱》，临给我外公看，我外公看了大吃一惊：哎呀，真是我的儿子啊，不愧是我们朱家人，写得好写得好。那是他最旺盛的时候。后来他上英文大学，生肺病开刀，在床上躺了几年，看书，对基督教很有研究，他说要想了解西方文化，如果对西方的宗教不懂，等于不懂一半。

我觉得他一个桥搭得特别好，中文什么典故他都知道，过目不忘；英文也是，什么典故都知道。他也没什么书，仅几本英文大字典。他永远给你一种优越感，不是盛气凌人的优越感，而是一种人的自信，不会堕落。他好像代表一种文化，一种非常厚的文化。

他像一面镜子，时刻照着我。他像一个天使，一个老天使，随时随刻作为一个活的人在你旁边，我好像坚强了很多。舅舅不在我这里住，我就觉得自己特别单薄，跟舅舅在一起，就觉得人厚实一些。这个厚实，一是他人格的魅力，一是一种理想信念。我是很幸运的，有这样一个老头在旁边。

我担心他会死，他安慰说：我怎么会死呢？现在他一有病就告诉我。我不让他挤公共汽车，来去打的，早上去老年活动室打乒乓球，我说你只准打一个小时乒乓球另外三个小时下棋。他对打乒乓很着迷，电视里播比赛，他看得脸都快贴到屏幕上去了。

他象棋下得很好，活动室的人跟他下，他百下百赢。他说我这个人做系统工程是最好的，我脑子里有无数个抽屉，所有的东西都归纳到里面去。他从来不做笔记。他有一套怎么下好像棋的系统方式，我说你写下来，他看着纸头，想一想就扔掉了。我说你都记下来，我当不了你的助手，差别太大了，没办法当，最好你能有个助手，像孔子那样。

他兴趣很多，中西方哲学、古诗词、数学、物理、历史、打乒乓、桥牌。他不感兴趣的东西就一点都不感兴趣，从来不逛商店，上街头朝地下走的。别人都说他是怪人。

他当了二十年右派，回来后在上海一个中学教英文，后来他到一个地名办去编上海的地名志，在那里待了两年，就退休了。退休后还办过英语班，但是他这个老头子不知道怎样教别人学他这个方法，不知道怎样让别人进入这套方法，以失败告终。

阿　城：我觉得书法界好像没有多少女性书家，你是女性——

孙晓云：书法这个东西太男性化了。虽然书论说到二王，尤其是王羲之的字“妩媚”，但还是男性的。比如颜真卿、苏东坡、王铎的字就是非常男性的。历史上女书家大都擅书小楷，还没有写草书的，这大概不是女性的擅长。

阿　城：以前旧家叫女儿临王献之的《十三行》，是这个意思。

孙晓云：你把字写到所谓“好”了，别人就会认为是男人写的。我的书法拿去展览，经常被人误会为男的或老头子写的，结果一看到人，是女的，就不以为然了。

曾经香港有个公司老板看到我的字，就要收藏些。我去了，他一看是个女的，不相信，叫我当场写，我写了，他就一直不谈买的事情了，没有这回事了。

我后来把写字归到女红，每天写写，就像打打毛线，烧烧菜……所以你这次约我写这本书……

阿　城：对我来说，这无关乎男女，只看谁说得出来。你的一本是“零丛书”第一本，以后的，作者没有男女比例，只看谁说的好，也许都是女的也说不定。

二〇〇一年六月三十日　广州江湾

［附］孙晓云《书法有法》序

编这样一套书，感觉从零开始，索性就叫《零丛书》，压力也小，零嘛。零又是一个临界点，从这一点开始，就是一，但接下去不是什么"一生二，二生三，三生万物"之类，只是一本一本出下去，积累成很多书，也就是丛书。至于出什么样的书，也就是通常说的宗旨，在零的状态下，能说出来的，就是好看。也许会有好看的知识，也许会有好看的小说，也许会有好看的漫画，等等等等，古老的，新鲜的，另类的，等等等等。零，又可以是四面八方的临界点，于是乎可以睁开眼睛挑选各种可能。

本书的内容，在我所见到过的关于中国书法的讨论中，是最有益的。这个"所见到过的"，不仅指中文范围。

而"最有益"的意思，首先是它的可操作性。我相信，也希望读这本书的人会忍不住指腕活动起来，如果付诸笔、墨、纸，绝对有更大的乐趣。从未练过书法的人，也许收益更大，因为你开始能实实在在地进入鉴赏了。喜

注：本文是阿城为孙晓云《书法有法》一书所作的序，华艺出版社，2001年。《书法有法》是阿城主编的"零丛书"系列的第一本。

欢足球的人，未必都会踢足球，但是会看足球，若稍有技能，就更会看，这个“会看”，就是鉴赏的意思。因此本书对于练或不练书法的人，都是有益的。

书法无疑是本书的贯穿内容，但它还透露出许多历史的、人文的、趣味的内容，因此对本书有兴趣的潜在读者会非常多，更不要说作者是以个人生活历程娓娓贯穿的，所以很好看。

我想提请对书法有兴趣的读者特别注意本书的下列几点：

一、我们现在挂在嘴上的“书法”，本书回归为“笔法”。书法，容易引起的是对“画面”的注意。以画面为原则，必然会走向画字的逻辑后果，而回归以笔法为原则，就不但明确了中国毛笔写字的技术如何操作，同时也就贯通了中国古典书论在反复论述什么。这是此书的考古意义。

不过，如果我们注意到用毛笔蘸釉料画碗的工匠，就知道保持笔锋不散开是做到方便快捷的重要原则，要知道他一天得画近千只碗，笔锋散开再舔拢的动作，会影响他的工作效率。民窑青花瓷上的点、线都没有笔锋散开的痕迹。作者在书中讲到了笔法中的这一点，我只是觉得强调得不足。

二、笔法的起源和发展成一项艺术，和工具有关，和人的身体结构有关。

三、既然中国的毛笔书写是这样操作的，顺带也就解决了“书画同源”和“文人画”的原始所指：用写字的笔法原则去画。

不过，作者介绍和讨论了笔法高度成熟于桌案出现之前，写字时一手执笔，写字在一手举着的纸上的情况，破译出古典书论中运笔的原则和妙处，却相对忽略了举纸的那只手的情况。自从桌案引进中国，伏案书写形成之后，举纸的一只手就退休了，书写的重任也就完全落在了执笔的这一边。我相信，这之前书写的痕迹，是执笔的手和举纸的手双方配合出来的。

还是画碗的工匠的例子，举着碗的那只手，并非是不动的，而是配合着蘸了釉料的笔锋的。礼失求诸野，民间画工运笔还保持着古法，只是做不到古代书法家那么有说道了。

与倪军对谈

阿　城：关于西方，即使我们从明晚期耶稣会士利马窦来华开始，口头上也讲了三百多年了。就像西方人讲到东方，东方人会感觉太笼统，中国人，日本人，韩国人，印度尼西亚人，泰国人，印度人，伊拉克人，一大堆，东方讲的到底是谁？

同样的，我们讲到西方，也是笼统的欧美，尤其是鸦片战争以后，主要是“列强”。不过其中有个东方国家日本，但日本是立志脱亚入欧，按照欧洲资本主义制度改造自己，虽有天皇，但是立宪，实行资本主义的会计制度。所以，我们讲的西方，大致是资本主义国家的意思，按列宁的说法，是到了帝国主义阶段的资本主义。

不过还嫌笼统。资本主义是各个国家各具特点的，是有差别的，更不要说欧洲，北美，澳洲还有社会民主党系统的社会主义国家。马克思、列宁是排斥社会民主党的，认为他们是机会主义，走议会道路。不过社会民主党的路

注：倪军，中国大陆艺术家，毕业于中央工艺美术学院（现清华大学美术学院）壁画专业，美国罗格斯大学（Rutgers University）艺术研究院艺术硕士学位（MFA）。在纽约从事艺术创作十多年，并在罗格斯大学、帕森斯学院等多所艺术院校任教。曾任中央电视台《人物》栏目主持人。

线造成了高社会福利国家，过着一般中国人羡慕的大康的日子。而美国大概是世界上最纯粹的资本主义联邦国家，它建立才两百多年，文化束缚少，起码没有过帝制，所以容易纯粹。

讲来讲去，我们很少提到宗教，大概是因为我们半个多世纪里没有宗教生活的原因。“文化大革命”初期，虽然讲无神论，但精神和世俗生活类似宗教，所以怀念“文化大革命”的人都有点教徒的情结。刘小枫近年讲基督教，算是深的，张承志则是涉及到伊斯兰教，算是强烈的。现在出了不少佛教的书，看来看去，既不深又不强烈。全世界的佛教国家，现在只有泰国，国王是佛教的转轮王。中国是魏晋之后的北朝，像北魏，北齐，是佛教国家，皇帝是佛教转轮王。武则天大概是最后一个佛教的转轮王，最高一级，金轮。

儒教我觉得是准宗教，有教的作用，但是建立在社会伦理之中，所以没有宗教感。西方讲东方，后来具体到远东，是用儒教文化来概括的，大致是中、日、韩，新加坡和越南也有一些。

从天主教、基督教来看，我们当年讲的西方列强，大致是属于这个宗教文化的，比如法国的天主教文化比较强，美国是基督教文化比较强，俄罗斯是与天主教分裂的东正教比较强，英国则是自成教会的新教。当然，后来所说的第三世界也有天主教，像南美国家，亚洲的菲律宾，被法国殖民过的越南。伊斯兰教，则是中东、中亚和非洲，当然还有南亚的马来西亚，印度尼西亚等等。

从宗教来说，我想犹太教是中国人最不熟悉的，最主要的原因是它只在犹太民族之中。但是从第二次世界大战后，以色列立国，美国又成了犹太人重要的聚居地，犹太民族对世界的影响越来越明显，我甚至有这种感觉：不了解犹太民族和它的宗教，会使我们产生很大的盲目感。

倪　军：犹太人的人口只有一千四百万，这个数字几乎没有超过过。二战之前也差不多是一千多万，但是希特勒灭了五百多万，所以四八年五月十四号以色列建国之后又逐渐到现在的一千四百万，以色列现在的人口应该是四五百万，还有一千万散居在世界各地，其中大部分在美国。

可是这么少的人口，相当于北京市的人口吧，却产生了许多为世人所知的，影响世界知识、艺术的人物，这个比例是相当惊人的。

阿　城：影响中国现当代最巨的，是马列主义，马克思，犹太人，列宁，也是犹太人，十月革命后，联共政治局成员里犹太人占大多数，列宁不将权力传给斯大林，是不是有斯大林是格鲁吉亚人，而且做过东正教神职人员的潜意识在里面？而斯大林的清洗，犹太人在权力层出局，托洛茨基则是在墨西哥被用斧子暗杀掉了。

犹太人因为一直散居世界，他们非常重视教育，动乱中能带走的只有宗教与知识。

倪　军：历史上从罗马帝国到二战，排挤犹太人是用苛捐杂税，强掠财产。所以犹太人觉得挣多少钱，最后总是被人拿走的，直到二战，他们到了美国，才有了历史上最踏实，最平稳的一个盛世。所以他们就要把一切都装到脑子里，可以在任何一个新的地方重新开始。

阿　城：犹太人对学者非常尊敬，所以犹太人里学者的产生比例惊人的大。各种知识领域里，学术的领头人常常是犹太人。马克思就是一个学者。影响世界最大的科学家是爱因斯坦，犹太人；影响美国核物理核技术的科学家，像奥本海默，犹太人；咱们熟知的费曼，犹太人；原子物理和量子力学的创始人玻尔，控制论创立人维纳，都是。

倪　军：犹太人掌握知识，不是从二战之后开始的，从公元前就开始了，从所谓亚伯拉罕那个时候，到了摩西，在西奈山上跟上帝立约，这个时候就掌握知识了。拉比的意思就是老师，犹太人是整个儿人类的总教头，天经地义，我们就是老师。他们的确也做到了，美国顶尖级的大学里，不光是美国，巴黎、伦敦的，也是一样，像你讲的，学术学科的带头人，都是犹太人。

阿　城：影响西方的哲学家、思想家，像斯宾诺莎，尤其是近当代的，马克思就不说了，像伯格森、维特根斯坦、罗素、海德格尔、萨特，都是犹太人。

倪　军：说到西方，最典型的就是萨特的存在主义。

维特根斯坦这个语言哲学脉络下来，乔姆斯基，哥大的教授，六十年代的精神领袖，也是反战的学生的精神领袖。

德里达今年九月到北京上海访问，社科院接待的，法国公使说接待规格不够，意思是中国知识界没有引起重视，而我们知道，中国知识界这些年谈后现代主义时都是大谈德里达的。

阿　城：言必称，言必称。不过，德里达的书非常难懂，欧洲人也说看不懂，他在美国教过书，听过课的人都说听不懂。听不懂倒好办了，随个人怎么解释，语录摘引。德国的哈贝马斯四月也来过中国，他对中国的关心除了中国的法律制度问题和中国知识界自由派和新左派的论争，还有就是中国的宗教问题。

倪　军：法国公使跟我证实德里达这位法国国宝级的大师是犹太人。这是犹太人控制法兰西思想的当代例子。

阿　城：文学，像亨利希·曼和托马斯·曼兄弟、茨威格、海涅、诺曼·梅勒、辛格、斯坦贝克，写戏剧的亨利·米勒，数不清的。对了，卡夫卡，读卡夫卡，没有犹太人文化的知识，读不透的。

另外，像有影响力的普利策奖的设立者普利策，建立路透社的路透，牛仔裤的发明者李威，都是犹太人。

现代音乐之父，勋伯格，十二音体系，还有极简音乐的格拉斯，等等。古典音乐演奏巨头，霍洛维兹、海菲茨、鲁宾斯坦、梅纽因、史坦因、帕尔曼，祖克曼、阿谢肯纳兹等等。名钢琴史坦威的史坦威父子。犹太人对演奏界的控制，像梅纽因与傅聪的恩怨，梅纽因前些年去世时，美国的中文《世界日报》特别有社论，暗示傅聪终于不会受制于人了。

倪　军：马克思，列宁，弗洛伊德，爱因斯坦，塞尚，只要是沾“之父”的，都是犹太人。

最近我才确定塞尚是犹太人。塞尚的父亲就是做帽子的，做帽子这个行业是犹太人的，他父亲有了一些钱之后就买下来普罗旺斯省的艾克斯的一个银行，所以塞尚从小就有钱，画画。

塞尚年轻的时候跟左拉是好朋友，左拉也是犹太人。董鼎山在纽约写过一篇《西方知识界的左拉传统》，也就是定位了西方知识界有一个犹太传统，犹太审美的传统，但董并没有意识到。

阿　城：犹太审美如果意识不到，对西方，尤其是近当代的西方知识文化，会是非常不明晰的。中国到西方，尤其是美国学习的人，从近代到现当代人的学人或有成就者，都没意识到这个问题。这么多留学生，尤其是搞人文学科的，像比较文学，历史，读到博士，做了教授，终身职教授，讲座教授，著书立说，回国授课讲演，都没有意识到这个问题。这也影响到注重介绍研究探讨西方知识文化的刊物，像有社会影响力度的《读书》，办了几年的《万象》，都在这个问题上没有反应，因此有的文章非常可惜，只差一步，有的则是错了。其实不只这边，台湾、香港也是这样的，可惜。

倪　军：中国人学西方，到西方上学，读研究生，得有这个常识，审美脉络的常识。读英文的大部头儿美术史，得先弄清是犹太裔的还是非犹太裔的美术史家写的。后现代主义不是讲文脉吗？文脉是一个最重要的基本素质的训练。这个问题钱钟书没有谈到，或者说是没有看到，看到的话他有这个智力，有这个能力谈这个事。杨宪益写过几本小书，谈古罗马之后族裔部落的分布，很有意思，但没有直接触及到这个问题，间接提供了一些资料，我是在纽约买到的。

方面很多，好莱坞是犹太人建立起来的，沃伦·比蒂、保罗·纽曼、卓别林都是犹太人。《教父》里演大儿子Sonny的詹姆斯·凯恩不是西西里人，他是纽约布鲁克林的犹太人。这使我们想起派拉蒙公司，《教父》的投资方，毕竟是犹太人的。

罗曼·波兰斯基在*Chinatown*（《唐人街》）里做得太完美了，每一步接得到位，演员，色调，美术，那是犹太人干的。另外一个经典，《卡萨布兰卡》，或叫《北非谍影》，导演是迈克尔·柯蒂斯，从匈牙利到好莱坞的犹太人。当然，在电影这行里可以举出无数例子，斯皮尔伯格，迪斯尼的卡森伯格，再加上大卫· 格芬三个犹太人，前几年合起来成立了梦工厂。

纽约的律师，百分之八十五以上是犹太人。

阿 城：洛杉矶没有这么厉害，可是也相当惊人。

倪 军：医院里，大夫基本上是犹太人，在纽约生孩子，好一点儿的，就是西奈山医院，犹太人开的。中国人讲究到那儿生孩子，我们是在西奈山生的孩子，很得意。

还有，比如美国的政治界，亨利·基辛格，犹太人，是哈佛的教授，也是掌握着最精深的国际政治的知识，为美国所用。下来是奥尔布赖特，上届国务卿，也曾在任上骄傲地宣称自己是犹太人。犹太人在美国真正进入政治界是二十世纪六十年代开始，并没有很早的历史。

美国的历任总统都是基督徒，只有肯尼迪是天主教徒，但天主教基督教，都是信耶稣的，是跟犹太教相背的，犹太教是信耶和华的，旧约的。

我回国之前在纽约家里偶然看到一个片子，是宣扬一个美国海军里的最早的一个将军，是犹太人，这个人当初在军队里受排挤，受欺负，受污辱，但他决心要当上很高的军阶。这里有个什么意思呢？就是犹太人为美国的独立战争做出了牺牲，也就是犹太人为美国的立国都是有贡献的，要重写历史了。方方面面，他们都成了主流成员。

阿 城：很大程度上，犹太人制造了主流。

倪 军：我在纽约住了十二年，我出国之前，做翻译，译介。我给《中国美术报》当了四年的特约记者，在美国上了两年研究生，也没悟到这个问题。

董鼎山的书里提到，最近美国作家协会让美国作家填表。美国的填表是划圈儿，你是亚裔，非洲，拉丁等等，但是没有犹太人这个类，问题是也没有白人这个类。所以无形中犹太人就是白人，但在历史中犹太人跟白人不是一类，是被白人看不起的。

阿　城：从人口来说，美国的犹太人是少数民族。

倪　军：在美国住久了，我就忽然发现这些人都是犹太人，为什么，再研究下去，发现很多艺术家，很多画廊老板，很多收藏家，都是犹太人。他们控制的不但是现代艺术的思潮，还控制了现代艺术的市场走向，这两个在互动，拿市场带动思潮，再重新创一个主流出来。最大的画廊就是纽约西百老汇大街420号的Leo Castelli Gallery，楼下是Sonnabend Gallery，老板两口子都是二战时从欧洲过来的，他们当时就带了马蒂斯、雷诺阿、恩斯特，后期印象派和超现实主义的很多作品，拿到美国来卖，首先是维持生计，然后再创造美国的现代艺术的主流。

美国的艺术家十九世纪都是到巴黎去学画儿的，Edward Hopper（爱德华·霍普）、John Singer Sargent（约翰·辛格尔·萨金特）、Mary Cassatt（玛丽·卡萨特）是留学巴黎的，跟咱们一样。当时美国在艺术世界上没有地位，现在说有一个美国印象派，但几乎是不值一提的。那么犹太人到了美国以后，这些知识分子要立起来一个，看起来是要给美国立起来一个艺术的旗帜，这个的运作操作是他们来办的。所以到了二十世纪五十年代，抽象表现主义这个词出现，在大概念的西方艺术史上出现，这个词要定位的一个画家就是杰克逊·波洛克（Jackson Pollock），波洛克当时是《纽约时报》杂志封面人物，被树为“活着的，最伟大的美国艺术家”，并没有提犹太人。当然我们清楚《纽约时报》是犹太人办的。波洛克本来可以活到今天，活到八九十岁，那就是全世界现代艺术的鼻祖了，最狂的了，毕加索都算不上什么，毕加索当然也是犹太人。结果波洛克酗酒，开车撞到家门口的树上死掉。死掉之后，才轮到了德库宁（Willem De Kooning），我们今天的现代艺术家很热衷很熟悉的抽象表现主义的大师。第二代的抽象表现主义，比如说Helen Frankenthaler（海伦·弗兰肯泰勒），格林斯潘的前妻，Sam Francis（山姆·弗兰西斯）等等其实也都是犹太人。

阿　城：格林斯潘是美国联储会的主席，掌握着调整利率的大权，是个实际掌握美国的人物。

倪　军：劳森伯格（Robert Rauschenberg），波普艺术的大师，他的一个作品就是把德库宁的一张素描，在画廊里面偷偷地用橡皮擦掉，这是他的一个行为。另一个有名的《床》，他把枕头啊棉被啊烂七八糟拿油画儿颜料涂满了粘一块儿了，这件东西现在在现代艺术博物馆。这样的审美要得到确立，得到肯定，在理论上得到肯定，就需要理论家来配合，那么理论家呢，又是犹太人。罗森伯格（Harold Rosenberg）之后呢，是格林伯格（Clement Greenberg），他的行当是给美国的杂志写艺术评论，在理论上有创意，树立新的思潮流派。一直到今天的阿瑟·丹托（Arthur Danto），纽约哥大的哲学教授。自上个世纪八十年代的新表现主义，直到今天的艺术，都是犹太人。

阿　城：格林伯格在上个世纪三十年代末是纽约马克思主义小组的成员，后来因为不满斯大林，转向托洛茨基。托洛茨基在政治上是"不断革命"，斯大林要坐稳，当然不许再革命，格林伯格早期的理论受托洛茨基很大影响，那篇《前卫与媚俗》（*Avant-Garde and Kitsch*）很有名，是抽象表现主义的宣言和纲领。

倪　军：色域画派的纽曼（Barnett Newman），罗斯科（Mark Rothko），一路下来，再到中国人特别热衷的Keith Haring（凯斯·哈林），已经有介绍他的中文小册子，中文翻译叫哈林，纽约地铁里用黑线条画小人儿的，三十七岁因艾滋病死了。弗兰克·斯特拉（Frank Stella），查克·克娄斯（Chuck Close），所谓美国当代活着的毕加索，一张画儿几百万美金。还有当今无可匹敌的实力派画家吕西安·弗洛伊德（Lucian Freud），入了英国籍的犹太人，不错，就是那个解梦的弗洛伊德的孙子，一张小画，也在这个价位。这背后有一个很微妙的质量和市场的关系，使我们想起国际黄金市场价格，而“911”之后，我们中国人，好像开始熟悉一个事实，每天早上，由五个犹太人在纽约曼哈顿下城的某个银行的密室里商定当天的国际黄金价格。

所以我看在现代艺术中，操纵的，策划的，演出的，收益的，全是犹太人。

纽约现代艺术博物馆（MoMA）所有部门的策划，都是犹太人。馆藏的作品，从塞尚到毕加索，到查克·克娄斯，都是犹太人艺术家，全世界的艺术家包括中国的艺术家到那里，朝圣一样。

开办纽约古根海姆博物馆的是超现实主义的恩斯特的前妻佩吉·古根海姆（Peggy Guggenheim），她的父亲是犹太富商，也就是老古根海姆。西班牙又出现了一个新的古根海姆博物馆，这是犹太审美在西班牙文化中占有一席之地的继续，这个传统可以追回到中世纪的塞维亚，这个西班牙中部的文化重镇。

马塞尔·杜尚不是犹太人，但是他的好朋友曼·雷（Man Ray）是犹太人。曼·雷在达达主义里的作用是非常非常重要的。

我在纽约去一个比较有钱的犹太人家里，他的老婆一个爱好就是收藏前苏联的艺术家的画儿，三四百美金一张，并不贵，她说这些艺术家现在都移居以色列。毫无疑问，这些人都是犹太人。以色列复国之后，招兵买马，回国建设。

所谓西方文化的主流，都由他们承包了。

去年冬天，我去过一个学校谈公事，School of Visual Art，是犹太人一个手工动画作坊发展起来的，创办于二战后那年，现在成为纽约乃至美国，乃至所谓国际主流很著名的艺术院校之一，很多日本、韩国少男少女到那儿留学，觉得挺风光。创办人，也就是今天的董事长Silas Rhodes（西拉斯·罗德），老头儿八十多岁了，我到办公室去，谈请他到中央美院来开会的事，老头通过speaker（电话上的免提扩音器），叫他当副校长的儿子Tony过来见见我这个gentile，这是我第一次当面听到一个美国人说我是gentile，不是gentleman。他们用“外邦人”这个词儿感觉很正当，好像是天经地义的，顿时使我想起来中国人今天用“老外”时搞不清是善意还是调侃，常常是当着老外说的。这里面都有一种公然的排外。他的俩儿子都是副校长，学校就是他犹太家族的。

他们的海报的设计，Logo，一切的一切，都是犹太审美。

犹太人认为非犹太人就是外邦人，gentile，除非你信犹太教。这样相对又阻碍了他们人口的扩大，但是他们坚守。

要提到《塔木德》（*Talmud*）。我们知识界对《塔木德》通常只是只言片语一带而过。其实《塔木德》是极为浩瀚的。犹太小孩从小就学，犹太会馆，犹太中心，纽约到处都是。《塔木德》里面是一段一段的小故事，智力的小故事，各种问题提出来看小孩怎么回答，拉比再教，讲解，培养。

阿　城：《塔木德》大概有两百五十万字的规模，确实浩瀚。《塔木德》是由“密西拿”（Mishnah）、“革马拉”（Germara）合成的。密西拿是背诵学习的意思，是民间口传的规则和情理的采集。这个采集，是为了对犹太教的律法“托拉”（Torah）的补充扩展，托拉相当于中国的“礼”吧，好像《礼记》。革马拉是居住在巴比伦的犹太人觉得密西拿里关注巴比伦这边的情况不够，又做的补充，革马拉就是补充的意思。所以，先完成的是《巴勒斯坦塔木德》，大概在公元四世纪中的时候，相当于咱们的东晋的时候。到了公元六世纪，才又有了《巴比伦塔木德》。

倪　军：比如我们熟知的一个犹太人的教子有方的例子，小孩儿三岁了，他爹把他搁到窗台上，“往下跳”，小孩跳，他爹抱住了，放回窗台上，“再跳”，一跳又接住了，到了第三次，“再跳”，小孩啪地掉地上了，哭，跟他爹说：“你为什么不接我？”他爹说你怎么知道第三回我还接你？结论是：“不要相信任何人。”

阿　城：有个犹太穷人，住的屋子太小了，于是去找拉比想想法子。拉比说你有驴吗？穷人说有，拉比说那好，把驴牵到屋里去。穷人说我的问题是屋子太小了，你怎么还要我搞头驴进去。拉比说，牵进去。过了一天穷人来见拉比，说求你了，我屋里根本转不开身了。我记得好像拉比还让穷人再牵进去个羊什么的，最后穷人要疯了，拉比说，好，把牵进去的牵出去吧。穷人回去照做，顿时觉得屋里真宽敞啊。当年纳粹烧书，其中就有《塔木德》。

倪　军：不管钱钟书也好，钱学森也好，发展的方向可能很不一样，但他们小的时候接受中国文化传统的训练是一样的。犹太人的基本训练就是《塔木德》，相当于咱们的四书五经，但比咱们的四书五经要浩瀚，要深入，他们的文化知识基础在这里。

改革开放以来，中国的知识界一直是在研究西方的思潮，西方是什么，思潮的背景又是什么。你就要研究思想家，思想家的背景是什么，族裔背景，种族背景，宗教背景。

比如萨特，他毫无疑问是反犹太教，他才不信呢，但你别忘了，就像我们今天这些人一样，我们不看四书五经，但我们从小耳濡目染，满大街的孔孟之道，三纲五常。

给世界命名的，编“教科书”的，甚至于编“辅导材料”和“复习题”的几乎都是犹太人。

你说黑人的蓝调，犹太人也拿过去了，研究，练习，理论上有所开创。纽约New School这个学校，很多人以为是新学校的意思，其实它是个大学，我理解应该翻译为新学派大学，还是你说的，犹太人总喜欢创立新流派，做新知识的开山鼻祖。这个New School爵士乐专业的建立者Arnie Lawrence，也是我的一个朋友，不是黑人，而是犹太人。他这几年热衷于在以色列建立一个国际爵士乐青少年培训中心，掌握知识，做老师。我前几年在中国女子摇滚乐队“眼镜蛇”到纽约演出时，还特意带她们到New School跟老头儿Lawrence以及他的学生们来了一段儿爵士。这件事到现在虞进、王晓芳她们还都津津乐道。那是中国人跟犹太人练习爵士乐的一个例子，我看犹太人控制中国画的时代已经很近了。

倒腾中国画儿的，中国古董的，也大都是犹太人。纽约现在有两个代理中国国画的画廊，其中一个中文名字叫“怀古堂”，在曼哈顿上东城，老板Sherman是个犹太人，在日本生活过。他们对于东方的东西，很有兴趣，也研究，对非洲的东西，伊斯兰的东西都有兴趣。对别的知识，也想掌控。至少是他们认识到了知识的价值。这行里最早吃中国饭的斯坦因，是祖籍匈牙利的犹太人，在敦煌，他明白那些东西有价值。

我还有一个朋友嫁给了一个美国犹太人，这个人是当年的嬉皮士，现在专在纽约做西藏文物，我们知道当年很多嬉皮士都在尼泊尔混过。

我们今天到处标榜“新什么什么”，“新北京”，照片上都是高楼大厦，但这和梁思成哭着喊着要保留的审美是不一样的，原有的审美是东方的，平面的，开阔的。

这使我想起你在《遍地风流》里《江湖》那篇结尾时说的：“江湖是什么？江湖是人情世故，能应对就不易，更别说什么懂全了。打？那是土匪。”

目前市面上中国人谈犹太人的书都是赞美。中国人也有一个情结，就是世界上除了我们中国人有智慧之外，犹太人也有智慧。犹太人不这么看的。

华东师大出了一本《失落的犹太文明》，犹太文明哪里是失落了！它已经渗入到你的血液中，控制了你的心脏。

我在纽约曾买过两处房子，公寓大厅里动不动就放上七支蜡烛，小红灯烧上了，一个楼里住着几百户，不都是犹太人啊，管理楼的是犹太人，这楼里只要住着犹太人，人家就摆上了。

所以，对于犹太文化，我们还谈不上爱或是恨。但中国人已经到了在文化上不能回避这个问题的时候了。

我们说中国要对世界作出更大的贡献，怎么做？没有把西方这个西字搞清楚，怎么做？你面对的是犹太审美，但你还不知道。

有兄弟俩犹太人叫Seagall，没这两人就没有丁绍光的今天，他们曾经是丁绍光的画商。如果丁绍光富得能在加州置产时和尼克松有一掐，那他的代理人富成什么样儿了呢？很有意思的是，丁绍光从来不讲这两人。

国内的媒体一说到陈逸飞，就说陈逸飞的画儿当年由一个叫作韩默的石油大王送给了邓小平。这个韩默，Hammer，叫榔头的犹太人，早年跟列宁做生意，这又是犹太人之间做生意。

中国人一个悲哀就是，中国艺术要进入西方的主流，为什么一定要进入西方的主流？被西方一两个画廊肯定下来，某一个人的作品进了一个西方的博物馆，就欢呼雀跃，造成了很多激动，刺激，嫉妒。

中国是到了黄宾虹、傅抱石之后就不知道怎么画了，接下来就是油画嘛，进入西方的体系，现代艺术之父是塞尚嘛。

所以中国的美术在中国画之后，还没有找到一个肯定自己审美的东西，严格地来说，中国还没有现代艺术，没有现代艺术的思想。中国自己的这片国土上，还没有现代艺术的主流，所以就是依附的地位，从属的地位。

袁运生提出，今天中国国力强了，实力也有了，在世界上的地位也变化了，是一八四〇年以来最舒坦、最有信心的一段时间，中国的艺术不能再处于从属地位。这种迫切的愿望要比二战之后美国艺术家要改变巴黎作为世界艺术中心的愿望还要强烈。

中国人还没认识到，哪里谈得到脱离，追都追不上。

我们当年在美院附中那个班，就被老师叫作一帮小塞尚，全画塞尚，画得比塞尚还塞尚。所以我们从小学画到现在，就是犹太审美。

西奈山，神与摩西立约。犹太人是神的选民，the chosen people。

犹太人宣扬爱因斯坦的大脑和常人不一样，这是一个暗示：我们的大脑就不一样，我们是被神点拨过的。

所以呢，基督教是对犹太教的一种反动，基督教说你们跟神立约，我们跟神也有约。

阿　城：相对犹太教，“旧约”，基督教年轻，是“新约”，不过也有两千年了。说起来，基督教和伊斯兰教，都是由旧约派生出来。

倪　军：耶稣基督是神的儿子，信了基督，就是也进了神的国度，而且不管你是哪一种族的，所以基督教的兴旺在这里。

希特勒最早没有想从肉体上消灭犹太人，只是想把他们驱逐，就像历史上任何一次排犹一样。希特勒先是跟罗马教皇打招呼，得到背书之后，才发动了战争。希特勒是个基督教徒。二战时希特勒先占了奥地利之后，就是到博物馆拿据认为是耶稣基督放羊的皮鞭子，权杖，应该是神的，用很隆重的仪式请回了德国，意思是他要替天行道，他是救世主，是弥赛亚的转世，要灭犹太人，这是二战史里很少讲到的。

阿　城：梵蒂冈教廷最近已经为他们在二战时的默认作出道歉。

倪　军：我们学校一个高班的研究生，他搞了一个“希特勒的艺术”，The Art of Hitler，包括希特勒的绘画作品，第三帝国展览的作品，希特勒排斥的作品，以及第三帝国所赞美的艺术品。这么一个展览，他要在主流社会里面提出这个问题，批评这个问题。

阿　城：希特勒迫害犹太人这件事，已经成为世界的公共知识，我们看电影，一眼就能知道谁是纳粹、盖世太保，谁是犹太人。犹太人成功地让这个区别成为了世界性的知识。同样是二战，我们跟日本打了八年，拍出来的电影里，谁是中国人，谁是日本人，中国人自己能分出来，但美国人英国人虽然跟日本人打过，看着却有点二乎，很难分清。这就是因为日本侵略中国没有成为世界的公共知识，胜利的我们，冤。

倪　军：学犹太人，中国人要学都学不过来，白送中国人两百年，照抄都跟不上。李阳的大声喊英语，这个方法不是他首创的，是伯立兹，犹太人。

阿　城：中国还是技术唯上的情况，现在是认为只要抓住一个新兴技术，就可以打个世纪的翻身仗。没有这么简单的。以前讲中学为体，西学为用，现在是西学为体，中学为用，中学其实用不上了，因为革掉了，没有了。从马克思主义来说，已经是西学为体了。

倪　军：西学为体呢，又没有把西学搞清楚。

我想在这个问题上历来最清楚的是基督教文明。因为他们从来就把自己当主流，没有把犹太审美放在眼里，他们认为犹太人还不至于构成一个危险，因为他们与神也有约。罗马最后的一个凯撒立基督教为国教，到后来的文艺复兴，一直到今天，是世界最大范围的一个审美展现。

二战之后，占主导地位的就是犹太审美了，因为二战后美国的国力加强，再加上犹太人在美国对知识界的影响、控制，教育、电影、艺术、文学等各个领域都是这样。单说好莱坞，这个几乎由犹太人全包的现代审美帝国是美国第一大工业，换句话说，是美国国库的最大税收来源。

当然，基督教文明还是不情愿承认这些的。

阿　城：起码从街面上看不是，天主教堂，基督教堂还是多。但是犹太审美颠覆了到二战前为止的基督教审美。我们看现当代的造型艺术，几乎看不到耶稣的形象，看到的又几乎是"渎神"的造型，而这在一战，起码二战之前，是不可想象的。上帝还在，但耶稣被颠覆掉了，回到旧约，与犹太教的经典相同。现代音乐，现代舞蹈，很多的现代，都是如此。如果我们还不能很方便地浏览到境外的造型艺术，也许可以看看上海的《艺术世界》，就会有些体会，但你必须知道有犹太审美这回事儿，才能看出文脉。《艺术世界》因为不懂这个文脉，图片文字就没有理路，可惜。其实看来看去各种这类杂志都是这样。

倪　军：前几个月美国中文报纸上登了一条消息，一个中国人娶了一犹太老婆，闺女呢，十三四岁，要进行成人礼。根据犹太教的规矩，成人礼是跟婚礼一样重要的仪式。但是他们却拒绝这个中国父亲参加。他们反对和异族通婚，即便通婚之后，你这个异族必须要皈依犹太教。这个广东移民没有入犹太教，于是他就被拒绝，不能参加女儿的成人礼。

很多美国犹太艺术家，他们可以很看不起那些戴小帽的，扎小辫儿的，但那是他们内部的事，他们小的时候，多多少少都读过《塔木德》，受过《塔木德》的影响。

就像咱们中国人都过春节一样，我们很多人可以对春节不屑一顾，但是小的时候没一个人可以逃得掉春节的传统。

阿　城：活生生放十五天假啊。

倪　军：好玩儿嘛，好吃嘛，它是跟吃喝玩儿联系在一起的。犹太人的传统也是跟这些联系在一起的。

中国一些信基督教的人说中国的春节跟犹太人有关系。因为神暗示犹太人要躲避神对大地的惩罚，让他们宰羊，把门框涂上血，就过去了。而中国的春联就是两竖道红，再加一个横批，就是门框上涂了一圈儿血嘛。

阿　城：听起来很有意思。对联这种装饰形式，好像是明代才兴起来的。我记不清是汤若望还是利玛窦明末到中国来的时候，遇到一个年轻的犹太人，问他还读不读犹太经，他说现在忙着考科举，很久没有读了。当时人称伊斯兰教徒为白帽回回，犹太教徒为蓝帽回回。

倪　军：中国是唯一一个没有排犹历史的国家，而是接纳、帮助，犹太人里清醒的人采取的态度就是不宣扬。那时候陈逸飞跟我搞一个本子，找到了《逃往上海》（*Escape to Shanghai*）这本书的作者，他在波士顿一个大学里教书，根据这本书，我还写了一个电影剧本大纲，叫《虹口签证》。虹口是二战时期唯一一个不向犹太人要签证的港口，意大利一条邮船跑了七趟，把三万犹太人运到上海。我们准备先做一些纪录片，采访那些还在世的生活在美国的犹太人，遭到一些人的拒绝，理由是“那段历史是我们的耻辱”。中国人就傻了，我们帮过你们呀，怎么不愿意谈？犹太人还是看不起你上海，看不起你什么虹口。当然外交部也不支持这件事，最后就不了了之。

阿　城：热脸不让贴，就要想想为什么。不过上海人的行为里，受了不少犹太人的影响。所谓上海是冒险家的乐园，我们可以算算冒险家里犹太人的比例。

倪　军：姚庆章生前说过上海人是犹太人加日本人，大赞上海人的聪明。

阿　城：好像还是犹太人聪明。像上海人乐道的跷脚沙逊。当年我们的国学大师王国维，不就是住在上海犹太人哈同的花园爱俪园里？我们的国父孙中山先生，与哈同的关系也非同一般。

倪　军：犹太人认为他们掌握了知识，我们中国人也认为掌握了知识，一个庞大体系的知识，但区别是，犹太人是与神有约，是神的子民，我们不是，我们是炎黄子孙，是龙的传人。在《圣经》里，龙是恶魔，由此犹太人又胜你一筹，你是魔鬼的后裔，我是神的后裔。

阿　城：龙的传人是侯德建唱起来的，是讲血源的。但龙是一个各种图腾的组合，各种图腾，就意味着多种血缘。山西那个出土的陶盆上的图，我看是蛇的图腾，后来才组合进龙去，成为身子。炎帝黄帝，则是讲大部落形成后的祖先，现在中国田野考古找到的夏，就是炎黄时期，已经是国家了，有城了。中国讲根源是讲祖先，讲血缘。

倪　军：而犹太的根源是“与神有约”，而我们跟神没有立约，他们认为没有跟神立约的人就在他们之下，气就不如他们高。

谈犹太审美的问题，其实是犹太人控制知识的问题和控制现代文化走向的问题，是时候了。这么来谈，是从中国人的角度看这个问题，因为我们似乎是有一个要在这个世纪搞崛起或叫民族振兴这件事。可能对于其他的民族或文明，这不算一个什么大问题，但仔细地看一下过去的历史，好像这又从来不是一个小问题。

谈到这个问题之后，我们不得不琢磨信仰问题。在这方面，我们到底是不是先天不足呢?

英国人罗素在分析中国人时，《中西文化之比较》，直截了当地谈到影响西欧和美洲的三大渊源，一，希腊文化；二，犹太宗教及伦理；三，现代工业主义。他说，这三种要素，没有任何一种，对中国的发展起过重要作用。他又认为，老庄哲学都是自然哲学，而如今中国人急迫地需要获得西方知识，青年中国人的学习热忱使他想起意大利文艺复兴精神。他在谈论这些事实的时候，是说他在中国的生活曾经很舒服，但是他敏锐地看到，中国传统文化已经停止了，不再在文学与艺术上产生有价值的东西。

我认为，他回避了中国的信仰问题，而变相地肯定了西方文明中信仰的作用。当然，我们不应该寄希望于罗素或是任何西方人给中国开方子。

阿　城：犹太教是一神教，上帝，耶和华，中国的道教和佛教都是多神教，罗素的意思显然是一神教是药方之一。不过，借赫尔岑的一个意思，我们谈病，不谈药方吧。

二〇〇一年十月二十六日　北京

与洪晃对谈

洪　晃：你知道披特儿吗？

阿　城：披特太多了，哪个披特？

洪　晃：原来驻北京的一个德国记者，老婆是瑞士的。

阿　城：不认识。怎么了？

洪　晃：中风了，不会说话了，明天要到我家来住着。

阿　城：看中医？

洪　晃：瞎，就别提了。他那瑞士老婆不管他，自己找了个三十几岁的情儿，把老头儿送中国来了。

阿　城：噢，寄来个包裹。

洪　晃：刚才一个美国人打电话来，一听就急了，说买张票再把老头儿运回去。我心说，噢，这么着把人运回去，不也是把人当包裹了吗？

阿　城：而且很可能那边儿他老婆不接，变成无法投递，退回来。真是包裹还好，人可是要死了。

洪　晃：这个披特儿当年在北京可是个人物，爱开

注：洪晃，《iLOOK世界都市》杂志和《乐》广告周刊的出版人；十二岁赴美国，大学毕业后曾做过贸易、投资咨询等一大堆事，都和洋务有关。

party，吃，喝，去的人可多了。这一中风，不会说话了，去年还自杀了一回。被老婆送到中国来，先在朋友那儿住了一阵儿，明天到我这儿来。我们那电影儿明天不是还要补些镜头吗？他就要先去现场待着，之后再把他运回来。你从旁观者，你觉得披特儿这件事儿怎么办？

阿　城：责任和义务。我感觉你们是道德上的义务，不能不管他。但是你们有责任必须管吗？

洪　晃：没有。

阿　城：就是这两个的矛盾。还有就是惯，中国人说把这孩子惯坏了。我从旁听，他可能从前有点儿被中国朋友惯坏了。

洪　晃：这倒是。

阿　城：他老婆可能意识到他们是外国人，在西方无论责任或义务都不能解决的，就扔到中国来。中国人好客。

洪　晃：大家都是觉得有这个义务但没这个责任。美国人就特坚决，送回去。

阿　城：还是要找有责任的那一方，他老婆有责任，还有就是他们的政府。他们的政府在北京有常驻机构，也就是大使馆，要告诉他们你们有一个公民在这儿是这种情况，你们怎么办？大使馆管不管不管，我先知会你。

如果披特儿真的在这儿有什么状况，你就说不清了，披特儿自杀过，再出事儿，查不清的话，你就有法律责任了。大使馆那时候就来了，我们的公民怎么回子事儿？你把他怎么了？

洪　晃：披特儿刚过来的时候，是个香饽饽儿，他原来不是好开party吗？而且他又特喜欢在人尖子里头做社交，所以他周围那些人都是什么大使二使的，所以他头一次回来的时候，这大使请他那大使请他，都觉得人家会说话的时候，也没少到人家家里吃啊喝啊的，现在人家这样了，总得请一回，所以有点儿像抢小媳妇儿似的，我还觉得这外国人还真雷锋啊。现在就都不理了，要打包送回。

阿　城：中国人说“久病床前无孝子”，说的就是义务如果变成责任，事情就起变化了。

孔子有个学生子贡，他有一次在齐国吧见到一个鲁国人做了奴隶，就出钱把这个人赎回来了，子贡是经商的很有钱。结果这件事儿在鲁国成为美谈，子贡成了雷锋。

孔子知道了这件事儿，就对学生们说我不要再见到什么狗屁子贡了。子贡听说了就很慌，跑到老师那儿去。学生们拦不住啊，子贡见到了孔子就问老师为什么不要再见我了呢？

孔子说，你难道不知道鲁国有个法律是如果见到鲁国人在外为奴，回来报告，国家出钱去赎回来？你子贡有钱没错儿，但是你这么做，鲁国的穷人怎么办？他们见到鲁国人在外为奴而无力赎回，岂不是要在心里承受很大的道德压力吗？

这是孔子讲的仁的一个方面。做善事，搞不好的话，有可能不仁。所以仁要体现为法律，要形成专业，才可能造成普遍性。

洪　晃：还真可能是这样。你这一说我倒想起来了，我原来不是和凯歌吗？我妈特别爱开party，开呢，我就把凯歌的父亲叫来，老爷子挺爱和我妈聊的。后来凯歌他妈就把我叫去了，说妞子你能不能别这么着。我心想我又哪儿做错了得罪了？他妈就说，我有一儿一女，你呢，家里有四合院儿，老叫着老爷子去，我这女儿可没有四合院儿，你还让不让她叫她爹去她那儿了？

阿　城：唐朝有个李勉，在开封做官，有一次审案，被一个犯人感动了，就放他跑掉了。后来李勉辞了官在黄河以北游荡，偶然遇到了放跑了的那个人。那个人邀李勉到家里，晚上和老婆商量怎么报答李勉的活命之恩。

老婆说给他一千匹好丝绸怎么样，老公说还报答不了啊，老婆说那两千匹呢，老公说还是不够报答的，于是老婆说，这样的话，只有把你的恩人杀掉了。

洪　晃：杀掉？

阿　城：报答不了的恩，或者是善，就是恶了。

这其实也是个爱情故事，老婆非常明白老公会一辈子在什么上永远拧巴，要救老公，只有口出恶言，破坏自己的形象，点出症结。

我倒还没有看到世界上有什么作品讲道德心理讲到这

个程度。前两年王小帅要拍爱情题材的电影，我介绍了这个故事，他当时挺激动，后来没有下文了。

你在《三联生活周刊》上的文章，我挺喜欢的。态度好，过去不是常讲态度吗？

洪　晃：态度——我没什么态度吧，那个挺好玩儿的。

阿　城：定期写吗？

洪　晃：原来定期给他们写，但是后来就是因为老得去拉广告，我又中文水平特差，写东西就特慢，狗屁一千字我得磨蹭磨蹭磨一个礼拜，写完了改写完了改，就不写了。

阿　城：其实你说就行……

洪　晃：那最好我说你写……

阿　城：我的意思是你说，叫你的助手整理整理，你再改改就行了。你和索拉、宁瀛的电影搞得怎么样了？

洪　晃：完了，拍完了。

阿　城：很快啊。

洪　晃：明天再到我妈那儿补点儿镜头就全完了。在我妈那儿拍的时候，我妈嫌烦，这一拍完了，我妈还挺想的，“怎么都走啦？”觉得热闹。明天早上再去一回，七点半。

阿　城：一般来说有两大忌，一是别让人在自己家里拍电影，二是别当演员……

洪　晃：这两大忌我都惹上了。当时要在我妈家拍的时候，我妈说有个条件就是我得上个镜头什么的，宁瀛就叫我妈演个老管家。

我觉得中国拍电影就是编剧都是平民百姓，生了个如花似玉的闺女，想把闺女送进宫，闺女就是那剧本。进了宫之后呢，就发现皇帝就是导演，演员就是三宫六院里的妃子，平时没事儿就等着皇上叫唤你，是召之即来来之能战。摄影师就是个太监，导演最后的那一下，他先撸半天，导演最后上来看一下，好，行了。宰相就是那制片，大炊辈儿。

人就是这么贱，四个演的，三个非专业，一个专业。等的时候，专业的会等，看看书，喝喝茶。这仨非专业的吧，镜头对着谁，谁肯定没毛病，也不冷，脊椎也不疼，心脏也不加速。只要是镜头对着另外一个，你是背景，你肯定有毛病，脊椎疼，心跳过速，太冷，“我觉得这话别扭”，“我能换个姿势坐吗”？全来了。

这电影里的女人你觉得是不是老了点？不够漂亮？

阿　城：赵本山不是小青年吧，观众会把漂亮不漂亮忘掉。一般的电影是让你一直注意演员漂亮不漂亮，其它的不重要。

洪　晃：我平常从来不化妆，别的地方我都不认命，但是长得不好看，我认命。我妈（章含之）比我漂亮好几倍，我因此背上沉重的形象包袱。我就觉得打扮没用，干脆不打扮了，发展别的。

阿　城：所以你朋友多啊。

洪　晃：我觉得化妆的女人和不化妆的女人，可能完全是两个世界的。电影呢，拍一次也好，至少你知道你不能干什么，我这次知道我不能干什么了。全世界大概百分之九十八的女的对当电影明星都没什么意见，我原来也是，现在我属于那百分之二了。我干不了，我宁可当太监，打死了不能当这演员，忒难受了。

而且你根本没思想。所以现在我非常非常佩服那些专业演员。

阿　城：不同的导演，演员会不一样。银幕上的表演，都是导演通过了的，好或不好，都是导演的判断，怪不到演员。

洪　晃：是吧？

阿　城：让你演你自己还是让你演另一个人，这是两回事。化妆也不是问题，纪录片怎么办？

杂志最近怎么样了？

洪　晃：最近被文学青年整了一下。他是一个北大的研究生，瘦得不得了，也不洗澡什么的，一看就是那种顶级文学青年。过来之后，我说弄个栏吧，说了个“嫉妒”，好家伙他就列出来了二十多个定义什么的。你给他一个特别简单的问题，他都要把它变成哲学，他都要告诉你那个法国的福柯是怎么来评论这个问题的，黑格尔曾经说过什么什么，烦哪。

他就是一点儿人性的东西都没有了。

从那以后看见文学青年我就害怕。我觉得我受不了这个。

这小孩还特逗，他身边有一帮子女孩子，就是他的跟随者。你让他写一篇文章，他就会说，这篇文章我写不合适，因为我的思想境界不在这儿，但是我有一些小妹妹，她们可以帮你写写这些文章。

我心想也罢，就让她们写吧。前些日子不是出了一套杜拉斯的丛书吗？我说你就给我们写个小书评，对杜拉斯的感觉。他说，我是坚决反对杜拉斯这种情结的。我说没让你写得那么深，我没让你写文学评论，你就给我写一个介绍这本书的大概齐的文字，杜拉斯是谁就行了，我就这点儿要求，他说那不行，我怎么能够浪费我的时间写这么浅的东西呢？

你大爷的，你还是个学生，挣点儿零花钱你应该挺高兴的。你把这写了，广大的白领和劳动人民群众，那些不是知识分子的人也知道杜拉斯是谁了，他们看了有一天也会产生和你同样的感情，那就是后事儿了对不对？你甭管那个，你先把这几百字给我们写了。

不写，而且能跟你在电话上掰斥一个多钟头，为什么这个东西不值得一写，哎哟把我整的哟，矫情啊，蔑视一切。让他写东西他也不写，我就不知道他为什么来。

他来的时候，我说你看我们是一本商业杂志，商业杂志的定义呢就在于我们服务的这一群人基本上是做商的，而且是人家忙里偷闲，飞机上啊，马桶上啊，睡觉前哪，不要特深刻的东西，你真的能够承受吗？他说行，我说OK那你就在这儿吧。可是你让他写什么他不写，这个不行，那个不行。我就跟他说，我说这样吧，你不是文学底子特深吗，我们这儿都是搞服装的搞美容的，这些小孩儿文学底子不深，你要不然的话就找几本世界的古董文学什么狄更斯啊，也别扯太远，大概齐地说说什么英国文学什么法国文学什么的，给大家讲讲故事，这样小孩有兴趣的话也知道有这么回事儿，自己去找找什么的，“行，我给你写一个提纲吧”，我一听见写提纲我就骇怕了。

结果又是过来一个巨长的，打出来差不多有10页的提纲，说你说的那些东西，什么英国法国俄罗斯，我都觉得是很肤浅的，我觉得那些不值得一谈，我要给她们讲俄罗斯革命和文学的关系。嘿，我说一个时装杂志，我的编辑需要知道俄罗斯革命和俄罗斯文学的关系吗？您是不是留着这个等您当教授了，给哪个俄罗斯文学专业的研究生去讲这个？我是以低姿态跟他说，紧接着又来了10页，说很明显，你对我要说的题目一无所知！我没有想到像你这样一个人，知识如此的浅薄!

阿　城：你换一个人写不就行了吗？

洪　晃：他呢，有一天，某某去找我，我就说我们一块儿去吃饭去。第二天他跟我说“你认识某某”？我说，啊，我以为他要给三联投稿什么的，我就说下次介绍你跟他认识，“嗯”，哼二声。回家之后，他给我发了一个长达两千字的E-mail，评论三联的长短，我吓呆了。

我就没有见过这么不简单的孩子，孩子应该是很简单的。二十五六岁的小孩儿，见着一个人，一方面说他是怎么怎么起来的，三联嘛固然是怎么怎么样，但是哪天我看见三联什么什么，品头论足，我觉得二十多岁的一个孩子，就已经酸成这样了，那中国的知识分子，我不知道这样教育出来的……不知道可要不可要。

你知道他就像那个——那个——，你知道在外国经常就有一屋子人，里面有一个头儿，后来就杀了什么什么的……

阿　城：邪教？

洪　晃：对，人民圣殿教什么的，他就像这么一个头，周围有些女孩子。你看我们那儿的小孩写一个东西，然后呢，我说你不是文字挺好的吗，你文字好就干脆帮我们润润文章吧。他改完了文章，他就得到小孩儿那儿去把人家臭骂一顿，当着面儿地跟小女孩儿骂。

阿　城：施虐狂吧？

洪　晃：他永远要告诉你，你不如他。

刚开始办杂志的时候，我还觉得谢天谢地我还搞了一个文化的杂志，我就不是纯商人了，我原来不是卖铜卖铁的吗？我觉得卖铜卖铁真他妈糙，一块钱买来的东西，一块零五分卖出去就行了。我觉得我委屈了，我觉得我应该干一点儿就是比这稍微更有意思一点儿的事儿，然后就去搞那些投资什么的，后来发现闹了半天就是给人算账，把账算过来就行了。后来叫我搞杂志，好家伙，这一下可让我接触知识分子了，我他妈现在巴不得回去卖铜卖铁，把我吓的。

中国知识分子过去那么多年挨整，挣钱也不是太多，有自卑的地方；但是他们又的的确确掌握着许多知识，所以又有自负的地方。这自卑和自负两头儿这么一分吧，就是一塌糊涂的一件事儿。

所以我觉得有知识的人最好还是有点儿钱。没钱的话，事儿就特难办。有知识的人一没钱的话，他就会变得比谁都坏，比穷人坏多了。

阿　城：拧巴了。

洪　晃：特拧巴。

好多特好的东西，不是那么刻意才出来的。他们太刻意了怎么怎么着，太想要那个东西了。你看着都替他着急，你怎么还没当文学家啊，你都二十六了，天哪。

阿　城：你在欧洲或美国碰到过这样的知识分子吗？

洪　晃：西方知识分子可能……我碰到过……有一个朋友，这朋友呢，原来是建筑师，做着做着就开始写诗了，然后就放弃了建筑，开始专业写诗。写诗绝对是贫困道路一条。他娶了自己的秘书。法国的女的应该是很会穿的，这个女的是一半儿法国人一半儿越南人，我就没有见过她天天穿得像纽约四十二街的妓女那样儿的，法国妓女都穿得挺体面的，法国人天生一个会打扮。诗人呢，开始办了一个小的杂志，挺有名的一个文学评论杂志，每个礼拜三呢大家聚在一块儿瞎侃，杂志印出来的话也就是送朋友。

他们任何人都看不起，他做任何事儿都特拧巴，他倒还没有中国知识分子的那种尖刻，他不尖刻，够酸的就是了，谁也看不起。

阿　城：我倒觉得这也许不是知识分子的问题，人就是有那么一类人，不管他干什么，都拧巴。福柯讲权力，知识就是一种权力，掌握知识的人有的时候和掌握权力的人很像，膨胀，原来心理上的毛病也会扩张，扩张到别人瞠目结舌。你看但凡掌握一点权力的人，都可能这样，比如警察啦，售货员啦，土大款啦，有时候捡垃圾的也会这样，当他把垃圾视为一种资源，而他又占有这个资源的时候。

我们常常认为不掌握权力的人就是人民，其实人民里还是有各种各样的权力分布，所以我们又会纳闷儿，人民怎么是这样儿的呢？大大小小的权力在那儿搞鬼。

洪　晃：在任何行业里相对而言聪明，但是又没有得到承认的人，基本上都会变成这样。有才气，但是运气不好。一般笨人还不会这样儿，都挺乐呵呵的。成功的，他狂，但是不会酸。

一个笑话儿说法国人怎么自杀？他永远是这么开枪的（手比划在高于头的地方），因为法国人想象中的自己永远比别人看到的他高出来一截儿。

我觉得现在一般的小孩儿不算，就是现在比较开放了，他没必要了，他不用别人发现，他可以在网上写篇儿文章，网上有多少人写啊，发了就没事儿了。

下一代的醋劲儿可能少一点儿。

哎你觉得中国那些美女作家怎么样啊？

阿　城：美女作家？包装吧，有造成公众人物的意思，有给男权社会造成性幻想的意思，要不然怎么没有“美男作家”？出版公司包装，或自己包装自己。我猜她们自己有的不信，有的就信了，女性一般都愿意别人说自己漂亮，明明知道是假的也愿意，搞得奉承女性像“今天天气哈哈哈”，不需要技巧。

美女而兼作家并非不可能，但这不是根本的，所以问题在于包装把这两项搞成根本性的。

洪　晃：我们吧，作为这个杂志，当然就是也不一定有人看，我的情结就是，《上海宝贝》出来的时候，有一批人都是以把大胆的性生活写出来为特征，我觉得这也挺有意思，也是个卖点了，我就想做篇文章“中国女作家能不能谈性”，采访她们。

结果采访了所有女作家，包括什么陈染、棉棉、王安忆、毕淑敏、卫慧，还有一大帮，基本上拒绝谈，“你们这个问题太无聊了”。我们说社会上现在谁都在说这件事儿啊，怎么就不能谈呢？“这个非常低级趣味”，王安忆是说我现在很忙，无法接受媒体采访，唯一一个诚实的是棉棉，“我说”，卫慧是说你们要是采访了棉棉，我就不接受你们采访。

阿　城：两人死杠。

洪　晃：陈染说了一些云里雾里的——到最后这篇文章就没法儿写。我就说她们不谈，为什么不谈，都给说出来，就照登，然后再把她们小说里的所有写性的东西列一下，拒绝谈，但是文章里头是这么写的。

阿　城：这里有个社会人格和艺术人格的区分。你要人当面谈，就触到了社会人格的问题，很敏感，回旋余地少，让人纠缠住的可能性大；你要看她的作品，那是艺术人格，她可以让作品自己说话，作者有回避的余地。不过还是得饶人处且饶人吧。

洪　晃：本来我还想写呢，不就是一些黄色的小段子吗？我这人就特俗，我要是写东西没人看的话我就一点儿写的兴趣都没有，我认识的两个人都是长篇长篇的写，一个是个法国人，一个是个美国人，是个ABC，写完了说我就是为我自己写的，我就不发表，我说你给出版社寄过吗？她们说不寄，就是给自己写着玩儿。我想这他妈多憋得慌啊，我要是这样我就不写了，那写它干什么？洗洗睡吧，别费那老劲了，还一本儿一本儿的。

阿　城：我开始写东西的时候，没发表的环境，那时候只能出毛主席语录，所以也就是写给朋友看看。这个习惯影响我到现在，总觉得人家看不看无所谓。

现在美国有一种出书的方式，现在不是电脑打印的质量很好了吗？于是有人把自己写的东西打好装订好，到书店租个地方卖。大出版社呢，常常去了解一下，如果卖的情况好，比如一星期卖出去十本二十本，大出版社就找上来说我给你出吧。我觉得这个方法不错。

洪　晃：我看作家这行不能干了，预付款又没了，我想我得掌握捷径，写那种人家特爱看的，本来我想了半天国内最缺的就是安娜·伊思宁那类的，半色情半不色情的，这玩意儿我写得来。结果美女作家一出来，这行儿也不能做了，得再找一个窍门儿了。

阿　城：日本有一种小说叫“私小说”——

洪　晃：撕小说？哪个斯？

阿　城：私人的私。形式是好像在写给自己——

洪　晃：就跟写日记似的？

阿　城：写给自己的日记，不是雷锋日记。媒体啊电影啊摄影啊等等都有一个潜在功能，就是满足一般人的窥私欲望——

洪　晃：对，是。

阿　城：既然一般人是这样，那我就搞成不是给你看的，对你的诱惑力反而特别大。

洪　晃：这倒是挺有意思的，这个好。

阿　城：由私小说还可以出来侦探类型小说。

洪　晃：这怎么搞？

阿　城：侦探小说都是蛛丝马迹，私小说天生就是蛛丝马迹。我们常常会无意间听到别人的断断续续的谈话，比如我听你说披特儿，我不认识他，但我顺着蛛丝马迹，会拼出一披特儿来，所以小说没说谁杀了谁，但是读者猜出来了。

洪　晃：这挺好玩儿的。行，歇下来我就写这个。这又是一招儿。

阿　城：这种写法可以避开一般已有的模式。

洪　晃：另外就是因特网再狂的话也不会代替纸面出版物，你觉得会吗？

阿　城：现在的问题是阅读方式，纸面阅读可以是很随意的，一小片就可以，但是你很难在马桶上抱着个电脑阅读。电脑的开机关机相对来说都正式了，仓颉输入法的发明人朱邦复现在在香港不是在专攻阅读器吗，就有解决这个问题的意思。

本质的问题是阅读电脑屏幕方式，超过了人眼视网膜的进化。你知道我们的视网膜，其实有视觉的动物都是，视网膜进化到现在，都是适合反射光而不适合入射光。入射光就比如太阳光灯光，我们很难逼视阳光，也很难长时间看亮着的灯泡，视网膜会损伤。我们适合看反射光，比如看书看画啦。电影也是反射光，但强了，所以电影超过两小时，眼睛就累。意大利是任何电影都分成上下集，也就是当中有一个休息。

问题就在电脑屏幕是入射光，人眼看久了就累，当然累的原因还有屏幕频闪，液晶的屏幕就好多了。视网膜的进化过程有上千万上亿年了吧，不会在短短的几十年内就进化到适合接受入射光吧，早着呢。所以我认为公司里用电脑干活的小姐，应该有职业补贴，就像炉前工有补贴一样。

技术的发展，永远有一个跟人的进化现状相符的问题，现在常常是超过了人的进化现状，超过了，就造成损伤。

洪　晃：我不是老在网上买书吗？最大的一个问题就是买书的趣味全部没有了，你没法儿翻，现在他们也知道了，人买书得翻，它就会有一个look inside，你一看呢，书全搁那儿呢，你也就不买了；它总是给你几个片段，就特难受，你永远只能看它给你的片段，你要在书店里翻，这是一个乐趣，网上就是这点儿东西就全都没了。

阿　城：没有随意性了。

洪　晃：所以我觉得从这一点看的话，这全世界的树还得接着砍。印刷厂也不会有网了就倒闭了。

阿　城：好多人上网，不在网上看，而是下载下来，再打印出来看。

洪　晃：这就更费纸了，单面儿的嘛。你再怎么要求我们公司的那些小孩用再生纸，也不行，没这毛病。

阿　城：再生纸贵。

洪　晃：我们要求用过一次，背面再用，孩子们就没这毛病，没这习惯，多烦哪。

阿　城：好啦，你明天还得早起伺候你们的电影儿，我明天也是得赶飞机出个远门儿，我们回来再说吧？

二〇〇二年三月九日　北京

与马延红、刘小东对谈

阿　城：今天你们的毕业展就撤了？

马延红：下午吧，学校去车拉画了。

刘小东：应该在展厅拍点儿照片儿。

马延红：挂的时候拍了。她们去冲去了，还没给我呢。

阿　城：（对刘）喻红也教这个班？

刘小东：对。画室还有另外两个老师。

阿　城：你怎么指导毕业创作呢？

刘小东：她画的时候我去过她那儿一回，完成后另外一个老师也去了一次。她最早的时候，我看她画小张的，画一些人的局部，穿着袜子的脚啊什么的。第二次我去看的时候她已经上大布了，有一张的面目差不多已经都出来了，第二张，正在画呢。

马延红：第三张都开始了，和后来画完的样子特别不一样。

阿　城：（对刘）你就说就这么画吧？

刘小东：我看了以后，我就想，青春好啊。她一个人在家我不太好说，如果她男朋友在的话我还能多说点儿。

我就特别想抱住画儿里的那些女孩子。青春真好。她把那动人的劲儿画出来了。而且她对青春的那种感受其实是很奢侈的。我们过来人，对青春会非常珍惜，我感觉她的画儿对青春还不太珍惜，潦潦草草，但透出一种——她可能都不知道那块儿好，天然的味道。我就说，再好看一点儿，再用老百姓的眼光去看看，不要太专业。

太专业的眼光有时候对形体对色彩注意太多，老百姓看的时候会有一种心动，把这种心动再画出一些。

马延红：在那个时候还不是特别明确呢。我知道我要画这些人，我也知道她们的美，展览出来的时候，这么年轻，这么小，别人会有想法。

阿　城：小吗？你们有二十四岁了。不小了。以前的话，该生的孩子都生完了，都已经是“中年”妇女了。以前差不多十四岁，初中吧，就要生孩子了。三十岁，该做奶奶了。现在的人好像成熟得晚，又成熟得快，很快就发育了，食品添加剂吧，可是思想，情感，责任感发育得太晚。

马延红：不绝对，反正女孩儿在情感上比男孩要成熟早。

阿　城：心眼儿多。

马延红：对。对情感的，考虑得，想得更多。和我相处的同年龄的男孩儿，比方说一个男孩儿找定了一个女友，他就会很安然的，没有什么大的毛病，很安然地度过去。我自己有一些事情要做，我照顾好我的女友，可以了。但女孩儿就不会安然，她还会感到很多的诱惑，也许她冷不丁地觉得中年男人好，也许冷不丁地觉得比自己小的男人好。她也会觉得我这个男朋友处得太久了，没什么意思，然后她又会觉得——反正她在情感上有那种自由，那种需要。尤其是情感需要明显地比男的要多。

那些男孩儿提到女友的这些现状，很苦恼，不能解决。

刘小东：总是收不住女孩儿的心。

马延红：对。包括很多那些——我觉得可能也许是社会多元了，可供选择的余地大了，我发现我周围很多女孩儿都特大胆，没有什么正儿八经的道德观念。还有人跟我说比如你有了男友，你再跟其它的男人相处的时候这种事情很容易。心理没有什么绊着的。更小点儿的女孩还更火爆，甚至她们的性倾向——也许她们并不是同性恋，但也会和某个女孩儿特别好。觉得这是一种时髦儿。

阿　城：试一把。

马延红：嗯！

阿　城：你的毕业创作里有这种存在。

马延红：嗯对。我觉得有这个。最开始我做这个，这些画儿，最早最早受的影响是杜马斯的那个画册。我一看，这厉害！这什么都能画！好！我一下就觉得什么都能画。

杜马斯实际上画了很多《花花公子》上的——其实就

是黄色杂志上女性的这种，照着镜子啊，或者跟男人做啊，各种处境，但画得挺天真的，也挺直率的，不是特写实那种，让人一看就觉得怎么了。我最早受这个启发。

后来我一想，我能不能也做一些这类的画儿。然后我就考虑，我就觉得——我现在的社会环境里，我要做这么一个，甚至在学院里，我立刻会面临的是什么。再有就是我从哪儿去弄这些模特儿，因为我也看这种黄色杂志，也看这些黄色的录影带，我觉得从上面翻，我觉得——我觉得不大动人，没大意思。

后来我就是找到我这些关系很好的女友，我跟她们说，我说咱们拍一些照片吧。

她们也愿意拍照片，她们的想法就是，有一个女孩儿就说，我们能留下一些这样的照片特别好，等岁数儿大的时候一看哎呀我年轻时候这么漂亮。还有一种女孩儿就觉得这有什么的呀，行，没问题。还有就是比较谨慎的，你拍这个干吗使啊？

我说我可能会画成画儿。画哪种风格的？能认得出人来吗？我说能认出来，我说我想画得像，我想让她们到展厅那儿去认去。我也不是特别想让她们认，但我肯定是往这方面去做。

她们都同意了，拍完了以后我们都特别高兴。

我们这些人在一个屋子里，把门反锁着。她们为这个做了很多准备，她们带衣服，带自己的行头来。

阿　城：主要是内衣？

马延红：也有一些外衣，但只有我画的这一套最符合我的想法。照的进行状况，是按她们的意愿走的。我也是作为其中一员，反正咱们都掺和，拍的时候，有的人说哎我有一个想法怎么照，就照。但三个人就是这么靠墙这么站着，是我的想法。而且我想我要是能找到更多的模特儿，全让她们站在那儿，那多好！我没敢把我的想法跟其它更多的人交流，而且有的人不同意，也是画画儿的人，不行，我这个块儿太大，跟你们在一起不是一个重量级的。

她们其实特别在意自己的身体，年轻女孩儿特在意，自己好看不好看，跟别人在一起会把我衬成什么样儿，都想得特明白。

我自己挺满意的，最后就画了。

展出之前我跟她们打过招呼，我说我画完了，而且还算是像吧。她们都同意展。

我觉得她们从一开始到现在，这些年轻女孩儿对自己挺自信的，自己的身体呀。

而且她们也想展示给别人看。

还有不是有一个大瓶子，带点儿人的肖像的那张，那个想传达的就是——（听不清）。

好多人都问我那是香水吧，那是干什么的？

刘小东：你用化妆品吗？

马延红：用，看不太出来，抹点儿油儿什么的。

阿　城：（对刘）上次我跟你说过美国有一个摄影师做过一个一百个女性的裸体自拍？

刘小东：嗯。

马延红：自拍？

阿　城：（对马）本来一般摄影都是摄影师拍，一般自拍都是拍的人先看好取镜框里的位置，按了自拍，再跑到镜头对面。但这回不一样，摄影师只管架好照相机，交给被照的人一个连着气管的橡皮球，以前照相馆控制快门儿的那种橡皮球。因此被照的人完全控制什么时候照自己，用手一捏橡皮球，快门儿就动了，所以每张照片里都有一条黑线连到被照人的手上。

所以每张照片都是被照人自己的选择。裸体，这是我自己的身体。有两张是同一个女驼背，样子兴奋至极，有一张身体的一部分都跑出框子了，所以这里面的裸体的意思就是身体的意思，无所谓性感不性感，美不美，漂亮不漂亮。我觉得这些照片可能倒是女性不为了男性的时候怎么看自己的身体。

马延红：噢。嗯。哎你说我要是不画，就直接把照片放大了呢？是不是挺震撼的？我当时就有这种感觉，就有这个想法。

阿　城：是。照片里的形象要是超过本人，就是另一种感觉了，无论多狗屎的照片放大了都会令人注目。广告很会利用这一点。

你完全可以直接是照片。你毕业后会有一种自由，就是可以不必只在一种媒介里，各种媒介都有自己的强势。但是绘画有一点就是，你要重新整理自己的感受，这个整理过程，就是创作，很宝贵，所以常常是画的比照的更“像”。

刘小东：刚才她说那个杜马斯，好像是南非——

马延红：好像是英国人。

刘小东：她也是画了很多小女孩的裸体或是小男孩的裸体，我觉得她画得太多了，而且画得太好了，就显得——可能是由于她老对着画报画，有一点眼花缭乱的效果。她（马）这一比较，有点磕磕绊绊的效果，青春的那种面对面的感觉特别强，她的画儿受她的影响能看出来，但我觉得完全两种质感。

阿　城：大概是十多年前吧，日本开始的一个风气，就是年轻的男孩子女孩子拍裸体照，要把青春留下来。以前老说留住青春留住青春，青春怎么留？留不住的，但是有一样东西，摄影，可以把青春留下来。你如果去画呢，别人总认为你是不是有点美化，但摄影这个问题比较少。后来这个做法影响到台湾，两三年前开始影响到大陆了。很多外省市的影楼开始接这样的活儿。我看下来不少是模仿时尚杂志，搞一些“经典”的姿势，比如托腮啦，但不管怎么样，再过几十年，这个女孩子老了，看这些照片还是好，我那时候真年轻啊，会很感动。年轻就是一种状态，质感，不管你怎么做作，身体的质感留下来了。

我曾经看过一个朋友他母亲——可能是三十年代的裸体照片，是他父亲照的。老太太到晚年的时候给她儿子看，老太太什么都说不出来。我的这个朋友看的时候第一个感觉就是，我的老婆，就是我这个朋友的，当初我怎么没给她照一张！

摄影就是这样，这个东西真的能留住。真的能留住，其他都是假的，比如什么哎哟当年你妈漂亮，校花儿啊等等什么的，没有办法重现。实实在在的照片，实实在在地留住了。我看你的毕业创作的时候，觉得哎，有不一样的东西了。我觉得你毕业了。毕业有一个意思是，你以什么样的起点进入社会了。怎么画的问题是一辈子的问题，画什么的问题，你的起点透露出你已经去把握人与环境的复杂性，同时又直接表现出来，没有作观念状。观念这个东西，有它的好处，但搞不好是油滑。

另外，以前温葆画的那张四个姑娘，那是那个时代的一种公共价值。我们以前一直在追求一种公共价值，或者是我认为的一种“指定现实主义”，也就是除了指定的，其它的存在好像都不存在，而指定的现实，大家又常常怀疑是不是真的存在。（对刘）喻红这些日子展的《目击成长》，把这个问题捅破了。左边的新闻内容，好像在右边的成长画面里都不存在，所以左边有一种指定存在的荒谬感，而右边，是一个小女孩一步步成为一个女人，结婚，怀孕，生子，养育。丹青当年的《西藏组画》也让我觉得有这个意思。现在美院又出了这种毕业创作了，这回是本科生的，丹青那回是研究生班的吧。当年丹青他们是在社会上混过很久的了，有了自己的一套东西，她（马）是还没混过，从高中一路上来。都好。

多元社会里，私已有价值，结果你（马）找到的是身体，身体就特别有私人价值。

马延红：我觉得这个特别能代表这个生存状况，拍完冲出来后，能看出这些人对自己的身体的态度。还有就是她们愿意穿上这个——我们认为性感的这种衣裳，都同意裸露上半身，刚开始也想过全都脱光了，但是大多数人认为那样不够性感。

阿　城：从性感来说，这掌握得很准确。就像你论文里说的调情。在盛行裸体的部落，只有妓女穿衣服。遮盖就是导向。另外你在论文里考察的，在没有男性的画面里，有两个女裸体的多与性有关，三个以上的性指向较弱，三个的，用来表现美和快乐。你这次的《在无人的地方》，每张都是三个穿一点露两点的裸女孩，都在笑，于是美，性感，快乐就都有了。

马延红：我在学院里画模特儿的时候也是，经常建议女模特儿，别脱那个裤子，干脆让她穿着丝袜画，或穿着鞋画。老师来了一看，说，看不着脚了，穿鞋干什么，看不着脚了。

我们不是怕画脚太难了，穿鞋遮一下，实际是穿鞋变性感了。

阿　城：当然教学有教学的道理，但是从一开始不注意学生的个人感受，会毁掉创作的初发点，个人感受是创作的初发点，而且会跟随你一辈子。要特别保护这个东西。

毕了业将来创作的时候，你还是这么想，这个挺好的，这就是我要的——还是那种的初发点，如果毁掉了，还不如不上美院。

马延红：对，这回创作我就体会到了。这特重要。开始我也没想到什么，刘老师说，这要一搁美院还不炸开了锅！我把它搁在展厅里，我的同学就开始猜，唉呀你哪儿来这么多好模特儿？哎呀你这能拿一大奖！证明他们也觉得好。再有就是有男生跟我说，唉呀我不敢看，我一进展厅就觉得那儿怎么那么亮啊。这回展出之后，我开始听到反馈了：你以后跟我一起办展览；你这个跟我挺像的——

阿　城：开始收编。

马延红：早先我二年级的时候我也参加过一个展览，叫“二厂时代”，那个展览之后对我没有任何的，任何的……我开始意识到，我做完一个东西，人家有反馈是重要的。

刘小东：阿城你说这个性感，比如她是个女的，她画女的，人体这种性感，像体会穿衣服的性感，但是男的对女的性感，她怎么体会到的呢？你又不是同性恋——

马延红：哎可能有一点——

刘小东：比如你觉得男的什么性感？

马延红：嗯我会觉得有一些肌肉会比较好，但也有一些特别瘦的男性，穿的有一些女性的衣服，长袖的，那个腰什么的都包出来了，我们就觉得怎么那么——跟传统的男的肌肉不一样，也会觉得性感。

刘小东：女人对女人的性感的判断，是受男性的影响，还是图片的——

马延红：我觉得图片肯定是有影响，但是还有一点就是实际上我看见年轻女孩儿之后，我就会觉得，怎么说呢，一个男的和一个女的在一起，女的漂亮，我会使劲看那个女的，男的也帅，但是我会看女的。我没有过同性恋的经历，但是，但是……

刘小东：噢女的喜欢看女的。

马延红：反正是——我们一起拍照的时候，我发现也是，同伴的眼睛一直在盯着你，然后，她会偷偷给你拍两张，她会说，好看吧？

阿　城：这方面在中国传统文化里没有显露出来，只是在闺房的范围，言谈，行为，没有成为文字。这些东西真的是到当代，就像她刚才说的这些，才会成为文字记录。

西方也是很晚，话题开始公开化，而且开始影响时尚——比如服装设计。

有很多所谓的造型的启动，是这一类的话题，女人爱看什么样的东西，男人爱看什么样的东西，最后发现虽然启动力是性，但是接着就被再表达了，发现亦男亦女，性的包容性最大，所以比如麦克·杰克逊的身体造型就是亦男亦女，他一直在维持这个形象。他有两次违反了，也就是作为男性角色结婚，有一次是和猫王的女儿，这很可能是他的销售量下滑到一个危险水平时的一个反动作，刺激一下话题，但是两次婚姻都不成功，但消费者又神奇地把他回复亦男亦女身，消费者有需要。

刘小东：这种人男的女的都会喜欢。

阿　城：这种人消费者很容易找到自己需要的部分。如果是一个纯男性，或者是拒绝，或者是接受。亦男亦女还包括了同性恋者的选择。所以两性和同性，全部都包括了，再加上主流话题，比如和平，种族，环保，等等等等，杰克逊几乎是个完全人，商机也就非常大了。我们七十年代、八十年代的那种崇拜特别爷们儿、汉子——

刘小东：杜丘，高仓健。

阿　城：这种形象已经废掉了，不被消费了，显得傻了，感觉简单了。像你们这一茬儿人类——

刘小东：你（马）觉得高仓健性感还是杰克逊性感？

阿　城：那时候她可能还没出生呢。

马延红：生了，但没什么概（念）——

（录音机电池没有电了没有发现，发现了换了电池再录）

马延红：蔡国强说了，艺术家一定要有梦想，一定要有。

刘小东：别人不敢想的你要敢想。

马延红：对，他有那种意思。他的小册子里有个说法，说你的所有的想法，其他艺术家也都有过，但就像天上的流星一样，观众仰望星空的时候，看到的是那些停在天上的闪亮的，是那些实现的想法。

阿　城：恒星。证据。

刘小东：（对阿）文学很难教吧？

阿　城：教不了。

刘小东：学生对你的课反应挺大的——

阿　城：绘画还有一些可教的，绘画还是有可操作的一面，但是我知道这里面会险象环生，像我在你们画室的课，算是提供一些材料吧，有时候碰巧了，造成歪打正着的启动，就算——

刘小东：效果很好挺直接的，有的同学在论文里提到了——

阿　城：创作大致都有两种。一种是五脏六腑型的，也就是说，我的五脏六腑一下子全掏出来，往这儿一放，热气腾腾的，你一看，感动，好，我没有这么好这么棒的下水，这是一种。

另外一种，我只拿出来一小段肠子，细细切，加了好多其他的材料，豆腐干儿啦什么的，炒出一盘菜，味道非常好。

五脏六腑型的特点是冲击力大，但全掏能掏几回呢？一般做职业的艺术家，最好用后一种，每次都有真的，炒得好，这样才能一副好下水，可以用一辈子。

（对马）你的毕业创作真东西有点多，但是可以继续画下去。绘画有这个好处，换个场景换个姿势换个构图仍然可以画下去，小说人家就会说你重复自己了。

应该说你的起点高，又比较扎实，再加上你可以控制创作状态，所以我觉得你毕业了，可以独立到社会上去走了。

这张是坐着的吗？

马延红：不是，是几个人躺着，腿举起来靠在墙上。

阿　城：噢，对，所以你是反挂，我说怎么这些女孩子头发是飞起来的呢。

马延红：对，反着挂。

阿　城：你的论文答辩也挺好的。

马延红：其实这个论文主要就是应对学院边对我提出的问题。

阿　城：刘小东给你提出的？

马延红：不是刘老师。

刘小东：（笑）刘老师不会有那么深刻。

马延红：但是我的那些吧，也是最初困扰我了。那个时期吧，在做毕业论文的那个时期我在想这些事儿。最后呢我也没有理出一个特别清晰的头绪。

比如我那个时候开始接触女性主义，我就发现在影视方面或者说在文学方面，都有一些。后来刘老师去看我的画，推荐给我一本书，《不再有好女孩儿了》，讲的是在绘画界的状况，在美国在艺术方面的状况。

那你怎么看女性主义？或者说在文学在艺术方面你怎么看，比如有一段时间提倡“身体写作”，就是女作家用身体写作。然后呢，我又看评论，说是美女作家什么的，其实局限性很大呀。

阿　城：用身体写作很不容易。你拿东西一定是用身体去拿，但是你一定就拿得到吗？

马延红：嗯。

阿　城：所以第一是对身体的了解够不够，了解得多写起来就主动得多，了解得少就被动，就容易重复，容易老调重弹。到现在还没看到纯粹描写身体的中文文字，当然纯色情的也要算进去，但纯色情的文字看不多篇就重复了，老调重弹，这也可以看出中文在这方面没有日文强，日本文化对身体的态度与中国文化不一样。

第二是在这样的情况下，与其说用身体写作，倒不如说写禁忌的身体，颠覆禁忌不容易，因为你抡开了写，用的还是产生禁忌后的文字，有一点想拔自己的头发离开地面的意思。王小波关于性的文字就陷入这个困境。你用哪种文字就会有哪种文字的宿命。绘画就好多了，绘画即使想深刻，也要完成在表面上。

写实绘画可以从对象直接再出发，不太需要过一道符号的手。

所以女性主义有同样的困境，语言系统是借用的，这一点不如同性恋，他们有自己的一个语言小系统，同性恋的传统长久，慢慢积累起来的。我要是用这个小系统的语言，你不会听懂，因此这就有自我封闭的问题。这个问题也是女性主义要面对的，究竟女性主义要公共性还是封闭性？我的想法是女性，其实男性也是如此，共同关心对现代人类体质的研究，也就是对人体本身的再发现，从这里慢慢积累对传统语言的定义改造，有一个共同的否定之否定。

上世纪九十年代中期，英国人贝克（Rohin Baker）发表的对人类性行为的生物学研究，令人震惊。其中的一个意义是怀孕的决定权由女性身体决定，这对传统上的男权意识有摧毁性，因为以前认为性的目的，也就是怀孕的控制权在男性。

这让我在当时想起中国传统文化中女性的隐性控制现

象。旧式家庭里的长房长媳——

马延红：？

阿　城：就是长子，大儿子，大儿子的老婆，长房长媳，是家庭的管理者，是有权力的。

“女主内”，主，是有权力的意思。这一点曹雪芹用《红楼梦》描写得最清楚了，王熙凤就是长房长媳，贾母是上一代的长房长媳，她们在四大家族之一的贾府里是最有权力的人，贾政那个长子，连打个贾宝玉的权力好像都不那么牢靠。

意大利人有个说法，意大利是男人统治的，但是意大利的女人统治着意大利的男人。一般中国人印象中的日本人，好像很大男子主义，但对日本文化有了解的人都说日本文化是由女人控制的文化，而日本的男人一辈子差不多只是个大男孩儿。

哈佛的张光直先生有个成就，就是将马克思一笔带过的亚细亚生产方式发现为世界的普遍模式，包括文化。而我们中国文化里的女权形式，也有这个意思。汉代皇家下决心实行生太子的母亲必须死掉的制度，非常残酷，但是有一个断绝隐性控制的消息在里面。中国文化中的女权，是透过男权折射出来的。有时我们会被权力的男性色彩迷惑，有的东西，还是要多一点人类学式的田野考察吧，这是我对女权或女性主义的一小点建议。

艺术，对艺术来说，基本原理在母系社会已经确立了。文字发明于父系社会时期，功能是将母系社会确立的各种原理记录下来，记录的时候，男人搞了一些手脚，甲骨文里让女人跪着，不过已经有人解释那不是屈服的意思了。

女孩儿的语音语言功能比男孩强很多，女人的直觉强于男人，都透露了父系社会或文字发明以前谁强的消息，父系社会才有多久？旧石器晚期开始，几千年不到一万年罢了。

老子还知道其中消息，所以他反复告诫我们说，柔，是发生一切的，柔，可以克刚。刚是什么？大男孩儿。大男孩儿闹了上万年，将来的结果是什么？大概是罚站墙角儿面壁思过吧，能搞到这种待遇算是好的了。

马延红：女——

（电池又没电了又没发现）

二〇〇二年七月二日　中央美院

附录

伴读／清明世界·朗朗乾坤

唐诺

如果我说，小说家钟阿城是我个人认识的人中，感觉最像孔子的人，这样的讲法会不会太刺激了一点？

当然，时代不一样了，政治的景况、社会的景况也全不一样了，阿城没孔子那种“明明知道不可能却执意去做”的政治浪漫；传播发达，有想法看法可直接写成文章发表，也再用不着弄一群颜回子贡绕在身边，我这里要说的其实是学习、思索和看待世界的基本方式——阿城是个好读书而且杂读书之人，但和我们这一代人大不相同的是，即便近乎手不释卷，但阿城通过文字的学习比例仍还比我们低，这一方面是因为他行遍天下的奇特人生际遇（这当然需要时代的不幸配合，非我们所能，也不晓得该羡慕还是侥幸），但更重要是他由此而生的奇特本事和人生趣味，牢牢的让他联系于具象事物的俗世之中，就我个人所知，阿城当然是好厨子；也是好木匠，能修护难度极高的明式家具，他最早横越美国的旅费二千美元就是这么

注：本文收录于台湾版《常识与通识》中，脸谱出版社，2001年11月。收入本书时略有删节。

赚来的；是好汽车技师，自学而能，亲手组装过六七部福斯的古董金龟车卖钱，最后一部他舍不得卖，红色敞篷，我看过照片，阿城戴墨镜摄于车旁，人车俩皆拉风；而最有趣是阿城还教学生钢琴，这是旅居纽约的名作家张北海泄露出来的，提起这事阿城难得有点尴尬，暗骂了两声。

不是吹嘘不是标榜，阿城才真的是那种看菜单看商品目录，比看荷马史诗还津津有味的人。

但际遇、趣味乃至于现实求生本事相像不稀罕，阿城和孔子惊人相似之处在于，阿城不排斥抽象的文字学习（事实上，他是此中高手，从不民粹从不反智），也一样有足够的聪明和专注做纯概念性的思考，但他总要把抽象的学问拿回来，放入他趣味盎然的世界好好涮过，就像北京的名物涮羊肉一样，如此才得到滋味好入口，也因此，所有的抽象概念符号，在阿城身上都是有现实内容的，他不放心加以浸泡过的，有着实感的温度、色泽甚至烟火气味。

阿城在本书的《魂与魄与鬼及孔子》文中，他自己也说了，“我喜欢孔子的入世，入得很清晰，有智慧，含幽默，实实在在不标榜，从古到今，不断有人用道家标榜自己，因为实在是太方便了。”——从阿城，我才真正晓得孔子的入世，不是游列国干诸侯的救世部分，那是他给自己的不得已任务，因此总有委屈之感，孔子的真正入世，是我们一向误以为他道不成要回身隐遁的那部分，游山观水、乘槎浮海，回到他所属民间社会的从来之处，这才是他真正乐趣所在。但这个醒悟，同时也带给我不祥之感，我会同理可证马上想到，很长一段时日被我个人（以及朱天心等）认定为海峡两岸小说第一人的阿城，小说书写极可能也只是他对眼前世界的“公德心”部分，阿城极可能不会久居此地，毕竟，他太喜欢那个更火杂杂、更热闹有人的世界，如孔子说的，人和鸟兽终归不是同类，我是人，我选择和人住一起。

阿城在台湾居留期间，导演侯孝贤安排他住木栅的安静山边，随遇而安的阿城事后说，下回能不能就让我住永和豆浆店楼上？

概念是抽空的、不具质量的，这当然有其必要，人的思维速度因此可以加快、挺进的幅度因此可以更加深入，甚至快到思维者本人都拉不住它、深入得拉不回来，这方便于思维边界的英勇探勘行动，但也就不免于异化（意识形态化）的风险；相对来说，留在具象世界之中，用实象来思考，万事万物总是有重量的，在在形成阻力，因此思维行远不易，当然欺人遂也相对不易（画鸟兽难，每个人都可用自身的经验对抗它、检验它），也因此总是安全的。

在概念思维的世界于是合适产出理论，深邃壮丽，非寻常人可参与可判别，但奇怪总是要我们分边认边，非此即彼，隐含着森严不可妥协的对峙对抗；而在阿城所热中的具象现实世界，则比较合适讲故事，人人能听能懂，而且意见矛盾并陈，往往谁也拗不了谁去，因此，表面上吵吵闹闹，其实是温和不迫人的。

既然如此，我们也来讲讲古老的故事，让我们对阿城的阅读从说故事开始。

见怪不怪的故事

春秋时代曾经有个翟国，是当时的游牧民族之一，后来亡掉了，遗民流散，其中有个叫翟封荼的聪明人向南投靠三晋的强豪赵简子，下面是收在刘向《说苑》的一则故事，或说一段对话。

赵简子问翟封荼："听说翟国曾经下过连着三天的谷雨是吗？"翟封荼点头说确有其事。赵简子又问："我又听说也下过三天的血雨，这也是真的吗？"翟封荼点头说确有其事。赵简子再问："我还听说有过马生牛、牛生马这样的怪事，也是真的吗？"翟封荼还是点头说确有其事。

赵简子感慨起来，叹口气说："人家说妖孽可以亡国，果然一点没错。"

但翟封荼说："不，您问的这些都是很平常的事，下三天谷雨，其实是谷子被龙卷风卷上天造成的；下三天血雨，这是惊鸟在空中打群架造成的；马生牛、牛又生马，这是因为牛马杂牧杂交造成的，这些都不是让翟国灭亡的妖孽。”

赵简子问：“那翟国真正的妖孽是什么？”

翟封荼回答：“翟国人民离散不凝聚，君王年幼无能，卿大夫贪财，结党营私只晓得争个人的权势财富，官吏作威作福欺压人民，政令成天改来改去没一样能有效贯彻，士人普遍贪婪而且怨恨上头的人，这些才真的是翟国灭亡的妖孽。”

这是个很舒服的故事，但老实说也是中国古来相当典型的故事，类似的光《说苑》一书就收录着好几则。基本上，它不相信神秘之事，不惑于鬼神灵怪，认定万事万物必然有着平实的好理由，你把传说神话中离奇荒诞的成分拿出来，放到人生现实的光天化日之下这么一照，就会现出恍然大悟的常识原形来，原来如此，答案原来就只是这样子而已，这个柔和回归经验世界的思考选择，给予我们听故事的人一种素朴的愉悦，一种源于生活世故睿智的息事宁人——也因此，中国诸如此类今天习惯划归人类学领域、甚或进一步窥探意识无意识深层的传说神话，多半只成了单纯的寓言被解读，不做概念深掘，不持续在抽象概念的思维世界贪婪前进。

这里，我们便清楚看到，回归常识世界的除魅力量，这是个思维的煞车系统，让人清醒不耽溺，阻止人无边无垠的胡思乱想下去——但是，龙卷风真会让卷上天的谷子下整整三天吗？什么样飞鸟的世界大战打到血如雨下三天三夜不休呢（有空的人可换算一下需要粉身碎骨多少只鸟）？马和牛即便杂牧，依生物学，可能杂交繁殖不马不牛的后代吗？这里，问话的赵简子没追下去，回答的翟封荼也不持续想下去，两造皆心满意足的停在此处，停在当时水平的具象常识世界之中。

没有危险，但也没新的发见启示。

这使我想到另一则故事，是我个人阅读所及，和翟封荼故事同途殊归的最相对故事，思维者在几近完全相同的疑问下，做出一百八十度的抉择，体例上仍是对话，出自柏拉图的《费德拉斯篇》：

相传苏格拉底和费德拉斯两人散步到传说中北风神带走奥瑞茜雅的河崖旁，费德拉斯问："如果奥瑞茜雅不是在这里被北风神带走的，你还会相信这个故事是真的吗？"

苏格拉底的回答是，不管信与不信，这对他都不构成困扰，事实上，并不难找到一种巧妙但看起来合情合理的解释，比方说，奥瑞茜雅其实是在这河边的岩石上玩耍，不小心被强烈的北风吹下石崖摔死或淹死的，因此遂传说成北风神带走了她——如何？到此为止像不像翟封荼式的答案？

然而，苏格拉底却又说了一段很著名也很有意思的话：

但是，这样的解释虽然能很巧妙又似乎很合理解释了神奇的传说，却不会让我欣羡，因为如此一来，我们也被迫得继续解释，神话传说里的半人马怪兽、吐火的怪物，以及一大堆蛇发女妖或飞马等等，要对每一个传说都提出一套素朴的可能解释，需要很多空闲的时间，但我却完全没有这么奢侈的闲情，我真正的理由是，直到目前为止，我还没办法做到像德尔斐神谕所说的“认识我自己”，因此，在我还没真正认识我自己之前，花时间去研究下相干的事物，对我来说是很荒谬的，我宁可更简单用传统信仰的理由来打发它，而我真正必须知道的是，我自己身为一个人，究竟是比百头巨人更复杂更狂暴的一种怪物？还是更温和更单纯的生物？

这里，提醒大家注意苏格拉底不选择翟封荼式解释的理由——没有时间，没这份闲工夫，因为有更要紧的事等着去做，而所谓更重要的事是“认识我自己”，一件幽微深邃的思维任务。

来不及的伟大向往

阿城这本书，包含了十二篇意志力一贯的文章，原是发表于中国大陆的《收获》双月刊，谈话的主题是“常识”——君自故乡来，应知故乡事，阿城回过头来和中国大陆的人们谈论常识，而且文章篇幅颇长、文字内容直话直说（就阿城越来越简短、越点到为止的书写方式而言），当然是苦心的。

但常识是什么？常识不就是社会中最通俗、最底层、游荡在空气之中几乎人人可不学而能的最起码认知吗？这不是每个人都已经拥有的东西，干吗要费神重述重说呢？什么时候何种景况之下，人会连最基本的常识都失去、都再看不到呢？常识得而复失之际，又会酿成什么危险呢？

大风大浪走过的潇洒阿城，究竟担心什么？

我猜，答案用中文来说，可总结成四个字："意识形态"——就举个阿城标的所向的中国大陆实例来说，遍地是农民，种了数千年之久稻麦高粱小米的老练中国农家，会没有最基本的常识，晓得庄稼要扎根深浅、间距多少才好得到理想的收成吗？甚至说开花太多时得狠着心摘除一部分，才能颗颗饱满结实不是吗？然而我们看到，当挟带了革命意识形态强力而来的所谓"深耕密植"政令当头罩下，所有的千年经验、所有的常识当场全消失了，当然，没太久之后，就连该有的收成也消失了，接管这整片古老大地的是全面性的歉收，这就是五十年代中国大陆的大饥荒。

这里，相对于人们经验世界的常识，我们可以怎么理解意识形态？大体上，意识形态并非完全对立颉颃人的基本经验，并非单纯的蒙昧，相反的，它往往来自于人们意识到经验世界的限制，不耐烦于经验世界具象事物的沉重束缚，所积极寻求的一种雄心勃勃的超越，这种超越，如我们在柏拉图身上、在文艺复兴后欧洲的理性主义者身上所看到的，尽管瞧不起紊乱迟缓的经验世界，要把经验世界隔绝在外不受其骚扰，但思维仍在理性的范畴之中运作，受着人类基本理性秩序的节制，但问题是，理性仍是有限制的，无力穿透我们触目所及而且驱之不去的诸多现象的疑问，比方说生死、爱情、生命的终极价值和目的等等，你忍受不了没答案，无法带着满心疑惑照常过日子照常入睡，你就得再次超越理性悍然而行，但由此开始的新思维旅行，再没地标，再没规则章法，支撑你的，大体上只能是激情、直觉、认定和不回头的信仰。

因此，我们或者可以这么说，意识形态的最根源处，原生于一种人类之于“伟大”的遍在渴望，生年不满百，常怀千岁忧，这不单单只是诗意的不必当真的浪漫情怀，还是一种迫在眉睫的有限生命动人实践，你心知肚明自己仅仅只有这几十年时间，但要看的世界那么大，要追问的问题那么多，要娶上手的美丽女性为数那么大，要亲身验收的功业打造那么漫漫不可及，我们把一颗巨大的心，收在一个有限生命的身体之中，你压抑不住欲求，便只能转而寻求另一种快速的方式，一种即溶式的伟大——因此，意识形态的灾难通常总是一种奉伟大之名的灾难，它不得不返祖的援用信仰（人类最快速的一种获取真理方式）以产生必要的实践强力，但它总宣称自己是更进步的，是瞻望未来的，是明日而不是昨天。

昨天是什么？昨天是既有的经验，落在现实的具象世界土地上，沉积为今天的常识，不伟大，是它的一大缺憾，满足不了那些总是踮高脚尖窥探明天的人。

……

好梦由来最怕醒

但太强调“长期”永远是伤感情的事，即便对我们这些没奢望伟大也并不太性急的寻常人等来说，也会有缓不济急、求我于枯肆的真实焦虑。很多可怖的灾难我们都知道它只是暂时的、局部的、会过去的，地震会停歇，台风会远飏，洪水会退走，战争革命会杀人杀到筋疲力尽再杀不动，所以才有凯因斯对自由经济思维长期自动调节功能的嗤之以鼻名言：长期，长期我们都死了。

更何况，我们说过，意识形态并非全然的古老蒙昧，它可以是进步之名的，可以跟着新知识的进展而来，像中国这百年的意识形态统治，便和人类知识的诸多新发见如达尔文的进化论揭示脱不了干系。

因此，真正的关键，倒不在更多的常识（这只是个好的征象，说明常识领域的受到关注并持续进展），更不在于更对的常识（我们怎么晓得比方说阿城这些援引科学新知的“新常识”，改天不会在下一波发见被推翻如昔日的“地球中心说”呢？）。毕竟，和意识形态的对抗，基本上绝不是一场对与错、是与非、或更戏剧性的正与邪永恒大战，往往，它就只是人心的封闭或开放、坚硬或柔软罢了。

真理，是意识形态的第一标志，通过对经验世界的封闭，以去除杂质，完成自身的纯净，这是杜斯妥也夫斯基说的附魔状态，或温和些如阿城说的催眠状态之下的产物，因此，所谓真理和虚伪的伟大战斗，基本上总是一种“划下道来”的战斗方式，非我族类，其心必异，然而，从我们清醒状态的人旁观，它毋宁更是两个真理之间的战争，只是一个意识形态和另一个意识形态的炽烈对抗，只是一个神和另一个神的炽烈对抗，结果不论谁输谁胜出，是基督十字军或阿拉圣战士，打赢留下来的都只是意识形态而已，除了勉强有点相互毁灭的去神圣性效果而外，殊无意义。这一点，写《国家的神话》的卡西勒说得很好，意识形态是哲学无法攻穿的，是三段论无力驳斥的，哲学真正能做的，只是帮助我们多了解它，知道发生了什么事而已。

你如何和一个落入催眠状态的人面红耳赤的辩论呢？你不会的，你会叫醒他，必要时用一桶冷水浇他，满心抱歉，但真的是为他好——所以阿城说他本来想把这本书命名为“煞风景”，惊破人家好梦。

梦怕什么？怕天亮。因此，好莱坞感人肺腑的虚拟之梦，先得把我们关进无光的隔绝戏院里面；而我们什么时候最容易情感泛滥、自我感动得一塌糊涂？大概就是子夜过后四下无人的孤绝时刻，因此，那种情境下记的日记写的信，顶好第二天睡醒后再重看一遍，否则他日很容易后悔，并成为别人勒索你的材料。

常识没什么了不得的，甚至说对说错都没那么要紧，而是它是鸡啼，是morning-call，是清醒的声音，负责把我们唤回它所从来的、扎根的真实无欺世界，一个具象清明、朗朗乾坤的世界。

鉴赏这个世界

而阿城不仅仅揭示了这个真实世界，还鉴赏了这个世界，这是阿城美好的价值所在，是阿城在我们这个世代之所以成为“稀有财”的所在。

我个人以为这是非常要紧的，相对于无羁的、虚拟的、任意的催眠世界，如果被叫回来的我们，四顾发现我们身处的真实世界，仍一如我们记忆中那样乏味无趣贫薄，你还是会想倒头睡回去的，就像人戒不了酒、戒不了麻醉药品、戒不了伟大壮丽的意识形态一般——真实世界的失败，有它自己要反省负责的地方。

如此现实的坠落可能是两面的：一边，我们眼前的世界，或者如卡尔维诺说的，急剧在“硬化”，美好事物消失如海潮退去；而另一边，就像李维·史陀指出的，我们自身也不再晓得如何看待这个世界，我们不知道如何和具象的事物相处，我们失去了生命本身的可贵鉴赏能力。

清醒，但是美好富想象力，而且含幽默，我们所欠缺的，正正好就是阿城——到这里，我们再无法代言了，事实上也无须解释，因此，我们的伴读责任至此可告一段落了，往下，是真正阿城的美好时间了——